미국영화 톺아보기

미국영화 톺아보기

초판 1쇄 인쇄 | 2020년 11월 13일
초판 1쇄 발행 | 2020년 11월 20일
지은이 | 장세진
펴낸이 | 이승훈
펴낸곳 | 해드림출판사
주 소 | 서울시 영등포구 경인로82길 3-4(문래동1가 39)
　　　　센터플러스빌딩 1004호(07371)
전 화 | 02-2612-5552
팩 스 | 02-2688-5568
E-mail | jlee5059@hanmail.net

등록번호　제2013-000076
등록일자　2008년 9월 29일

ISBN　979-11-5634-433-9

※본 도서는 (재)전라북도문화관광재단 전라북도예술인재난극복지원
사업에 선정되어 보조금을 지원받은 사업입니다.

미국영화
톺아보기

장세진 지음

☀ 해드림출판사

누구나 쉽게 읽을 수 있는 영화 이야기

'한국영화 톺아보기' 출간 6개월 남짓 지나 '미국영화 톺아보기'를 세상에 내놓는다. 이렇게 빨리 '미국영화 톺아보기'를 세상에 내놓는 건 순전 전라북도문화관광재단의 기금 지원 덕분이라 할 수 있다. 아무튼 '미국영화 톺아보기'는 영화 이야기로만 국한하면 12번째 장세진 지음의 책이다. 내가 펴낸 문학평론집이나 산문집 등 다른 장르들까지 망라하면 '미국영화 톺아보기'는 총 48권째(편저 4권 포함) 장세진 지음의 책이기도 하다.

먼저 밝혀둘 것은 책의 제목이다. 제목을 '미국영화 톺아보기'라 했지만, 미제(美製)라면 사족을 못쓰는 그런 따위와는 단 1도 관련이 없다. 제목을 '미국영화 톺아보기'라 한 것은 직전 펴낸 '한국영화 톺아보기'와 짝을 이루기 위해서다. 그도 그럴 것이 '한국영화 톺아보기'에 수록하지 못했던 할리우드 블록버스터들이 대부분을 차지하기도 한다.

사실은 이전에도 '한국영화 째려보기'(2004)와 '미국영화 째려보기'(2005)란 제목의 책을 낸 적이 있다. 그러니까 책 제목에 '미국영화'가 들어간 것은 15년 만의 일로 12권의 장세진 지음 영화평론집중 이번이 두 번째다. 무엇보다도 이제 더 이상 옛날처럼 할리우드 블록버스터가 싹쓸이하는 한국 영화시장이 아니다. '째려보기'에서 '톺아보기'로 변한 이유라 할까.

단적으로 말하면 그만큼 한국영화가 막강한 경쟁력을 갖게 되었다는 얘기다. 통계로 한국영화의 폭풍 성장을 확인할 수 있다. 영화진흥위원회가 펴낸 '2019년 한국영화산업 결산보고서'에 따르면 지난해 극장을 방문한 관객 수는 2억 2,668만 명이다. 그중 한국영화 관객 점유율은 51.0%로 9년 연속 외국영화 관객보다 많았다.

결국 나머지 1억 1,107만 3,200명은 외국영화 관객이란 얘기다. 이 땅의 영화시장은 그렇게 한국과 미국으로 양분되어 있다. 외국이라 했을 때 미국을 비롯한 여러 나라들이 포함되지만, 사실상 할리우드 블록버스터들을 빼면 외국영화 흥행은 미미한 실정이다. 프랑스나 영국은 말할 것도 없고, 중국 · 일본 · 인도도 예외가 아니다.

가령 지난해 5편의 천만영화 중 '어벤져스: 엔드게임' · '알라딘' · '겨울왕국2' 3편이 미국영화다. '어벤져스: 엔드게임'의 경우 2012년 1편 707만 명부터 천만클럽에 모두 가입한 시리즈 2~4편까지 극장에서만 4,277만 9,823명이 봤으니 그야말로 '마블민국'(마블+대한민국)이라 불릴 정도의 못말리는 한국인의 어벤져스 사랑이 아니고 무엇이랴!

'미국영화 톺아보기'는 그 점에서도 의미를 찾을 수 있는 책이라 생각한다. 그렇다고 완전 미국영화만 있는 건 아니다. 할리우드 블록버스터 외 외국영화들과 '한국영화 톺아보기'에 수록하지 못했거나 이후 새로 본 한국영화들도 실려 있다. 셈해보니 영화 86편, 영화제 이야기 1편 등 모두 87편이다. 굳이 나누자면 외국영화 66편, 한국영화 21편이다.

일부를 빼곤 대부분 200자 원고지 10장 안팎의 처음 선보이는 글들이다. 굳이 말하자면 영화평이지만, '한국영화 톺아보기' 글들처럼 다른 이의 그것들과 차별화된 특징이 있다. 영화나 감독, 또는 배우에 대한 이런저런 이야기 후 본론으로 들어가 실제 비평하는 식의 글이어서다. 따라서 '미국영화 톺아보기'는 무슨 학문적 분석이나 기기학적 접근의 어려운, 그래서 무슨 말인지 도통 이해되지 않는 여느 평론집들과는 거리가 먼 책이라 할 수 있다.

이를테면 중·고 학생만 되어도 누구나 쉽게 읽을 수 있는 영화 이야기인 셈이다. 책은 5부로 나누었다. 제1~2부는 '테넷'만 빼고 200만 명 이상 관객이 든 할리우드 블록버스터, 3부는 일부 잡지 등에 발표했던 글들과 한국영화, 4~5부는 200만 미만 관객이 든 미국과 중국·일본·인도 등 외국영화들을 개봉일이 빠른 순서로 실었다.

본문에 쓰인 영화 제목들은 작은따옴표(' ')로 통일했다. 단, 일부 본문이나 인용문 등에서 홑꺾쇠표〈 〉나 겹꺾쇠표《 》로 표시한 것은 굳이 고치지 않고 그대로 두었다. 외국 배우나 감독 이름, 그리고 지명 등이 보도 매체마다 서로 다른 경우 저자가 편리한 대로 표기했다. 가령 감독 '크리스토퍼 놀런'을 '크리스토퍼 놀란'으로 쓰는 식이다.

본문 속 관객 수는 영화진흥위원회의 영화관입장권 통합전산망 박스오피스를 따랐다. 그렇지 않은 경우 출처를 따로 표시했다. 이미 발표한 일부 외 대다수 미발표작들도 각 글마다 쓴 날짜 등 출처를 따로 표기했다. 글의 온전한 감상과 이해를 위해서다. 각 영화에 대한 발표연도는 제작이 아닌 개봉 시점을 기준으로 했다. 책으로 내기 위해 따로 편집한 영화 사진 출처는 대부분 인터넷판을 따랐지만, 종이 신문인 경우가 더러 있음도 밝혀둔다.

코로나 19로 인해 추석 대목까지도 2020년은 지난해와 같은 극장 관객이 이미 물 건너 가버린 상태다. 하루빨리 코로나 19가 종식되고, 지난해까지 7년 연속 그랬던 2억 넘는 한 해 관객 수를 회복했으면 하는 마음 간절하다. 그런 기대와 희망을 담아 '미국 영화 톺아보기' 출간의 기쁨은 관객들, 이 책을 기꺼이 구입하여 영화를 읽어줄 독자들과 함께하려 한다.

2020년 늦가을
지은이 장세진

차례

제1부

제2부

제3부

제**4**부

제5부

제1부

한국영화 100주년 기념

한국영화 톺아보기

장세진 지음

☀ 해드림출판사

해리포터와 마법사의 돌

영국 작가 조앤 K. 롤링의 원작 소설(전7권)을 영화로 만든 8편의 해리포터 시리즈가 대장정을 마친 건 마지막 편 '해리포터와 죽음의 성물2'가 2011년 7월 13일 개봉하면서다. 2001년 12월 14일 1편인 '해리포터와 마법사의 돌'이 개봉되었으니 자그마치 10년 동안이다. 그새 해리포터 시리즈는 전 세계를 들었다 놨다 할 정도로 인기였다.

우선 1997년 첫 출간된 원작 소설은 성서 다음으로 많이 팔린 책이 되었다. 67개 언어로 번역되었고, 200여 나라에서 출간되었다. 모두 4억 부 넘게 팔린 것으로 알려졌다. 영화는 전 세계에서 약 77억 달러(약 8조 7,164억 원)의 흥행 수익을 거뒀고, 시리즈 8편을 합친 국내 관객 수는 4,850만여 명으로 알려졌다.

그 해리포터가 조선일보 보도(2018. 11. 16.)에 따르면 다시 뜨겁다. 영화 '해리포터와 마법사의 돌' 재개봉, '신비한 동물들과 그린델왈드의 범죄' 개봉과 맞물려 '해덕(해리포터 덕후)'들이 다시 열광하고 있다는 것. 2016년 11월 16일 해리포터가 호그와트 마술학교에 다니기 70년 전 이야기를 담은 '신비한 동물사전'이 개봉하면서 해리포터가 다시 소환됐다고 한다.

연이어 조선일보는 소설 해리포터 시리즈가 국내에선 지금까지 1,475만 부, 최근 3년 동안에도 연평균 15~16만 부가 판매됐다고 전한다. 출판사 문학수첩 관계자는 "젊은 층 사이 핼러윈이 다시 뜨면서 해리포터 코스튬을 위한 다양한 상품들이 나오고 있다"고 했다. 포털사이트에 올라오는 코스프레 상품만 1,300여 건. 지난 핼러윈, 서울 이태원에는 해리포터 망토에 목도리를 두른 젊은이들이 쏟아져 나와 지팡이를 휘둘렀다. 지난달 24일 CGV에서 재개봉한 '해리포터와 마법사의 돌' 4DX 버전은 전국 33개 관에서 신작 영화를 제치고 예매율 1위를 차지했다. 워너브러더스는 "팬들 사이 해리포터 영화의 모든 시리즈를 4DX로 재개봉해 달라는 요청이 쇄도해 1년에 한 편씩 재개봉을 추진 중"이라고 했다. 해리포터 소환이 이번만으로 끝나지 않을 것 같은 소식이다. 재개봉한 '해리포터와 마법사의 돌'에 관심이 쏠리는 이유다. '해리포터와 마법사의 돌'은 1억 9천만 달러를 쏟아부어 '나 홀로 집에'·'미세스 라웃파이어' 등으로 가족 관객의 발길을 이끈 크리스 콜럼버스 감독이 연출했다. 개봉 시점이 12월 14일이라 두 해에 걸쳐 관객 수가 분포되었지만, 서울 관객만 167만여 명으로 집계되었다.

그 시절만 해도 통합전산망 집계가 되지 않던 때다. 세계일보(2011. 7. 15.)에 따르면 '해리포터와 마법사의 돌' 전체 관객 수는 425만 명이다. 전체 관객 수에선 '반지의 제왕-반지원정대'를 앞지른 것이다. '해리포터와 마법사의 돌'이 '반지의 제왕-반지원정대'보다 단순한 구성을 취하고 있어 아동용으로서의 제값을 톡톡히 하고 있는 건, 우선 반갑다.

내용 역시 해리포터(다니엘 래드클리프), 론(루퍼트 그린트), 헤르미온느(엠마 왓슨) 등 3명의 11살 어린이들을 중심으로 펼쳐진다. 초반 '파충류관'에서 뱀과의 대화에 이어 빗자루로 공중 비행하기, 투명 망토와 책 속의 괴물 튀어나오기 등이 많은 어린이는 물론 어른 관객들로 하여금 탄성을 자아내게 한다.

▲씨네21, 2018. 10. 31.

무려 4만 대 1의 경쟁을 뚫고 캐스팅된 만큼 그 몫을 제대로 해내고 있는 아역 배우들이다. 깜찍하고, 귀엽고, 과장 없이 진솔하다. 특히 헤르미온느 역의 엠마 왓슨은 대사할 때의 입 모양이라든가 얼굴 표정이 강한 인상을 풍긴다. 모두 차세대 '명배우'로 클 재목들임을 보여줬는데, 실제 그들은 지금 세계적 배우로 우뚝 섰다.

그러나 차분히 들여다보면 아동용이라고 해서 그런지 소홀하거나 무시한 대목들도 적지 않게 보인다. 먼저 어느 적 이야기인지 시대적 배경이 없다. 지하철도 나오는 걸 보면 현대인데, 거기어디 한쪽에 영화 같은 마법사의 세계가 있다는 말인가? 판타지 영화라고 해서 모든 것이 황당하고 말이 되지 않는 전개가 이루어져도 좋다는 뜻은 아닐 것이다.

초반부터 해리 이모부가 편지를 태우는 것은 무슨 까닭인지, 왜 '그놈의 편지'라며 분노하는지 영화 속 묘사만으로는 알 길이 없다. 마법학교 역시 소수 정예 학생들을 양성해야 할 듯싶은데 웬수가 그리 많은지 선뜻 이해되지 않는다. 더욱이 해리는 기숙사 배정을 받은 뒤 자리로 가서 앉자마자 '퍼시 형'이라며, 처음 봤을 선배 이름을 불러댄다.

대사 일부는 너무 어른스럽기도 하다. 예컨대 "정말로 행복한 사람은 거울 속에서 현재 자기 모습 그대로를 본단다.", "꿈에 사로잡혀 살다가 진짜 삶을 놓쳐선 안 돼" 등이 11살 소년·소녀(초등학교 4~5학년)들에게 무슨 말인지 이해가 될까? 또한 키 차이가 엄청난 어른과 어린이인데도 해리가 붕 날지도 않은 채 '볼드모트'의 얼굴을 마구 뭉개는 것 역시 다소 허술해 보인다.

〈다시 보는 '해리포터와 마법사의 돌'-한교닷컴, 2018. 11. 21.〉

본 얼티메이텀

'본 아이덴티티'가 개봉된 것은 2002년이다. 이후 '본 슈프리머스'(2004), '본 얼티메이텀'(2007)이 2~3년 간격으로 이어졌다. 다른 할리우드 블록버스터 속편들과 다르지 않은 개봉이었다. 그 속편들은 흥행성을 담보한 것들이지만, 본 시리즈의 경우는 꼭 그렇지 않다. 세계시장과 별도로 본 시리즈는 이 땅에서 찬밥신세였다.

'본 아이덴티티'는 종합전산망 집계 전 작품이라 정확한 관객 수를 알 수 없다. 분명한 건 '본 아이덴티티'가 '2002 외화흥행 순위 톱10'에 없다는 사실이다. 조선일보(2002. 12. 27.)에 의하면 흥행 1위는 서울 기준 140만 2,700명의 '마이너리티 리포트'다. 10위는 54만 6,400명의 '스타워즈 에피소드2'다.

통합전산망 집계에 오른 2편 '본 슈프리머스'의 관객은, 엄청 '쪽팔리게도' 37만 894명이다. 이에 비해 시리즈 3편 '본 얼티메이텀'은 영화진흥위원회 2007년 박스오피스에 따르면 199만 2,605명이다. 이 수치는 주연배우와 감독이 바뀐 채 2012년 돌아온 '본 레거시'의 101만 5,711명보다 많은 기록이다. '본 얼티메이텀'은, 이를테면 본 시리즈 중 가장 많은 관객을 동원한 영화인 셈이다.

일견 이상한 일이다. 첩보영화의 고전 007 시리즈와 다른 새로운 스타일의 본 시리즈라는 평가가 자자했는데, 대중의 관심을 끌지 못한 것은. 일례로 배우와 감독을 바꿔가며 뭔가 작심하고 '본 얼티메이텀' 이후 5년 만에 돌아온 '본 레거시'조차 같은 해 개봉한 '007 스카이폴'의 절반 관객에도 미치치 못했으니 말이다. '007 스카이폴'의 관객 수는 237만 6,145명이다.

2007년 9월 12일 개봉한 '본 얼티메이텀'은 시리즈 완결편이다. 엄밀히 말해 '본 레거시'는 본 시리즈 4편은 아니다. 제이슨 본 (맷 데이먼) 이야기는 '본 얼티메이텀'에서 매듭지어지니까. 글자 그대로 본의 최후통첩이 펼쳐진다. 1편에서 본은 살인병기로 키워졌지만 기억상실증에 걸린다. 2편에서 애인을 잃는다. 3편에서 자신과 애인을 그렇게 만든 '적들'과 대결한다.

우선 놀라운 건 스토리 라인이다. 5년에 걸쳐 이야기가 연속적으로 이어지고 있는 것. 1986년 로버트 루들럼의 베스트셀러 소설을 원작으로 하고 있어서다. 따라서 1, 2편을 보지 않은 관객이라면 그냥 스피디한 내용 전개와 액션 신에 만족해야 한다. 이것도 쉬운 일은 아니다. '007'이나 '미션임파서블' 시리즈처럼 세계를 구하는 첩보 영화가 아니니까.

제이슨 본이 싸우는 대상은 '내부의 적'이다 CIA 비밀조직 '트레드스톤'에 의해 '블랙브라이어'(인성 조작을 통한 특수요원 양성 프로그램) 제1호가 된 본은 끊임없이 공격을 당한다. 거기서 안보를 위해 살상도 서슴지 않는 국가를 보는 것은 섬뜩한 일이다. '미국이 아니면 안 돼'하는 여느 할리우드 블록버스터와 다른 첩보액션인 것이다.

딱히 할리우드 블록버스터라 할 수는 없지만, 액션은 특기할만하다. 뉴욕타임스가 "현재 할리우드에서 폴 그린그래스보다 더 액션을 잘 만드는 감독은 없다"(동아일보, 2007. 9. 11.)고 했는데, 말이 된다. 특히 혼잡한 인파 속(런던 워털루역, 뉴욕시 한복판 등) 액션이 그렇다. 모로코 탕헤르 시장통이라든가 허름한 주택 옥상의 액션 신도 마찬가지다.

▲뉴스엔, 2008. 2. 25.

또한 계단을 오르내리는 오토바이 추격전이라든가 '이렇게 끝나면 서운해하지' 하기라도 하는 듯 끝부분 뉴욕 시내에서의 자동차 액션도 예외가 아니다. 그런데 본은 가공할 위력의 무슨 신무기 따위가 없는 맨몸이다. 위성, CCTV, 온라인 네트워크 등 테크놀로지와 맨몸의 아날로그적 액션의 대결인 셈이다.

사실은 그것만으로도 '본 얼티메이텀' 등 본 시리즈는 영화사에 남을 작품이라 해도 크게 무리가 아닐 성싶다. 본이 강물에 추락한 걸로 끝나 다음 편을 암시했으면서도 정작 5년 만에 돌아온

'본 레거시'는 그 후속편이 아니어서 실망했을 관객조차 있을 법하다. '감시자들'이나 '용의자' 같은 영화에서도 제이슨 본이 떠오른다.

〈2014. 2. 1.〉

※그런데 포털사이트 다음과 네이버에 보면 '본 얼티메이텀' 관객 수는 200만 5,155명으로 나온다. 특히 다음은 2016년 7월 22일 영화진흥위원회 영화관입장권 통합전산망에 따른 것임을 밝히고 있다. 12,555명이란 오차가 왜 생기는지 자세히 알 수 없지만, '본 얼티메이텀'을 제1부에 넣은 이유다.

캐리비안의 해적: 낯선 조류

　연전에 대여 DVD로 보려던 영화를 작동이 잘되지 않아 못 본 적이 있다. '캐리비안의 해적: 낯선 조류'('캐리비안의 해적4', 감독 롭 마샬)다. 응당 점주에게 항의했지만, 새 DVD를 제공받지는 못했다. 더러 DVD로 영화를 보곤 하지만, 그런 일은 처음이라 지금까지도 마치 어제인 듯 생생한 기억으로 남아 있음이다.

　그 '캐리비안의 해적4'(2011년 5월 19일 개봉)를 EBS가 2월 9일 '일요시네마'로 방송했다. 까맣게 잊고 있다가 퍼뜩 정신을 차리게 된 셈이라 할까. 이미 '캐리비안의 해적: 죽은 자는 말이 없다'('캐리비안의 해적5')를 보고 쓴 후여서 다소 볼품없는 모양새가 되고 말았지만, 그만큼 '캐리비안의 해적4'는 놓치고 싶지 않은 할리우드 블록버스터라 할 수 있다.

　'캐리비안의 해적4'를 애써 챙겨 본 또 다른 이유가 있다. 1~3편이 전 세계적으로 27억 달러(약 3조 원)를 벌어들인 흥행작의 시리즈 4번째 영화여서다. 이미 '캐리비안의 해적5' 평에서 말했듯 국내 관객 반응도 뜨거웠다. 특히 '캐리비안의 해적: 세상의 끝에서'('캐리비안의 해적3')는 시리즈 최다 관객인 457만 명의 흥행기록을 세웠다.

　'캐리비안의 해적4'도 313만 명 넘는 관객을 이어갔지만, 그러나 감독은 1~3편의 고어 버빈스키에서 롭 마샬로 바뀌었다. 하긴

"두건과 짙은 스모키 화장, 치렁치렁한 장신구 등 외모는 물론, 흐느적거리는 걸음걸이와 나른한 말투, 독특한 유머 감각까지. 화수분처럼 샘 솟는 스패로(혹은 조니 뎁)의 매력은 시리즈를 이어가는 원동력"(서울신문, 2011. 5. 20.)인 지도 모른다.

1~3편에서 주요 인물이던 엘리자베스 스완(키이라 나이틀리)도 나오지 않는다. 서울신문(2010. 3. 23.)에 따르면 마샬 감독이 할리우드의 주요 에이전트에게 "우리는 순수한 자연 미인만을 캐스팅하길 원한다."는 문서를 보냈고, 영국 출신 여배우 키이라 나이틀리는 그 무렵 수술한 가슴 성형 때문에 '캐리비안의 해적' 시리즈에 더 이상 출연하지 못하게 됐다.

마샬 감독이 독특한 캐스팅 조건을 내건 것은 '캐리비안의 해적 4'의 시대적 배경이 18세기이기 때문이라는 해석이 뒤따르고 있다. 제작진은 "고전 의상을 입어야 하기 때문에 가슴 라인이 아름다워야 한다."며, "가슴 성형 여부에 대해 테스트까지 할 생각"이라고 입장을 밝혔다. 결국 바뀐 감독으로 인해 3편이나 출연, 나름 흥행에 기여한 여배우가 아웃된 것이다.

대신 안젤리카(페넬로페 크루즈)가 새롭게 등장한다. 서울신문 (2011. 5. 20.)에 따르면 '캐리비안의 해적4' 촬영을 마칠 즈음 페넬로페 크루즈가 임신 7개월이었다니 그 투혼만큼은 높이 사 줄 만하다. 그럴망정 다음 시리즈 출연을 암시한 듯한 결말 장면(무인도에 남겨진 안젤리카가 뭔가를 발견하는 것)과 달리 '캐리비안의 해적5'에 페넬로페 크루즈는 나오지 않는다.

'캐리비안의 해적4'는 잭 스패로가 안젤리카의 아버지인 전설적 해적 검은 수염(이안 맥쉐인) 배에 올라 '젊음의 샘'을 찾아가는 이야기다. 영국 왕의 명을 받은 바르보사(제프리 러쉬) 일행과 스페인 군대도 함께다. '캐리비안의 해적4'는 '인디아나 존스' 시리즈와 같은 액션 어드벤쳐 할리우드 블록버스터지만, 주된 무대가 바다 또는 배란 점에서 여느 영화들과 다르다.

▲싱글리스트, 2017. 5. 10.

일단 '캐리비안의 해적4'의 백미는 사람을 공격해 잡아먹기도 하는 인어 떼 출현이다. 바다에서 잭 일행을 공격하는 단순한 인어떼로 그치지 않고 캐릭터화되어 있다. 그 눈물을 얻기 위해 생포한 인어 시레나(아스트리드 베호제 프리스베)로도 모자랐는지 선교사 필립(샘 클라플린)과의 로맨스를 더해 흥미를 끌게 한다.

초반 잭의 왕궁 탈출하기 과정에 이어 액션도 볼만하다. 쌓인 원형의 술통 위에서의 칼쌈이나 스페인 군대 적진에서 밧줄 묶인 채 나무 올라가기에 이은 탈출 장면 등의 액션도 어떻게 촬영했는지 감탄할 정도다. 유머 감각도 여전하다. 가령 검은 수염과 바르보사 패거리 쌈질에 앞서 잭이 "둘이 싸우게 놔두고 우리는 한 잔하는 게 어때?" 하는 식이다.

12세 관람가 영화에 맞지 않는 상황이나 유머도 여전하다. 가령 잭과 안젤리카가 배 안에서 춤추며 껴안고 밀당하는 등 좀 야릇한 분위기가 그렇다. 왕궁에서 도망 나온 잭이 달리는 마차에 떨어지는데, 거기 앉은 중년 부인은 놀라긴커녕 귀걸이 빼는 걸 애무로 착각한 듯 "그게 다야?"라고 묻는 장면 따위도 마찬가지다.

〈2020. 2. 11.〉

앤트맨

평창 올림픽 중계방송 와중인데도 2018설특선 TV영화가 즐비했다. 이 경우 골라보기 1순위는 개봉 당시 이런저런 이유로 보지 못한 영화다. 이런저런 이유 중 1순위는 흥행여부다. 화제에 오른 다양성 영화를 애써 챙겨보는 경우도 있지만, 어느새 많은 사람들이 본 영화가 관람 내지 시청의 기준이나 지표가 되어버린 느낌이다.

EBS가 '일요시네마'로 방송한 '앤트맨'(감독 페이드 리드)을 본 것도 그런 이유에서다. 2015년 9월 3일 개봉한 '앤트맨'이 화끈하게 대박을 일군 영화는 아니다. 관객 수가 284만 1,795명으로 할리우드 블록버스터의 흥행작 기준인 300만 명에 미치지 못했기 때문이다. 윗님 덕에 나발분다고 설 특선의 공짜 영화라 보게 된 셈이라 할까.

'앤트맨'은 마블의 어떤 슈퍼히어로보다 작은 캐릭터를 주인공으로 한다. 제목대로 '개미인간'이다. 헐크는 말할 것도 없고 아이언맨 · 캡틴아메리카 · 토르 등 거구들과의 크기 비교가 무의미할 정도다. 아직 청소년이라 그들보다 작은 스파이더맨과의 비교도 마찬가지다. 그런 점에서 앤트맨은 마블이 새롭게 내놓은 슈퍼히어로라 할 수 있다.

절도죄로 복역하고 나온 스콧 랭(폴 러드) 말처럼 "아이언맨 슈트처럼 유치한 기술이 아닌" 사람이 줄어드는 새 연구물 앤트맨이다. 사람이 개미 사이즈로 줄어드는 게 신기하지만, 그러나 신나는 액션 장면은 맛보기 수준이다. 영화 시작 1시간 30분쯤 지나서야 앤트맨 활약상이 본격적으로 펼쳐지고 있어서다. '스파이더맨: 홈커밍'이 그랬듯 할리우드 블록버스터 맞나 할 정도로 슈퍼히어로 영화치곤 좀 시시한 편이다. 글쎄, 이제 시작이라 그런가.

재미있는 건 적들이 앤트맨에게 아무리 총질을 해대도 끄덕없는 점이다. 생각해보라. 인간과 개미의 총격전이라니, 기가 막힌 발상 아닌가? 그냥 그것이면 될 듯한데, 1987년 소련 미사일 어쩌고 하는 이야기가 나와 다소 생뚱맞게 느껴진다. 앤트맨 발명가인 행크 핌(마이클 더글러스) 아내가 개미인간이 되어 미국을 향해 발사된 소련 미사일을 해체했다는 이야기다.

앤트맨 만들기의 어려움, 그러니까 우월한 신기술을 내비친 진짜 만화 같은 이야기인데도 284만 명 넘는 사람들이 '앤트맨'을 보러 극장에 간 것은 주목할 부분이다. 새로운 슈퍼히어로 탄생에 대한 궁금증, 호기심, 기대감 뭐 그런 심리가 작용된게 아니었나 싶다. 그것을 달리 말하면 마블이란 브랜드의 힘이기도 할 것이다.

한 극장 관계자의 "'어벤져스' 시리즈의 흥행성공 이후 마블 영화는 꼭 봐야 하는 작품으로 인식되고 있다"(중앙일보, 2015. 9. 8.)는 말이 그럴듯하게 들리는 이유다. 실제로 2015년 '어벤져스: 에이지 오브 울트론'이 천만영화가 된 이후 마블은 매년 히트작을 내고 있다. 2016년 '캡틴아메리카: 시빌 워' 867만 명, 2017년 '스파이더맨: 홈커밍' 725만 명 등이다.

2017년 '스파이더맨: 홈커밍'보다 3개월 20일 늦게 개봉한 '토르: 라그나로크'도 485만 명 넘는 사람을 극장으로 불러 모았다. 그야말로 마블 불패신화라는 말이 실감날 정도이다. 그런 사정이라면 '어벤져스: 에이지 오브 울트론'이 천만영화가 된 이후 선보인 '앤트맨'의 300만 명도 안 되는 관객 수는 부진한 결과라 할 수 있다.

▲네이버포토, 2020. 2. 9.

어쨌든 전혀 새로운 슈퍼히어로 등장과 다르게 '앤트맨'엔 여전한 것들도 있다. 가령 어린 딸에 대한 사랑 등 가족애가 그렇다. 스콧은 어린 딸에게 떳떳한 아빠가 되기 위해 앤트맨이 되기로 결심한다. 근데 딸은 이혼한 아내가 재혼한 새 아빠와 산다. 미국 사회상의 반영일 수 있겠는데, 할리우드 블록버스터들에는 온전한 가정이 거의 없다. 그렇게 딸을 사랑하면 애초 이혼 같은 건 안 해야 맞지 않나?

〈2018. 2. 18.〉

마션

    최근 우주를 배경으로 한 한국영화 제작 소식이 전해졌다. 한국일보(2018. 7. 6.)에 따르면 윤제균과 김용화, 두 천만 감독이 우주 배경 SF 영화를 만들겠다고 도전장을 냈다는 내용이다. 알다시피 우주 배경 SF 영화는 한국에서 애니메이션이 아닌 실사 영화로는 아무도 시도하지 않았던 전인미답의 장르다.

    신문은 "미국항공우주국(NASA) 같은 우주 연구기지도, 우주 정거장과 유인 우주선도 갖고 있지 않은 한국에서 우주 영화라니. 감히 상상하지 못했던 일이라 영화계 안팎의 비상한 관심이 쏠리고 있다. '그래비티'(2013)와 '인터스텔라'(2014), '마션'(2015) 같은 우주영화를 '메이드 인 충무로' 브랜드로 만날 날이 현실로 다가오고 있다."고 전한다.

    좀 구체적으로 살펴보면 '국제시장'(2014)과 '해운대'(2009)로 두 번이나 천만 흥행을 일군 윤제균 감독은 신작 '귀환'으로 연출에 복귀한다. '귀환'은 가까운 미래 사회를 배경으로 우주 정거장에 홀로 남겨진 우주인을 지구로 귀환시키려는 사람들의 이야기다. 시나리오는 이미 완성됐고, 배우 황정민과 김혜수가 출연한다. 하반기에 촬영을 시작한다.

    '신과 함께-죄와 벌'로 지난겨울 1,440만 흥행을 일구고, 시리즈 2편 '신과 함께-인과 연'의 8월 1일 개봉일 관객이 125만 넘게 들어 역사를 새로 쓰고 있는 김용화 감독도 후속작 '더 문' 제작에 착수한다. '더 문'은 우연한 사고로 우주에 홀로 남겨진 한 남자와 그를 무사히 지구로 데려오기 위해 사투를 벌이는 또 다른 남자의 이야기다.

사전 준비를 거쳐 늦어도 내년 초에는 촬영을 시작할 계획이란다. 국내 CG기술 개척자인 두 감독의 활동 영역이나 위상 등으로 볼 때 단순한 기획으로 끝나버리진 않을 것 같지만, 벌써부터 걱정이 앞선다. '그래비티'·'인터스텔라'·'마션' 같은 할리우드 우주영화를 뛰어넘거나 차별화할 수 있겠나 하는 걱정이다.

'그래비티'·'인터스텔라'·'마션' 같은 할리우드 우주영화들이 새로운 소재로 관객을 선점했는데, 동류의 한국영화가 흥행할 수 있겠느냐는 걱정이기도 하다. 세 편의 우주영화는 '그래비티' 322만 명, '인터스텔라' 1,030만 명, '마션' 488만 명 넘는 관객을 기록하고 있다. 우주니 과학이니 하는 데엔 관심이나 취미가 전혀 없는 나로선 의아한 관객동원이라 할 수 있다.

나는 이미 말한 바 있다. 사실 '인터스텔라'(감독 크리스토퍼 놀란)의 천만클럽은 다소 뜻밖이다. 2008년 '다크나이트' 405만 명, 2010년 '인셉션' 582만 명, 2012년 '다크나이트 라이즈' 639만 명 등 화려한 전작을 갖고 있는 감독이라 해도 169분이라는 러닝타임과 골치 아픈 '과학영화'라는 핸디캡을 피할 수 없는 '인터스텔라'이기 때문이다.

나는 이미 말한 바 있다. 공분(公憤)이나 정서 순화의 콧등 시큰함으로 심금을 울리는 그런 것도 없으면서 '인터스텔라'가 천만영화가 된 것은 순전 '과학의 힘'이라고. 과학의 힘이라 말했지만, 그것은 새로움에 대한 목마름의 갈증풀이라 해도 좋을 터이다. '인터스텔라'가 할리우드만이 해낼 수 있는 영화임을 생각하면 그 답이 확연해진다.

▲연합뉴스, 2015. 10. 9.

바꿔 말하면 100억 원만 들여도 '대작' 운운하는 한국영화는 기획조차 할 수 없는 우주 영화 '인터스텔라'이기에 사람들이 그렇듯 주저 없이 극장으로 몰려든 것이다. 이제 한국형 우주영화가 가시화되고 있다. "영화계에선 두 감독의 신작 우주영화를 한국영화산업이 고도화 단계에 접어들었음을 알리는 신호탄으로 받아들이고 있다."고 하는데, 지켜볼 일이다.

배보다 배꼽이 커진 셈이 되어버렸지만, 2015년 10월 8일 개봉한 '마션'(감독 리들리 스콧)은, 한 마디로 인간이 위대한 존재임을 새삼 느끼게 하는 영화라 할 수 있다. 화성 탐사대원 마크 와트니(맷 데이먼)가 지구로부터 8,000만km 떨어진 우주에 혼자 남게 되어서도 공포나 두려움 보다 살고자 하는 의지와 활동을 공감이 생기게 잘 그려냈다.

무엇보다도 놀라운 것은 감독이다. 영국 출신 리들리 스콧 감독이 연출한 영화는 '에이리언'(1979)·'블레이드 러너'(1982)·'델마와 루이스'(1991)·'글레디에이터'(2000)·'아메리칸 갱스터'(2007)·'프로메테우스'(2012) 등이다. SF영화부터 대하사극까지 두루 섭렵한 다양한 작품세계의 감독임을 알 수 있다.

그럴망정 리들리 스콧 감독은 할리우드 SF영화의 거장으로 불리운다. 그가 78세라는 나이에도 불구하고 흥행작 '마션'을 선보였으니 놀랄만하지 않은가? 다만, 계속 영화에 빠져들게 하는 긴장감이랄까 몰입도와 달리 아쉬운 점도 있다. 지구와 교신이 이루어진 후 부모라든가 가족에게 어떤 방법으로든 아무런 연락도 취하지 않아서다.

〈2018. 8. 2.〉

데드풀

5월 16일 '데드풀2'가 개봉한다는 소식이다. 영화홍보차 주연 배우 라이언 레이놀즈가 5월 1일 내한하기도 했다. 그는 기자회견에서 "죽을 때까지 이 경험은 잊지 못할 것 같다"며 "죽기까지 한참 남았지만, 죽는다면 서울에 묻히겠다"(한국일보, 2018. 5. 3.)는 다소 과격한 감사 인사로 한국 팬들의 환대에 감동하는 모습이었다.

덧붙여 "'데드풀2'가 흥행하면 반드시 한국을 다시 찾겠다"고 약속했지만, 성적이야 지켜볼 일이다. 2016년 2월 17일 개봉한 '데드풀'(감독 팀 밀러)은 관객 수 331만 7,191명으로 흥행 성공했다. 이 숫자는, 그러나 다른 할리우드 블록버스터들과 구분되어야 한다. 청소년관람불가인데다 제작비가 기존 슈퍼히어로물의 절반 수준인 5,800만 달러(약 700억 원)에 불과해서다.

'데드풀'은 미국의 역대 R등급(청소년관람불가) 영화가 개봉 첫 주말에 수립한 최고 흥행기록을 깬 것으로 알려지기도 했다. 그뿐이 아니다. 앞의 한국일보에 따르면 '데드풀'은 전 세계에서 흥행수익 7억 8,311만 달러(약 8,415억 원)를 거둬들였다. 속편으로 돌아오지 않으면 오히려 그게 이상한 흥행성공이랄 수 있다.

다른 할리우드 블록버스터들이 그렇듯 2년 3개월 만에 돌아온 '데드풀2'인 셈이지만, 사실은 '데드풀'의 흥행이 좀 의아스럽다.

'데드풀'이 새로운 캐릭터를 내세운 영화인 건 맞지만, 여느 슈퍼히어로와 다른 주인공이기 때문이다. 꽤 질척한 농담, 제법 센 '이층집' 장면, 개인적 복수심을 앞세운 그런 슈퍼히어로 영화는 본적이 없어서다.

심지어 의뢰인으로부터 돈 받고 남을 가해하는 슈퍼히어로라니…. 당혹감마저 드는데, 마블 코믹스의 작가이자 '데드풀' 캐릭터를 탄생시킨 롭 리펠드는 "원작 만화의 장점만 뽑아내 영화를 탄생시켰다. 움직이는 만화라고 할 수 있을 정도로 원작을 제대로 살렸다"(스포츠서울, 2016. 2. 18.)며 찬사를 보낸 바 있다. 흥미로운 것은 역시 변주된 슈퍼히어로 캐릭터다. 마블 코믹스의 가장 작은 슈퍼히어로 '앤트맨'을 2015년 9월 3일 개봉한지 불과 5개월 만에 변주된 캐릭터 영화를 새로 출격시킨 재빠른 상업성이라 할까. 말기 암 환자인 웨이드 윌슨(라이언 레이놀즈)은 생체 실험으로 '힐링팩터'(울버린과 같은 자가치유 기능) 등 슈퍼히어로가 되지만, 흉측한 얼굴로 변해버린 채다.

눈과 입도 막힌 빨간 색 가면으로 얼굴을 가린 이유인데, 데드풀은 다소 덜떨어진 슈퍼히어로이기도 하다. 가령 자신을 흉측한 얼굴로 만든 프란시스(에드 스크레인)를 응징하러 가면서 챙겼던 총 든 가방을 택시에 두고 내리니 말이다. 글쎄, 이런 것들이 재미진 요소라면 너무 애들 장난같지 않은가?

배우가 극 중에서 "자, 다 이해했지?"라 묻는 장면은 어떤 슈퍼히어로 영화들에서 본 적이 없는 것 같은데, 그 덕분인가. 다른 슈퍼히어로 영화들과 달리 쉽게 이해되는 서사는 '데드풀'의 장점이다. 107분이란 상영시간도 마찬가지다. '아무도 안 부른 카메오', '몸값만 비싼 호구' 등 재치있는 스탭 소개 자막이 눈길을 끌기도 한다.

▲한국강사신문, 2019. 8. 18.

영화 시작하자마자 다짜고짜 펼쳐지는 육탄전 액션은 관객들 혼을 빼놓는다. 후반부 결말쯤에서 다시 한번 액션 장면이 나오지만, 등에 X자로 꽂은 두 칼과 도끼 같은 원시적 무기의 싸움이다. 픽 웃음이 터져 나오는데, 이내 그것마저 버린 맨몸 액션으로 이어진다. 전혀 슈퍼히어로 블록버스터답지 않은, 한국영화에서 많이 본 장면이다.

〈2018. 5. 6.〉

캡틴 아메리카: 시빌 워

2016 최다 관객 할리우드 블록버스터는 4월 27일 개봉한 '캡틴 아메리카: 시빌 워'(이하 '시빌 워')다. 최종 관객 수는 867만 7,249명이다. 2014년 3월 26일 개봉한 전편 '캡틴 아메리카: 윈터 솔져'의 396만 2,812명에 비하면 두 배가 넘는 관객몰이다. 2011년 7월 28일 개봉한 1편 격인 '퍼스트 어벤져'의 51만 4,309명에 비하면 16배 이상 증가한 수치이기도 하다.

1, 3편의 관객 차이가 이 영화처럼 그렇게 큰 경우는 본 적이 없는데, 일단 '어벤져스'가 일등공신이지 싶다. 2012년 4월 26일 개봉한 '어벤져스' 1편은 707만 명 넘는 관객을 동원했다. 2015년 4월 23일 개봉한 2편은 천만영화였다. 특히 '어벤져스2'는 서울 촬영으로 화제를 모았다. 그때 서울에 온 배우가 캡틴 아메리카 역의 크리스 에번스였다. 그는 '어벤져스2' 개봉 전 다시 서울에 와 기자회견을 했다.

그뿐이 아니다. 크리스 에번스는 2013년 7월 29일 '설국열차' 홍보 기자회견을 서울의 한 호텔에서 열기도 했다. 톰 크루즈나 휴 잭맨보다 못한 방한 횟수지만, 마블 히어로 역의 배우로는 최다가 아닐까 싶다. 물론 배우의 내한 홍보가 영화의 흥행을 담보하진 않는다. 내한과 흥행이 정비례한다는 무슨 통계가 있는 것도 아니다. 그래도 '시빌 워' 대박은 잘 설명되지 않는 뭐가 있다.

'시빌 워'는 '내전'이라는 뜻 그대로 동지였던 슈퍼히어로들이 서로 갈라진 대결을 그린다. 이전 시리즈에 없던 스파이더맨·앤트맨·블랙팬서 등이 합류한 채다. 하필 패싸움하는 시리즈에 합류하게 됐지만, 이미 스파이더맨은 '홈커밍'에서 시리즈 최고 및 올해 최다 관객 동원 등 그 위력을 발휘한 바 있다. 부산에서 촬영, 2018년 2월 개봉 예정인 '블랙팬서'는 어떨지 궁금해진다.

그들이 적이 되어 싸우는 건 슈퍼히어로 규제협약 때문이다. 슈퍼히어로들 활약에 따른 무고한 희생을 내세워 유엔 소속 117개국이 맺은 소코비아 협정이 그것이다. 정부 통제 안에서 활동해야 한다는 이른바 '슈퍼히어로 등록제'를 두고 아이언맨(로버트 다우니 주니어)을 비롯 찬성파와 캡틴 아메리카 등 반대파가 충돌하는 내분이다.

별 희한한 '슈퍼히어로 등록제'까지 나오니 되게 웃긴다. 말 안되는 만화적 세계가 기본 얼개인데, 무슨 법안 같은 걸 들이미니 없던 현실감이 갑자기 막 생겨나는 듯해서다. 대개 화려한 볼거리 외 마땅히 내세울 게 없는 할리우드 블록버스터에 탄탄한 뼈대의 이야기를 더한 것이라 할까. 지구의 적을 깨부수는 할리우드 블록버스터의 상투성에서 벗어난 모양새이기도 하다.

너무 지루하게 느껴지는 러닝타임(147분)이지만 인상적인 액션 장면도 있다. 블랙 위도우를 연기하는 스칼릿 조핸슨 액션 장면이 그렇다. '액션배우 다 됐네' 할 만큼 스칼릿 조핸슨의 발차기 등 몸놀림이 그야말로 장난 아니다. 볼만하다. 자동차들이 질주하는 도심 도로에 공중 착지, 도망치고 추격하는 액션도 마찬가지다.

▲국민일보, 2016. 5. 7.

　물론 스크린을 바라보는 그때뿐 뭔가가 딱히 남지는 않는다. 특히 전편 '캡틴 아메리카: 윈터솔져'를 미처 보지 못한 관객이라면 뭐가 뭔지 도통 이해되지 않은 채 그냥 액션에 만족해야 할지도 모르겠다. 집계된 관객 수로만 단순 비교하면 절반 넘게 전편을 보지 않고, '시빌 워'만 본 셈이라 하는 소리다. 역시 왜 867만 넘는 사람이 '시빌 워'에 열광했는지는 의문이다.

〈2017. 12. 24.〉

엑스맨: 아포칼립스

　2016년 5월 25일 개봉한 '엑스맨: 아포칼립스'(감독 브라이언 싱어)는 '엑스맨' 시리즈 8번째 영화다. 2017년 3월 1일 개봉한 외전 '로건'까지 합치면 '엑스맨' 시리즈 영화는 총 9편이다. 2000년 처음 선보인 '엑스맨' 시리즈 중 가장 많은 관객을 동원한 영화는 2014년 4월 22일 개봉, 431만 3,446명을 동원한 '엑스맨: 데이즈 오브 퓨처 패스트'다.

　한국의 흥행성적은 미국을 제외하고 중국(3,935만 달러)과 영국(1,539만 2,815달러)에 이은 3번째로 1,414만 7,716달러이다. 한국보다 인구가 더 많은 브라질 · 프랑스 · 이탈리아 · 멕시코보다 앞선 박스오피스 성적(한국일보, 2014. 6. 3. 참조)이다. 전 세계에서는 7억 4천만 달러의 흥행수익을 낸 것으로 알려졌다.

　그러나 세계적 흥행성공과 달리 '엑스맨' 시리즈가 국내에서 거둔 성적은 초라하다. 2000년 '엑스맨'은 서울 기준 55만 5,000명(동아일보, 2000. 12. 29.)이었다. 같은 해 개봉작 '글래디에이터' 124만, '미션 임파서블2'가 123만 명이었던 걸 떠올려보면 별로인 것을 알 수 있다. 2003년 '엑스맨2' 역시 전국 기준 150만 명쯤이었다.

　2006년 개봉한 '엑스맨: 최후의 전쟁'은 179만 3,310명이다. 2009년 외전인 '엑스맨 탄생: 울버린'도 128만 734명에 그쳤다.

2011년 개봉한 '엑스맨: 퍼스트 클래스'는 시리즈 사상 처음으로 200만 명을 넘겼다. 관객 수는 253만 4,977명이다. 2013년 외전으로 다시 돌아온 '더 울버린'은 107만 5,333명에 그쳤다.

▲아시아경제, 2016. 3. 29.

'엑스맨: 아포칼립스' 역시 293만 8,818명에 머물렀다. '로건'은 216만 9,109명을 동원했다. 시리즈 전체적으로 보면 선방이지만, '엑스맨: 데이즈 오브 퓨처 패스트'보다는 한참 뒤처진 관객 수라 할 수 있다. '어벤져스' 시리즈 말고는 할리우드 블록버스터의 연속 대박이 쉽지 않은 한국 시장이라 할까. 그런데도 후속작 '엑스맨: 다크피닉스' 개봉(2018년 11월)이 예고된 상태다.

전작이 그랬듯 '엑스맨: 아포칼립스' 역시 쉽게 이해 안 되는 영화다. 전작처럼 표나게 필로버스터(필로소피와 블록버스터가 결합한 용어로 철학적인 요소가 강한 블록버스터)답지 않은데도 그렇다. 그런 와중에도 찰스(제임스 맥어보이)보다 더 강한 힘을 가진 돌연변이 아포칼립스(오스카 아이작)의 대결이란 내용이 요약된다.

아포칼립스는 변형능력에 텔레파시, 순간이동까지 갖춘, 고대 무덤에서 깨어난 최초의 돌연변이다. 4명의 뮤턴트(돌연변이) 수하와 함께 인류를 멸망시키고 새로운 세상을 만들려 한다. 금속 조종 능력의 매그니토(마이클 패스벤더)마저 아포칼립스 편이다. 그들의 대결이 펼쳐진다. 눈 한 번 감으니 권총이 녹아버리고, 낙하하는 자동차를 광선검으로 두 조각 내버린다.

영화 시작 1시간이 지나도록 화끈한 액션 장면이 없는 걸 만회라도 하려는 듯 각종 능력의 뮤턴트들이 장기를 발휘한다. 현란한 볼거리의 향연인 셈이다. 딱 거기까지다. 아무 생각 없이 또는 뭐가 뭔지 모르게 그저 SF액션 즐기기! 웨폰 X로 잠깐 나왔다 사라진 휴 잭맨의 역대 히어로 영화 중 최장기간(16년), 최다편수(8편)에 동일 캐릭터로 출연한 기록은 끝난 듯하다.

〈2018. 5. 8.〉

정글북

EBS가 2020설 특선영화로 1월 24일 낮 1시부터 방송한 '정글북'(감독 존 파브로)은 2016년 6월 9일 극장 개봉한 할리우드 디즈니사 영화다. 당시 신문 리뷰 등을 보면서 관람 의욕이 일었지만, 그러질 못했다. '정글북'을 이제라도 애써 챙겨본 것은 실사영화로 거듭 태어나서다. 다만, 자막 버전이 아니라 한국말 대사로된 더빙판 '정글북'이다.

잠깐 정리부터 해보자. '정글북'은 1894년 영국 작가 조지프 러디어드 키플링이 쓴 7개의 단편동화 모음집이다. 그중 '모글리의 형제들'·'카아의 사냥'·'호랑이! 호랑이!' 3편을 엮어 만든 것이 영화 '정글북'이다. 애니메이션 '정글북'이 나온 것은 1967년이다. 그러니까 49년 만에 실사영화로 재탄생한 '정글북'인 것이다.

한 리뷰에 따르면 "1967년에 나온 자사 애니메이션 '정글북'을 실사로 만든다고 했을 때 '애들 영화'가 될 것이라는 선입견이 강했다. 10세 남짓한 남자아이가 주인공이고, 유쾌하게 노래를 부르는 동물 캐릭터가 나오는 영화에 혹할 성인 관객은 별로 없어 보였"(조선일보, 2016. 6. 9.)지만, 그렇지 않은 결과로 나타났다.

'정글북'에 쏟아부은 돈은 1억 7,500만 달러(약 2,016억 원)로 알려졌다. 이 어마어마한 돈은 인간 꼬마 모글리(닐 세티)를 뺀 영화의 전부를 CG로 제작하는데 들어갔다. 그 결과 '정글북'은

"전 세계에서 8억 9,700만 달러(약 1조 351억 원)를 벌어들인 메가 히트작"(전라매일, 2016. 6. 10.)이 되었다. 결코 '애들 영화'만은 아닌 '정글북'의 위력인 셈이다.

키플링 원작과 애니메이션의 줄거리에서 크게 벗어나지 않은 것으로 알려진 '정글북'은 라제기 영화전문기자의 다음과 같은 리뷰가 딱 맞아떨어지는 영화다. "식상함이라는 선입견을 신선함이라는 관람후기로 바꿔 놓는다. 첨단기술과 빼어난 연출력이 고전에 생기를 불어넣으며 새삼 창의력의 중요성을 떠올리게 한다"(한국일보, 2016. 6. 7.)가 그것이다.

그러고 보면 253만 남짓한 국내 관객 수는 좀 의아하거나 초라한 성적이라 할 수 있다. 2019년 '정글북'의 감독 존 파브로에 의해 실사영화로 재탄생한 '라이온킹'이 474만 명 넘는 관객을 극장으로 불러들인 것과 비교할 때 특히 그런 생각이 든다. 밀림과 계곡, 코뿔소·악어·호랑이·뱀·표범·곰·늑대·원숭이·고슴도치 등 각종 동물들이 진짜 같아서다. 그 박진감이 보는 내내 오싹한 전율과 함께 탄성으로 이어지는 영화여서다.

아무튼 내용은 단순하다. 모글리가 호랑이 쉬어칸의 살해 위협으로 자신을 키워준 늑대 카아 무리를 떠나간다. 인간마을로 돌아가기 위한 여정이 시작되지만, 그러나 모글리는 정글에 남는다. 오히려 원숭이 우두머리 루이가 탐내는 붉은 꽃(불)을 가져와 쉬어칸을 죽게 한다. 흑표범 바기라와 곰 발루가 지성으로 도와줘 해낸 일이다.

나름 스토리와 서사가 있는 러닝타임 106분이다. 그만 산통을 깨는 것은 온갖 동물들이 말을 하고 있는 점이다. 사실은 처음부터 신기하면서도 낯선 경험을 안겨준 것이기도 하다. 바꿔 말하면 원래 말하지 못하는 동물들이었다면 모글리와 진짜 호랑이 · 표범 · 곰 · 늑대 · 원숭이들이 어우러진 대자연의 모습 그대로라 생각했을 것이란 얘기다.

▲스포츠경향, 2016. 6. 26.

왜 동물의 왕인 사자가 없는지는 의문이다. 배경이 인도여서 그런지 모르지만, 설마 사자를 주인공으로 한 자사의 1994년작 애니메이션 '라이온 킹'과 겹치는 것을 우려해서인가? 또 다른 의문은 호랑이 한 마리에 늑대무리가 쩔쩔매는 것으로 나오는 장면이다. '동물의 왕국' 같은 TV 다큐프로에서 보던 걸 떠올려보면 늑대를 너무 과소평가한 게 아닌가 하는 생각이 든다.

〈2020. 1. 25.〉

제이슨 본

할리우드 영화배우 맷 데이먼이 한국에 왔다. 2016년 7월 8일 '제이슨 본'(감독 폴 그린그래스) 홍보차 온 것이다. 맷 데이먼의 한국 방문은 2013년 8월 29일 개봉한 '엘리시움' 홍보에 이어 두 번째다. 사람들은 맷 데이먼의 두 번째 한국 방문에 나름 화답했다. '엘리시움' 관객이 120만 7,732명인데 반해 261만 1,966명이 '제이슨 본'을 보러 극장에 가서다.

이 수치는 '본' 시리즈 역대 최다 관객 수다. 잠깐 필자가 2013년 펴낸 '영화, 사람을 홀리다'에 기대 그 족보부터 살펴보자. '본' 시리즈의 신호탄이라 할 '본 아이덴티티'가 세상에 나온 건 2002년이다. 첩보물의 종주영화라 할 007시리즈의 제임스 본드와 다른 제이슨 본(맷 데이먼)이 활약을 펼친 '본 아이덴티티'는 1986년 로버트 루들럼의 소설을 영화로 만든 것이다.

한 마디로 기억상실증에 걸린 전직 첩보원 본이 자신의 과거를 찾아 나서면서 거대한 적들과 싸워 나가는 내용의 영화이다. 007시리즈와 색깔을 달리한 더그 라이먼 감독의 '본 아이덴티티'가 전 세계적으로 인기를 끌었음은 2년 만에 이어진 속편에서도 알 수 있다. 폴 그린그래스 감독이 연출한 2편 '본 슈프리머시'(2004), 3편 '본 얼티메이텀'(2007)이 그것이다.

그리고 5년 만에 '본 레거시'가 돌아왔다. 2012년 9월 6일 개봉한 '본 레거시'는, 이를테면 '본' 시리즈 4편인 셈이지만 감독과 배우는 바뀐 채 돌아왔다. 왜 그랬는지 자세히 알 수 없지만, 맷 데이먼이 연기한 제이슨 본이 없어지고 제레미 레너가 애론 크로스 역을 맡았다. 감독은 전 시리즈 각본에 참여했던 토니 길로이로 바뀌었다.

그뿐이 아니다. 시리즈 3편의 무대가 유럽인데 반해 '본 레거시'는 파키스탄 · 필리핀 · 한국 등 아시아가 주요 배경으로 등장한다. '할리우드 영화 최초의 서울 촬영'이란 수식어도 붙은 채였다. 무심히 보던 관객도 서울 강남역과 필리핀에서 굴러가는 대우자동차 로고를 보곤 반가워했을 것 같다. 관객 수는, 그러나 101만 5,711명에 그쳤다.

맷 데이먼이 본으로 나오는 시리즈 3편 '본 얼티메이텀'보다 저조한 성적이다. 흥행실패라 할 수 있는데, 45살의 맷 데이먼이 4년 만에 다시 돌아온 이유다. '제이슨 본'의 261만 관객은, 따라서 단순히 계량적 의미 그 이상의 수치다. 설마 맷 데이먼과 함께 방한한 알리시아 비칸데르(이 시리즈에 새로 등장한 CIA 사이버 팀장 헤더 리 역)의 관객 동원으로 볼 수는 없을 터.

'제이슨 본'의 261만 관객은 또 다른 의미가 있기도 하다. 바야흐로 여름 대목 시장에서 '부산행' · '인천상륙작전' · '터널' 등 쟁쟁한 한국영화들 틈바구니 속에서 거둔 성과여서다. '본 얼티메이텀' 이후 9년 만에 돌아온 맷 데이먼으로선 남다른 감회를 느꼈을 법하다. 오히려 '제이슨 본' 개봉 2년이 되어가는 지금까지도 후속편 소식은 들리지 않아 그게 이상하다.

맷 데이먼 나이 때문인지 액션 장면은 좀 줄어든 인상이다. 인파 속에서 쫓고 쫓기는 긴박한 추격전은 여전하다. 여기저기 지명과 함께 화면이 빠르게 전환돼 정신 사납게 하는 전개도 마찬가지다. 계단을 오르내리는 오토바이 액션이라든가 촬영하며 170대 차량이 부서졌다는 미국 라스베이거스 자동차 추격신도 볼만하다.

▲마이데일리, 2016. 7. 19.

그러나 꼼꼼히 영화를 들여다보면 다소 섬뜩해진다. 본을 사살하려는 듀이(토미 리 존스) 국장과 복귀시키려는 헤더 리 팀장의 갈등이 기둥 줄거리인데, 그 과정에서 작전요원(뱅상 카셀)의 같은 편 살상이 계속되고 있어서다. 미국에서 위성을 통해 그리스 도심 등 세계 각지의 움직임이 실시간으로 파악되고, 그로 인해 작전이 펼쳐지는 설정도 그렇다.

5층에서 추락한 본의 완전 멀쩡한 모습이라든가 마치 기다리고 있었다는 듯 그 현장에 직방 나타난 영국 경찰들은 좀 아니지 싶다. 미친 듯이 펼쳐지는 작전요원과 본의 자동차 추격신에서도 픽하는 웃음이 나온다. 초반 작전요원이 탈취한 경찰 기동대 차가 부딪혀 뒷부분이 망가졌는데도 이후 이어지는 장면들에선 말끔한 모습이니 말이다.

〈2018. 6. 3.〉

닥터 스트레인지

　마블 스튜디오가 슈퍼히어로가 아닌 마법사를 주인공으로 한 영화를 처음 선보였다. 2016년 10월 26일 개봉한 '닥터 스트레인지'(감독 스콧 데릭슨)다. 이상한 박사라는 뜻의 '닥터 스트레인지'는 마블 스튜디오의 14번째 블록버스터다. '어벤져스'나 '캡틴 아메리카: 시빌 워'보단 못하지만, 사람들은 열광했다. 관객 수는 544만 6,239명이다.

　그래픽노블 전문 번역가 이규원은 "마블 영화는 슈퍼히어로가 주역인 지구, 우주의 외계행성, 신화와 우주를 아우르는 토르를 담으며 뻗어왔는데, 이제는 마법의 세계로까지 가로축을 무한 확장하고 있다. 영화에서도 원작 만화가 그려온 현실, 초현실, 우주 등의 복잡한 층위의 이야기를 모두 담겠다는 신호와도 같다"(한겨레, 2016. 10. 18.)고 말한다.

　이를테면 소재 지평의 확대가 이루어진 셈이다. 거기에 TV 드라마 '셜록'으로 유명해진 베네딕트 컴버배치(스트레인지 역)를 내세웠다. '설국열차'로 낯익고 친숙한 배우 틸다 스윈튼(에이션트 원 역)도 한국 팬들로선 반가운 캐스팅이다. 만화 원작에서 동양인 남자를 백인 여자로 바꾸고, 그 역을 틸다 스윈튼이 해낸 것이다.

　물론 그것이 흥행성공의 전부는 아니다. 아마 대부분 관객의 관심은 새로운 히어로 탄생이었을 것이다. 어떤 재주와 특기로 무슨 화려한 비주얼을 보여줄 것인지 궁금해하고 기대했을 것이다. 이미 '인셉션' 등에서 본 바 있긴 하지만, 도시가 무너지고 다시 조립되는 스펙터클이 볼만한 건 사실이다. 눈 덮인 에베르스트였다가 도시 한복판으로 변하는 공간 이동이 갖는 현란함도 눈을 호강시킨다.

　한국일보 강은영 기자 말처럼 이성이 아닌 감성과 상상력으로 볼 때 그렇다. 어찌 보면 주인공이 마법사인 '닥터 스트레인지'는 기존 마블 코믹스 슈퍼히어로들보다 한 수 위라는 느낌을 준다. 그만큼 색다르고 황당함이 더 거센 할리우드 블록버스터라 할까. 도대체 만화적 상상력의 끝은 어디일지 생각하게 하는 '닥터 스트레인지'다.

▲연합뉴스, 2016. 10. 24.

'닥터 스트레인지'는 이른바 필로버스터이기도 하다. 무조건 현란하고 그냥 비주얼만 내세우지 않는다. 시간을 초월한 존재 '다크 디멘션'이니 "정신이 몸을 지배한다" 따위 철학적 사유를 일상 대화처럼 나누고 있다. 스트레인지 동료 크리스틴(레이첼 맥아담스)이 말하고 있듯 "아무것도 이해가 안 돼"처럼 뭐가 뭔지 모를 영화라서다. 그런데도 12세 관람가라니 좀 놀랍다.

"반납 기간이 지나면 연체료 물어야 해요?" 같은 유머는 빛나지만, 좀 아니지 싶은 것도 있다. 교통사고로 다친 손을 치료하려고 네팔에 갔는데, 정작 스트레인지는 계속 잘 싸우고 있다. 손이 완치되지 않고, 하산해도 좋다는 스승의 하교(下校)가 없는데도 시공간 조작으로 영생하려는 악당 케실리우스(매즈 미켈슨)와 맞서는 게 가능한지 의문이다.

스트레인지를 마법사로 거듭나게 한 스승 에이션트 원이 케실리우스의 흉기에 찔려 허망하게 죽는 것도 좀 그렇다. 2018년 4월 개봉 예정인 '어벤져스: 인피니티 워'에 스트레인지도 합류해 활약을 펼친다니 어떤 황당함과 부족함이 이어질지 지켜볼 일이다.

⟨2017. 12. 28.⟩

신비한 동물사전

2001년 '해리포터와 마법사의 돌'로 시작된 해리포터 시리즈는 2011년 8편인 '해리포터와 죽음의 성물2'로 막을 내렸다. 조앤 롤링의 원작소설(전 7권)과 영화는 해리포터 세대란 말이 생겨났을 정도로 전 세계적으로 인기를 끌었다. 자그마치 10년 동안 전 세계를 들었다 놨다 할 만큼 인기였다. 한국도 예외가 아니었다. 2013년 내가 펴낸 책 '영화, 사람을 홀리다'에 기대 좀 자세히 살펴보자.

우선 1997년 첫 출간된 원작소설은 성서 다음으로 많이 팔린 책이 되었다. 67개 언어로 번역되었고, 200여 나라에서 출간되었다. 모두 4억 부 넘게 팔린 것으로 알려졌다. 영화 역시 한겨레(2011. 7. 13.)신문에 따르면 "지난 7편의 시리즈가 전 세계에서 약 64억 달러(약 7조 원)의 흥행수익을 거뒀고, 국내 관객만 2,410만여 명을 모았다."

이것은 마지막 편인 '해리포터와 죽음의 성물 2' 이전까지의 기록이다. 마지막 편 국내 관객이 440만 270명이니 8편 모두 합친 숫자는 4,850만여 명이 된다. 당연히 국내를 비롯해 전 세계적 흥행수익도 7조 원을 훨씬 웃도는, 그야말로 신기원을 이룩한 영화라 할 수 있다.

그렇게 한 시대를 풍미하고 끝난 줄 알았다. 해리와 친구들이 교과서 삼아 공부하던 책 '신비한 동물사전'이 스핀오프(오리지널 영화나 드라마에서 파생된 이야기)로 관객들을 만나게 될 줄 몰랐다. 해리포터 시리즈는 아니지만 그 연장선이거나 마법의 세계로 깜짝 놀라게 한 '신비한 동물사전'(감독 데이비드 예이츠) 이야기다. 2016년 11월 16일 개봉한 '신비한 동물사전' 관객 수는 466만 2,534명이다.

8편의 시리즈 중 최다 관객인 440만 270명을 동원한 '해리포터와 죽음의 성물2'보다 많은 수치다. 흥미로운 것은 관객 연령대다. 한겨레(2016. 11. 25.)에 따르면 CGV가 조사해 보니 예매 관객 56%가 20대, 22.3%가 30대였다. 전북중앙신문(2016. 11. 24.)에 따르면 실제 관객 분포를 분석해보니 20대가 49.5%로 가장 많았다. 성별로는 여성 비중이 63.2%로 높았다. 전통적으로 영화 흥행을 이끄는 게 20대이긴 하지만, 해리포터 팬들의 결집이란 평가가 그럴듯해 보인다.

해리포터 시리즈 5~8편 연출자인 데이비드 예이츠 감독 영화인 것도 그와 무관치 않아 보인다. 워너브러더스는 2년에 1편씩 10년 동안 모두 5편의 시리즈를 선보일 계획을 발표하기도 했다. 10년 동안 온갖 영화(榮華)를 누린 해리포터 시리즈처럼 될지는 미지수지만, 팬들로선 즐겁고 신나게 됐다. 마블 히어로 닥터 스트레인지와 또 다른 마법의 세계를 경험할 수 있게 되어서다.

영화엔 '로얄스타 증기선' 외 이렇다 할 시대 배경은 나오지 않는데, '신비한 동물사전'은 1926년 영국 마법사 뉴트(에디 레드메인)가 뉴욕에서 겪는 소동 이야기다. 007 가방에 든 신비한 동물이 밖으로 나오고, 그걸 다시 잡아넣으려는 뉴트가 미합중국 마법의회의 제재를 받게 된다. 미국 마법사 티나(캐서린 워터스턴) 자매와 노마지(해리포터, 그러니까 영국에선 '머글'로 인간이란 뜻) 제이콥(댄 포글러)이 함께 소동을 겪는다.

'신비한 동물사전'의 강점은 상영시간 132분이 하나도 지루하지 않다는 점이다. 그만큼 재미가 있다. 여러 신비한 동물들 활약이 신기하다는 뜻이기도 하다. 가령 바퀴벌레 집어넣은 보통의 주전자 속으로 마구 날뛰던 공룡 같은 새가 쏙 들어가니 어찌 신기하지 않겠는가. 007 가방 속으로 뉴트가 들어가고 거구라 할 제이콥마저 사라지니 어찌 재미있지 않겠는가!

▲뉴시스, 2016. 11. 21.

　어떻게 그런 신비한 동물들이며 '지팡이 사용 허가부서'라든가 '마법노출 위험 표시기' 등을 창작해냈는지 조앤 롤링의 판타지 시나리오가 신기하기도 하다. 그럴망정 미국 마법의회의 안보 책임자인 그레이브스(콜린 파렐)가 결말부에서 악인으로 변신하는 건 좀 의아하다. 하등 그럴만한 인과적 구성이나 구체적 당위성 없는 갑작스런 변신이어서다.

〈2017. 12. 29.〉

라라랜드

    우리는 개봉 1년도 안 된 영화가 지상파 TV로 방송되는 시대를 살고 있다. 추석이나 설 명절 특선영화가 그것이다. 가령 2015년 3월 12일 개봉한 '위플래쉬'의 2016년 설(2월 8일) 특선영화 TV 방송을 예로 들 수 있다. 하긴 '비정규직 특수요원'이나 '미쓰 와이프'처럼 개봉 6개월 만에 지상파 전파를 타는 영화들도 있다.

    2016년 12월 7일 '판도라'와 같은 날 개봉한 '라라랜드'가 2017년 추석(10월 4일)특선 TV영화로 방송된 것도 그런 경우다. MBC는 7일 밤 드라마 '도둑놈 도둑님'을 다음 날 2회 연속으로 돌려놓고 '라라랜드'를 방송했다. '라라랜드'는 '위플래쉬' 이후 1년 9개월 만에 선보인 미국의 다미엔 차젤레 감독의 두 번째 영화다.

    '도둑놈 도둑님'을 빠짐없이 열심히 보던 중이라 그 시간대 방송한 '라라랜드' 감상에 큰 걸림돌은 없었다. 개봉 당시 한국영화 '판도라' 대신 '라라랜드'를 친구와 함께 보러 간 20대 중반 딸아이가 생각나기도 했다. 딸과 같은 20대들 호응을 받은 '라라랜드'는 아니나다를까 대박이었다. 자그마치 350만 678명을 극장으로 불러 모았으니까.

    그런 대박은 감독(그런데 감독 이름은 다미엔 차젤레이면서 데이미언 셔젤이기도 하다. 신문 등 매체마다 표기가 다르게 되어 있는 것. 왜 그런지 자세히 알 수 없으나 이름 표기로만 보면 완전히 다른 사람같다. 미아 역의 주연 여배우 이름도 엠마 스톤인가 하면 에마 스톤이기도 해 혼란을 준다)의 전작 '위플래쉬'의 대박 사건을 떠올리게 한다.

수입가 6만 달러(약 6,647만 원)로 손익분기점이 27만 명쯤인 '위플래쉬'의 관객 수는 무려 158만 9,032명이다. 전 세계에서 4,898만 달러를 벌어들였는데, 미국을 제외하고 50개국 중 한국에서 가장 많은 수익(1,141만 달러)을 올린 것으로 전해졌다. 흥행수익의 4분의 1을 한국인 주머니에서 나간 돈으로 달성한 것이다.

'라라랜드' 역시 '위플래쉬'처럼 한국에서 강세를 보였다. "미국 전역 개봉이 한국보다 일주일 늦기는 했지만, 지난 18일 박스오피스 모조닷컴 집계를 기준으로 한국 매출(934만 달러)이 미국(534만 달러)을 추월하고 있다"(서울신문, 2016. 12. 21.)는 기사가 그걸 말해준다. '라라랜드'는 3천만 달러 제작비로 전 세계에서 4억 4,500만 달러를 벌어들인 것으로 알려졌다.

그래서일까. '라라랜드'는 한국에서 전 세계 최초로 개봉했다. 물론 그보다 앞서 8월 30일 개막한 제74회베니스국제영화제 개막작으로 상영된 바 있다. 엠마 스톤은 여우주연상을 거머쥐기도 했다. 일반 개봉후인 2017년 2월 26일(현지 시간) 열린 제89회 아카데미상 시상식에서도 감독상·여우주연상·미술상·음악상을 두루 수상했다. 특히 32세인 다미엔 감독은 역대 최연소 감독상 수상자가 됐다.

수상이 영화의 전부는 아니지만, '라라랜드'가 흥행과 함께 화제작인 건 분명해진 셈이다. 과연 '라라랜드'는 그럴만한 영화인가? 내 주관적 생각으로 결론부터 말한다면 '아니오'이다. 감독 말처럼 "꿈과 현실 사이의 균형 잡기를 표현하기에 더할 나위 없는 장르"라는 뮤지컬 영화에 대한 조예가 부족하거나 아예 취미가 없어 그런 지도 모를 일이다.

▲한국강사신문, 2019. 12. 24.

가령 꽉 막힌 고속도로에서 많은 사람들이 차에서 나와 노래하고 춤추는 오프닝 화면은 찡하거나 황홀하지 않다. 다소 무식한 소리일지 모르지만, 마치 달밤에 체조하고 있는 느낌이다. 이제 갓 만난 셉(라이언 고슬링)과 미아가 시내 야경이 내려다보이는 언덕에서 합을 맞추는 탭댄스 장면도 마찬가지다.

'라라랜드'는 각각 재즈 피아노 연주자와 배우의 꿈을 이루려는 셉과 미아가 음악과 춤으로 만나 사랑해가는 이야기다. 그런데 사랑 먼저 음악과 춤은 그다음이 아니다. 음악과 춤이 있어 그들에겐 사랑도 생긴 것이다. 예술하기 내지 꿈이루기의 어려움을 상징하는 구도로 보인다. 미아가 전에 사귀던 남친과 너무 쿨하게 헤어지는 것도 그런 맥락에서 이해해주고 싶다.

그러나 친구 세 명과 파티장에 갔는데, 다음 장면엔 그들 없이 셉만 나오는 등 다소 성긴 구성도 그래야 할지는 고민으로 남는다. 특히 결말에서 도드라진 다소 성긴 구성은 좀 아쉽다. 갑자기 5년이 흐르더니 그들은 남남이 되어 있다. 셉은 꿈인 재즈바 사장님이 되었는데, 배우가 된 미아는 다른 남자와 결혼한 아이 엄마이다. 왜 그렇게 헤어진 결말이어야 하는지 아쉽다.

〈결말이 아쉬운 흥행작-한교닷컴, 2017. 10. 20.〉

미녀와 야수

1991년 개봉한 애니메이션 '미녀와 야수'(감독 빌 콘돈)가 26년 만인 2017년 3월 16일 실사영화로 돌아왔다. 저주에 걸려 야수가 된 왕자가 아가씨 벨의 사랑으로 인간이 되는 기본 줄거리를 간직한 채다. 반응은? 뜨거웠다. 513만 833명이 실사영화로 돌아온 '미녀와 야수'를 보러 극장을 찾았으니까. '스파이더맨: 홈커밍' 다음의 2017 외화흥행 2위 성적이기도 하다.

'미녀와 야수'는 애니메이션 명가라 할 디즈니가 1억 6,000만 달러(약 1,835억 원)를 투입해 제작한 블록버스터다. 결과는? 뉴시스 기사를 보도한 전라매일(2017. 4. 3.)에 따르면 3월 31일 기준으로 전 세계에서 7억 8,000만 달러(약 8,724억 원)를 벌어들였다. 돈이 돈을 버는 할리우드 블록버스터 흥행 공식이 그대로 재현된 것이라 할까. 최종 집계는 12억 6,352만 달러다.

이런 자신감과 상관없이 디즈니는 유명 애니메이션들을 실사영화로 선보일 예정이다. '알라딘'·'뮬란'·'라이온 킹'·'덤보' 등이다. 국내에선 '미녀와 야수' 절반도 안 되는 관객을 동원하는 데 그쳤지만, 2016년 6월 9일 개봉한 실사영화 '정글북'(애니메이션은 1967년작) 흥행에서 자신감을 얻은 결과인지도 모른다.

1991년작 '미녀와 야수'는 애니메이션 최초로 아카데미 작품상을 수상하기도 했다. 디즈니의 르네상스를 연 작품으로 평가되는

'미녀와 야수'가 26년이 지나 실사영화로도 각광을 받는 모습이다. 이쯤 되면 2~3년 후 '미녀와 야수2'가 나올지 알 수 없다. 프랜차이즈 영화야말로 할리우드 블록버스터의 속성이니까. 또한 그것이 그들의 주특기니까.

▲다음포토, 2020. 2. 9.

나로선 용기를 필요로 한 '미녀의 야수' 관람이다. 하필 뮤지컬 실사영화로 돌아와서다. 그렇다. 나는 뮤지컬 영화를 싫어한다. 문외한인데서 비롯한 기피일지도 모르겠다. 그런데도 '미녀와 야수'를 애써 본 것은 흥행영화이기 때문이다. '레미제라블'(2012)·'라라랜드'(2015) 등 뮤지컬 영화를 늦게라도 애써 챙겨본 것 역시 그런 이유에서다.

참아가며 억지로 영화를 본 셈인데, 얼마 가지 않아 흥미로 바뀌어갔다. 애들이나 보는 만화영화적 분위기에서 점차 벗어난 것이다. 벨(에마 왓슨)에게 친근함을 보이는 말하는 주전자와 찻잔,

움직이는 황금 촛대, 순식간에 분장사가 되는 옷장 등이 야수(댄 스티븐스)의 기괴한 모습과 다르게 깜찍하고 귀여운, 그리하여 재미있게 다가와서다.

오히려 '미녀와 야수'는 뭐가 뭔지 잘 이해 안 되는 슈퍼히어로의 할리우드 블록버스터들보다 나아 보인다. 해피엔딩의 밝고 따뜻한 분위기가 그런 느낌을 주는지 모른다. 무엇보다도 서사 전개가 간명하고 선악 캐릭터가 뚜렷하게 갈린 애니메이션적 얼개 덕분이지 싶다. 1991년 만화영화보다 한참 늘어난 상영시간 129분이 훌쩍 지나간 것도 그 때문 아닐까.

그런데 겨울인데도 야수의 성엔 마법이 걸려 정원에 장미꽃이 피어있나? 도망가던 벨을 야수가 늑대들로부터 구해준 게 사랑이 싹트는 계기인 것도 좀 아니지 싶다. 도망에 대한 어떤 질타나 트집도 없어서다. 명색이 야수인데 그깟 늑대들과의 싸움에서 몸져누울 정도로 다친 것도 그렇다. 누워 있는 모습에서 야수의 뿔이 안 보여 좀 의아스럽다.

〈2017. 12. 30.〉

분노의 질주: 더 익스트림

시리즈 6편에 해당하는 '분노의 질주: 더 맥시멈'('분노의 질주 6') 홍보차 방한한 빈 디젤이 말했다. "한국에서 크게 흥행한다면 시리즈 7편에 한국 배우를 캐스팅하겠다"(조선일보, 2013. 5. 14.)고. '분노의 질주6'의 관객 수는 179만 457명이다. 대략 3백만 명 이상 할리우드 블록버스터를 흥행성공으로 보는 점을 감안하면 실패다.

결국 한국 배우 출연 없이 7편이 돌아왔다. 2015년 4월 1일 개봉한 '분노의 질주: 더 세븐'(감독 제임스 완)이 그것이다. '분노의 질주: 더 세븐'('분노의 질주7'의 관객 수는 324만 7,955명이다. 6편의 두 배 가까이 된다. '분노의 질주' 시리즈 중 최고 성적이다. 이전의 기록은 이미 '분노의 질주6'에서 그 족보를 살펴보았으므로 여기선 생략한다.

'분노의 질주'는 "지난 15년간 7편의 시리즈를 통해 총 4조 3천억 원의 흥행 수익을 올린 블록버스터"(전북중앙, 2017. 4. 14.)다. 그것은, 그러나 7편까지의 기록일 뿐이다. 2017년 4월 12일 개봉한 '분노의 질주: 더 익스트림'(감독 F.게리 그레이, '분노의 질주8')이 365만 3,238명을 동원, 역대 최다 관객 수를 기록했기 때문이다.

한 권의 책에 시리즈 6, 8편이 들어가게 되었지만, 애써 '분노의 질주8'을 만나는 것은 역대 최고 성적 때문이다. 또 6편에서 잠깐 말했듯 2013년 11월 30일 7편 촬영 중 교통사고로 세상을 뜬 폴 워커(브라이언 역, 주인공 도미닉의 처남)가 없는 영화가 어느새 두 편이나 만들어지고, 모두 300만 명 넘는 관객으로 흥행을 일구어서다.

'분노의 질주7' 리뷰에서 이미 말한 바 있다. 브라이언은 그렇다 치고 아내인 미아(조다나 브류스티)는 주인공인 빈 디젤(도미닉 토레토 역)의 여동생인데, 어떻게 할지 벌써 그것이 궁금해진다고. 이 궁금증은 2년쯤 있어야 풀리겠다고. 2년 만에 돌아온 '분노의 질주8'에서 브라이언은 일에 끌어들이지 않는 것으로, 아기 이름으로 등장하는 정도로 확인된다.

폴 워커의 안타까운 죽음에 대한 추모 열기 때문인지 자세히 알 수는 없지만, 7편은 300만 넘는 흥행작이 되었다. 그 정도는 빈 디젤이 말한 '크게 흥행'은 아닌지 8편에도 한국 배우는 없다. 자막으로 딱 한 번 서울이 나왔을 뿐이다. 대신 시리즈 사상 최초로 여자 악당 사이퍼(사를리즈 테론)가 등장, 도미닉을 동업자로 만든다.

난데없는 도미닉 아들을 키우는 엘레나(엘사 파타키)를 인질로 잡아 협박하여 생긴 결과다. 할리우드 영화 최초로 쿠바에서 촬영한 도미닉의 신혼생활은 잠깐 나온다. 7편에서 데카드 쇼(제이슨 스타뎀)가 "나를 감옥에 가둬둘 수는 없다"며 8편을 예고했듯 홉스(드웨인 존슨)와의 교도소 내 쌈질과 견원지간 갈등이 계속된다. 이후 전편 못지않은 '분노의 질주' 시리즈 특유의 액션이 펼쳐진다.

가령 해킹으로 자율 주행차들을 엉키게 하고, 대형 톱으로 방탄 차량 연료탱크를 잘라버린다. 내가 보기엔 빙판에서의 자동차 추격전이 압권이다. 잠수함이 빙판으로 솟구치며 자동차를 공격하는 장관도 펼쳐진다. 빙판으로 올라온 어뢰나 발사된 열추적 미사일을 역이용해 장갑차와 잠수함을 폭파시키는 그런 생각을 어떻게 해냈는지 신기할 정도다.

▲머니S, 2019. 2. 27.

'차세대 뇌진탕 수류탄'이란 신무기도 007시리즈 저리 가라 한다. 해킹으로 인한 차들의 제멋대로 주행, 사고로 이어지는 장면은 대재앙에 대한 경각심을 일깨워주기도 한다. 한쪽 앞뒤 두 바퀴로만 주행하는 자동차 묘기라든가 부서지는 차량을 향해 "무상 수리될 거야" 같은 유머도 인상적이다. 다만, 방탄유리로 가려졌는데 대화가 가능한지는 의문이다.

〈2018. 7. 19.〉

제2부

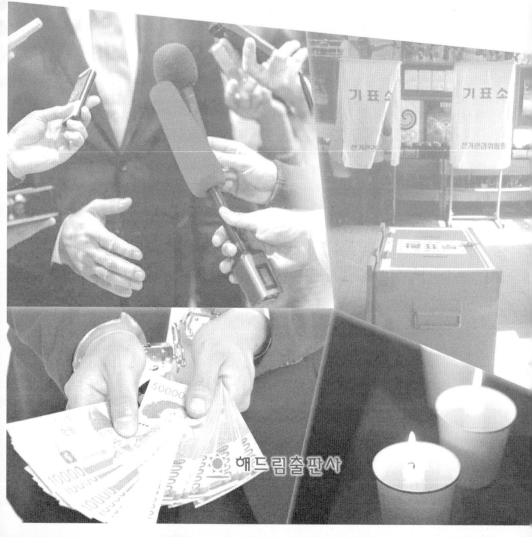

진짜로 대통령 잘 뽑아야

대통령 잘 뽑아야

장세진 산문집

해드림출판사

가디언즈 오브 갤럭시2

KBS 2TV가 2018 추석(9월 24일) 특선으로 '가디언즈 오브 갤럭시'를 '트랜스포머5'와 함께 방송했을 때 나는 아쉬워했다. '가디언즈 오브 갤럭시' 리뷰에서 '트랜스포머5'와 같이 2017년 개봉작이라면 '가디언즈 오브 갤럭시VOL2'(이하 '가디언즈 오브 갤럭시2')를 연달아 내보는 게 낫지 않았을까라고 한 것.

그렇게 아쉬워한지 1년 5개월여 만에 '가디언즈 오브 갤럭시2'(감독 제임스 건)를 보았다. 1월 27일 밤 KBS 2TV가 설 특선영화로 방송한 '가디언즈 오브 갤럭시2'는 2017년 5월 3일 극장에서 개봉했다. 설 연휴기간 가장 많은 사람들이 본 TV 특선영화 '걸캅스'를 포기하고, 본방사수중이던 드라마 '낭만닥터 김사부2'까지 재방으로 미룬 채 본 '가디언즈 오브 갤럭시2'다.

내가 '가디언즈 오브 갤럭시2'를 애써 챙겨 본 것은 1편보다 2배 넘게 늘어난 관객 때문이다. 1편 관객 수가 131만 1,190명인데 비해 '가디언즈 오브 갤럭시2'는 273만 5,721명을 동원했다. 시리즈 1편보다 늘어난 2~3편의 마블 스튜디오 영화들을 이미 '가디언즈 오브 갤럭시' 리뷰에서 살펴본 바 있으므로 이쯤 해 두지만, 분명한 사실이 있다.

국내에선 찬밥 신세에 머물렀던 '가디언즈 오브 갤럭시'가 "세계적으로 7억 7,300만 달러(약 8,875억 원)를 벌어들이며 전 세계 박스오피스 3위를 달성"(동아일보, 2017. 4. 12.)한 영화라는 사실이다. 2편은 전 세계적으로 8억 6,300만 달러를 벌어들인 것으로 알려졌다. '가디언즈 오브 갤럭시' 멤버들이 '어벤져스' 시리즈 3, 4편에 연달아 합류한 이유가 아닐까 한다.

앞의 동아일보에 따르면 프랫은 "가디언즈와 어벤져스가 만날 일이 있을까 했는데, 실제로 그런 일이 일어나 정말 즐겁고 기대가 크다"면서 "오랫동안 팬이었던 어벤져스 배우들과 함께 작업하게 돼 기쁘다"고 했다. 많은 등장인물이 어떻게 스토리라인을 펼칠 수 있을지 걱정이 많았다는 살다나(가모라 역)도 "촬영 현장에서 어벤져스 팀이 저희를 존중해 줬고, 가디언즈의 톤을 잃지 않도록 도와줬다"고 설명했다.

배우 크리스 프랫·조이 살다나와 함께한 제임스 건 감독은 4월 11일 CGV 왕십리에서 열린 화상 콘퍼런스를 통해 "현재 전 세계에서 가장 위대한 영화는 한국에서 만들어진다고 생각한다"며 "지난 20년간 한국 영화는 많은 성장을 해 왔고, '마더'·'괴물' 등의 영화 덕분에 내 영화 또한 한 단계 도약할 수 있었다"고 전했다.

한편 시리즈 3편 '어벤져스: 인피니티 워'는 2018년 4월 25일 개봉해 1,121만 2,710명을 동원했다. 시리즈 4편인 '어벤져스: 엔드게임'은 2019년 4월 24일 개봉해 무려 1,393만 4,604명을 극장으로 불러들였다. 이는 '아바타'가 갖고 있던 외국영화 역대 박스오피스 1위를 10년 만에 갈아치운 기록이기도 하다.

아무튼 '가디언즈 오브 갤럭시2'에는 1편의 주인공 5명이 그대로 나온다. 일명 스타로드인 피터퀼(크리스 프랫), 여전사 가모라(조 샐다나), 마동석 이상의 몸집인 드랙스(데이브 바티스타), 까

칠한 너구리 로켓(브래들리 쿠퍼 목소리), 나무 모양의 인간 그루트(빈 디젤 목소리)가 적들에 맞서 1편 못지않은 우주 활극을 펼친다.

▲동아일보, 2020. 1. 24.

스타로드 아버지라는 에고(커트 러셀)가 새로 등장하기도 한다. 그로 인해 평화로움이 이어지는가 싶더니 이내 상황이 바뀐다. 에고가 엄마에게 암세포를 심어 죽게 하는 등 악인이라서다. 스타로드 일행이 힘을 합쳐 에고를 제거함은 물론이다. 그 외 가모라와 동생 네뷸라(카렌 길런)의 갈등과 화해, 스타로드와 가모라의 밀당 로맨스 등이 펼쳐진다.

요두(마이클 루커)의 스타로드를 위한 희생과 죽음도 주요 서사다. "씨를 뿌렸다고 아버지라 할 수 없지"라던 요두는 스타로드를 키워준 양부(養父)다. 스타로드는 "바로 눈앞에 있는데 알아보

지 못하고 평생을 찾아 헤매지"라며 욘두를 추모한다. 또한 살부
(殺父)에 대한 부담감을 의식해서인지 "욘두야말로 나의 아버지
였어"라 말하기도 한다.

'가디언즈 오브 갤럭시2'가 스페이스 오페라(우주가 배경인 대
중적 SF활극)이면서도 소중한 가족의 의미를 일깨우는 지점이다.
가모라와 드랙스가 말하듯 가디언즈 팀원도 단순한 동료를 넘어
가족이다. 가모라와 네뷸라가 서로 죽일 듯 싸우다가도 화해하는
자매애 역시 그 연장선에 있다. 가족의 의미를 되새겨보는 주제
라 할까.

의아한 것은 그루트는 왜 코가 없는가 하는 점이다. 입은 있으
니 숨이야 쉬겠지만, 그루트가 폭파장치 설명하는 로켓의 말귀를
얼른 못 알아 듣는 것도 혹 그래서인지 의아하다. 에고 행성은 전
혀 경계 태세가 안 되어 있는지도 의아하다. 네뷸라가 모는 우주
선이 사색에 잠겨 있던 가모라를 급습하여 자매간 싸움이 한바탕
벌어져서다.

12세 관람가 영화에서 굳이 드랙스의 더듬이 달린 외계인 맨티
스(폼 클레멘티에프)를 향한 "너랑 자는 걸 상상해버렸어" 같은
성적 농담이 필요했는지도 의문이다. "불타는 거시기", "드랙스
나도 거시기 있다! 심지어 꽤 크지!", "난 찌찌가 예민하거든" 따
위도 마찬가지다. 3부로까지 나눈 중간광고 역시 직전 장면이 다
시 나오는 등 좀 아니지 싶다.

〈2020. 2. 1.〉

캐리비안의 해적: 죽은 자는 말이 없다

2017년 5월 24일 '캐리비안의 해적'이 돌아왔다. 2003년 '캐리비안의 해적: 블랙펄의 저주'를 시작으로 다섯 번째 선보이는 '캐리비안의 해적: 죽은 자는 말이 없다'('캐리비안의 해적5', 감독 요아킴 뢰닝·에스펜 잔드베르크)가 개봉한 것이다. 전편 '캐리비안의 해적: 낯선 조류'('캐리비안의 해적4')가 2011년 5월 19일 개봉했으니 약 6년 만의 귀환이라 할 수 있다.

이는 '캐리비안의 해적: 세상의 끝에서'('캐리비안의 해적3')의 개봉에 비하면 상당히 늦어진 귀환이다. '캐리비안의 해적3'의 돌아옴은 다른 할리우드 블록버스터들과 비교가 안될 정도로 재빨랐다. 2006년 7월 6일 '캐리비안의 해적: 망자의 함'('캐리비안의 해적2')이 개봉되었는데, 3편은 1년도 채 안 된 2007년 5월 23일 선을 보였던 것.

아니나다를까 마치 기다리고 있었다는 듯 '캐리비안의 해적3'에 대한 관객의 반응은 가히 폭발적이었다. 결과적으로 '캐리비안의 해적3'은 2편보다 더 많은 457만 명의 흥행기록을 세웠다. 참으로 이상한 것 한 가지는 상영시간이다. 할리우드 블록버스터들이 대부분 2시간 넘는 것은 하나의 공식처럼 되었지만, '캐리비안의 해적3'의 경우 자그마치 2시간 하고도 48분이다.

어쨌든 '캐리비안의 해적' 시리즈는 한국에서 흥행 성공한 할리우드 블록버스터라 할 수 있다. 영화진흥위원회 통합전산망에 집계된 관객 수를 보면 그 점을 알 수 있다. '캐리비안의 해적: 망자의 함' 391만 명, '캐리비안의 해적: 세상의 끝에서' 457만 명, '캐리비안의 해적: 낯선 조류' 313만 명, '캐리비안의 해적: 죽은 자는 말이 없다' 304만 명 등이다.

영화진흥위원회 통합전산망에 집계된 4편 모두 300만 넘는 관객임을 알 수 있다. 아마 바다를 배경으로 하는 다른 할리우드 블록버스터와의 차별성이 무엇보다도 가장 큰 이유가 아닐까 한다. "사실 '캐리비안의 해적' 시리즈는 해적 캡틴 잭 스패로를 연기한 조니뎁의 존재감만으로도 절반은 먹고 들어가는 영화"(전북중앙, 2017. 5. 26.)라는 주장도 있긴 하다.

'캐리비안의 해적'은 본래 디즈니랜드 테마파크에 있던 놀이기구 이름이다. 이에 착안하여 만든 영화가 '캐리비안의 해적: 블랙펄의 저주'였다. 그것이 시리즈 5편까지 이어지고 있다. 미국에서 4, 5편 성적이 저조했음에도 '캐리비안의 해적' 시리즈 5편에 제작비 12억 달러가 투입됐고, 45억 달러를 벌어들인 것으로 알려졌다.

'캐리비안의 해적5'는 잭 스패로에 의해 죽임을 당한 군인 살라자르(하비에르 바르뎀)가 살아나 쌈질하는 이야기다. 이를테면 죽은 자(유령)들과의 쌈질인 셈이다. 거기에 각각 아빠를 찾아 나선 해군 헨리 터너(브렌튼 스웨이츠)와 천문학자 카리나 스미스(카야 스코델라리오)가 새로 합류해 한바탕 포복절도할 액션을 펼친다.

두 쪽으로 짝 갈라진 바다, 살라자르가 지휘하던 군함의 해저에서의 솟구침, 상어 떼 공격 등 해양 액션이 볼만하지만, 그러나 '캐리비안의 해적5'를 보는 동안 인내심은 필수다. 시리즈가 그렇듯 모든 관객을 숫제 12세 꼬마로 취급하는 것 같아서다. 기본적으로 웃기기가 절체절명의 위기마저 장난처럼 느껴지게 하는 어색함도 있다.

▲연합뉴스, 2017. 5. 26.

"아니, 밤일에 조예가 깊었지"라든가 "아, 좀 벗게 놔두지. 발목은 봤어요", "거긴 좌현이 아니라 후미예요" 따위 12세 관람가 영화인지 의문인 성적(性的) 농담도 어색하게 다가온다. 여러 번 의상이 바뀌는데도 카리나는 한결같이 가슴 패인 옷을 입고 있는 것 역시 그런 분위기와 무관치 않아 보인다.

유리병 속에 갇혔던 블랙펄호가 바닷속으로 가라앉았다가 솟아나 승선하는데, 왜 잭은 줄에 묶인 포로 신세가 되었는지 아리송하다. 저주가 풀리면서 헨리가 아빠를 만나는 장면에 한번도 등장한 적 없는 엄마가 나타나 재회하는 것도 좀 아니지 싶다. 아무리 아무 생각 없이 현란한 액션을 즐기는 팝콘무비라 해도 너무 헐거운 구성 아닌가?

무엇보다도 '캐리비안의 해적' 시리즈의 가장 큰 문제는 해적 미화이다. 연전에 소말리아 해적에게 납치된 삼호 주얼리호 선원들을 무사히 구출해 우리 해군의 위용이 세계적 뉴스거리가 되었다. 거기서 여실히 실감했듯 해적은 그냥 해적일 뿐이다. 조폭이 조폭일 뿐인 것처럼. 그것이 18세기 해적이라 해서 '인간적으로' 용서되는 것이 아님은 물론이다.

〈2018. 8. 1.〉

미이라

　무려 10년 만에 '미이라'(감독 알렉스 키츠먼)가 돌아왔다. '무려'라고 말한 것은 2~3년 만에 속편의 할리우드 블록버스터가 돌아오곤 해서다. '미이라3: 황제의 무덤'이 개봉된 것은 2007년이다. 409만 명 넘게 본 영화인데도 시리즈를 잇는 후속편이 10년 만에 돌아온 것은 일견 의아한 일이다. 하긴 '미이라3'도 6년 만에 돌아온 바 있다.

　잠깐 족보부터 정리해보자. 1930년 고전영화 '미이라'는 제껴두고 시리즈 1편이 개봉한 것은 1999년이다. 2년 만인 2001년 '미이라2'가 개봉했다. '미이라2'는 전 세계에서 4억 2,870만 달러(약 4,300억 원)를 벌어들였다. 그 점만으로도 2~3년 만에 돌아와야 맞는데, 각각 6년과 10년이 걸려 팬들을 만났으니 의아할 수밖에.

　의아한 것은 또 있다. 제목 '미이라'다. 리부트 영화인데 어떤 부제도 없이 그냥 '미이라'로 돌아왔다. 톰 크루즈(닉 모튼 역)를 내세운 게 눈에 띈다. 유니버설픽처스(UPI)가 '다크 유니버스'를 선보이겠다고 한 후 첫 영화이기도 하다. 다크 유니버스는 미이라 · 울프맨 · 인비저블맨 · 프랑켄슈타인 · 드라큘라 등 고전 몬스터 영화들을 새로 선보이는 프로젝트를 말한다.

　일단 2017년 6월 6일 전 세계 최초로 개봉한 '미이라'에 대한 반응은 뜨거웠다. 개봉 하루에만 87만 3,109명을 모았으니까. 역대 개봉일 관객 최다 기록을 세운 성적이다. 2016년 '캡틴 아메리카: 시빌 워'가 갖고 있던 외화 개봉 관객 최다 기록 72만 7,949명을 거뜬히 넘어선 것이기도 하다. 총 관객 수는, 그러나 '캡틴 아메리카: 시빌 워'가 동원한 867만 명의 절반도 안 되는 368만 9,325명에 머물렀다.

내용은 단순하다. 지하에 묻혀있던 고대 이집트 미라(이게 맞춤법에 맞는 표기다)가 깨어나면서 벌어지는 이야기다. 이라크 최전선 정찰병이면서도 고대 유물을 훔쳐 파는 닉과 고고학자인 제니(애나벨 월리스), 고대 이집트 공주 아마네트(소피아 부텔라)가 이야기 중심에 있다. 눈에 띄는 건 '킹스맨: 시크릿 에이전트'에서 '쇠다리 액션'으로 강한 인상을 남긴 소피아 부텔라다.

영화는 전편들에 비해 많이 무섭고 어두워졌다. "하나밖에 없는 낙하산을 나한테 줬잖아요"하는 제니 말에 닉의 "하나 더 있는 줄 알았거든" 따위 유머감각이 여전하지만, '미이라3: 황제의 무덤' 등 전편에서의 키스 장면이나 성적(性的) 농담이 없어 점잖아진 모습이기도 하다. 55세 나이에도 대역 없이 스스로 해낸 톰 크루즈 액션이나 CG를 이용한 볼거리도 현란하다.

문제는 영화에서 닉이 말하듯 뭐가 뭔지 모르겠는 서사다. "과거는 결코 영원히 묻힐 수 없는 법"이긴 하지만, 아마네트를 깨운 것이 무엇 때문인지 알 수 없다. 아마네트의 복수와 그에 맞서는 이야기 흐름이 잘못 설정되었다는 느낌을 지울 수 없다. 닉의 싸움이 무슨 메시지를 남기는지 어떤 깨달음도 갖지 않게 된다. 하긴 볼거리만 내세워 '생쇼'를 해대는 할리우드 블록버스터에서 너무 과도한 요구인지도 모르겠다.

▲한국강사신문, 2019. 5. 6.

    구성도 헐겁다. 닉은 정찰병으로 계급이 상사인데, 그 직위와 신분은 영화가 진행되면서 오간 데 없다. 이라크 전장(戰場)에서 그렇게 총격이 가해지고, 허물어지고, 굴러 내리고 하는데도 톰 크루즈 얼굴은 파티장에 있는 것처럼 미끈하기만 하다. 통상 300만 명 넘으면 흥행작인데, 놀라운 것은 이런 할리우드 블록버스터를 보러 368만 명 넘는 사람이 극장을 찾은 점이다.

〈2017. 12. 27.〉

트랜스포머: 최후의 기사

트랜스포머가 3년 만에 돌아왔다. 2017년 6월 21일 '트랜스포머: 최후의 기사'('트랜스포머5')가 개봉한 것. 관객 수는, 그러나 261만 4,234명에 불과하다. 261만 명을 '그러나'에 '불과하다'라고 말한 것은 응당 그럴만한 까닭이 있어서다. 그것을 밝히기 위해 이미 만나본 시리즈 전편 이야기('영화로 힐링' 참조)부터 하는 게 순서일 듯하다.

529만 5,929명. 2014년 6월 25일 개봉한 '트랜스포머: 사라진 시대'('트랜스포머4')의 관객 수다. 언뜻 대단한 수치같지만, 적어도 3편의 '트랜스포머' 시리즈 전편들을 놓고 보면 별것 아니다. 이 땅에서 '트랜스포머'는 보통 7백만 영화로 통했다. '트랜스포머4'의 500만 명 대를 추락이라 할 수 있는 이유다.

좀 자세히 살펴보자. 2007년 6월 28일 개봉한 '트랜스포머' 1편은 740만 2,211명을 극장으로 불러들였다. 2009년 6월 24일 개봉한 2편 '트랜스포머: 패자의 역습' 739만 299명, 2011년 6월 29일 선보인 '트랜스포머3'은 778만 4,743명이 극장을 찾은 것으로 집계되었다. 500만 명 대로 추락하더니 급기야 그것마저 반토막 났다. 가히 몰락이라 할만하다.

1편이 국내에서 거둬들인 수입은 5,100만 달러(약 550억 원)이다. 미국을 빼고 전 세계 흥행 1위의 성적이다. 2편은 한국에서만

4,300만 달러(약 465억 원)의 수익을 낸 것으로 알려졌다. 2편 개봉에 맞춰 내한한 마이클 베이 감독조차 "한국에서 이렇게 잘 되는 이유가 궁금하다"고 말했을 정도의 열기라 할 수 있다.

시리즈 3편까지의 누계 관객 수는 2,257만 7,253명이다. 2011년 현재 이런 영화 시리즈는 없다. 이를테면 역사를 새로 쓴 '트랜스포머' 시리즈인 셈이다. 사정이 그렇다 보니 529만 5,929명은 별것 아니란 소리가 나온 것이다. 엄밀히 말하면 '트랜스포머4'의 529만 5,929명은 한국 관객의 외면이고 추락이라 해야 맞다.

여러 이유가 있겠지만, 그런 추락은 중국을 중시한 데 따른 반감이지 싶기도 하다. '트랜스포머4'는 이전의 출연진을 모두 갈아치웠다. 거기에 더해 중국과 홍콩을 주요 배경으로 삼았다. 중국 여배우 리빙빙을 출연시키기도 했다. 미국 다음의 중국 흥행수익(약 1,700억 원)을 의식한 변신이 한국 관객에겐 악재로 작용한 것이라 해야 할까.

KBS가 2018 추석(9월 24일)특선으로 '가디언즈 오브 갤럭시'와 함께 방송한 '트랜스포머5'는 시리즈 사상 역대 최고 제작비인 2억 6,000만 달러(약 2,964억 원)를 쏟아부은 것으로 전해졌다. 최초로 두 대의 IMAX 3D 카메라로 영화의 98%를 촬영해 작품의 현장감과 관객의 몰입도를 높였다는 소식이 전해지기도 했다.

이미 나는 4편에 대해 "그들 싸움은 피아간 구분이 잘 되지 않은 채 그저 현란한 액션 뭉텅이로 다가온다. 다소 어지럽긴 하지만, 아무 생각 없이 볼 수 있는 액션만큼은 시원하다."고 말한 바 있다. 그런 164분보다 러닝타임이 13분 줄긴 했지만, '트랜스포머5' 역시 크게 예외가 아니다. 로봇들이 펼치는 쌈질, 그 현란한 액션의 볼거리가 그렇다.

　좀 어지러운 것도 마찬가지다. 고대와 현재, 그리고 미래의 세계가 혼재해 무슨 내용인지 하나도 이해 안 되는 깜깜이 영화라 할까. 4편에서 말했던 '오퇴르(auteur)'가 떠오른다. 오퇴르란 각본 집필과 연출을 동시에 하면서 자기 소신에 따라 영화를 만드는 감독을 말한다. 그런 감독이 몇 명 있는데, 마이클 베이도 그중 하나다. 그들은 제작사 등 누구로부터 어떤 간섭도 받지 않고 영화를 만든다. 하긴 베이 감독은 제작자이기도 하다.

▲파이낸셜뉴스, 2017. 6. 22.

　스토리를 강화하기 위해 12명의 유명작가를 불러들였다는데, 애써 내용을 요약하면 다음과 같다. 옵티머스 프라임이 전쟁으로 폐허가 된 트랜스포머의 고향 사이버트론을 되살리기 위해 지구에 있는 고대 유물을 찾아 나선다. 더 이상 4편에서와 같은 착한 로봇의 보스가 아니게 된 옵티머스 프라임과 인간의 대결이 펼쳐진다. 범블비는 인간들 편에 서 있다.

4편에서 활약한 발명가 케이드 예거(마크 월버그)와 그를 돕는 역사학자 비비안 웸블리(로라 하드독), 그리고 에드먼드 버튼(안소니 홉킨스)이 새로운 주요 인물로 나온다. 새로운 로봇 캐릭터도 등장한다. 에드먼드 버튼 집사 로봇 코그맨, 제2차 세계대전에서 범블비와 함께 독일군과 맞서 싸운 전사 핫로드, 이자벨라(이사벨라 모너)의 전용 오토봇 스퀵스 등이다.

하나 더 의아한 것은 12세 관람가 영화인가 하는 점이다. 습관처럼 해대던 키스질이 없어진 걸 벌충이라도 하려는 듯 "아그네스에게 전화 왔는데 밤에 안아줄 수 있는지 묻더라고요"라든가 "잠자리 안 했나? 그 나이에 아껴서 뭐 해요?" 따위 민망한 대사들이 난무해서다. '트랜스포머5'의 몰락에는 분명한 이유가 있다.

〈2018. 10. 4.〉

스파이더맨: 홈커밍

올해 최다 관객 할리우드 블록버스터는 7월 5일 개봉한 '스파이더맨: 홈커밍'(이하 '홈커밍')이다. '홈커밍' 관객 수는 725만 8,678명이다. 2015년 '어벤져스: 에이지 오브 울트론' 1,022만 9,716명, 2016년 '캡틴 아메리카: 시빌 워'가 867만 7,249명을 동원, 각각 그해 최다 관객 할리우드 블록버스터였던 점을 감안하면 결코 많지 않은 관객 수라 할 수 있다.

그러나 '스파이더맨' 시리즈로는 역대 최다 관객의 '홈커밍'이다. '홈커밍'은 '스파이더맨' 시리즈 6번째 작품이다. 그 족보부터 잠깐 정리해보자. '스파이더맨'이 첫선을 보인 건 2002년이다. 영화진흥위원회 통합전산망이 가동되기 전이라 정확한 건 알 수 없지만, 조선일보(2002. 12. 27.)에 따르면 서울 관객 수는 114만 2,123명이다. '마이너리티 리포트'(140만 2,700명), '반지의 제왕: 반지원정대'(139만 5,700명)에 이어 외화 흥행순위 3위였다.

이후 통합전산망 집계를 보면 '스파이더맨2'(2004)의 관객 수는 150만 6,199명이다. 단, 236만 명이란 뉴시스 보도도 있다(전라매일, 2017. 7. 11. 참조). 어쨌든 '스파이더맨3'(2007) 459만 명, '어메이징 스파이더맨'(2012) 485만 명, '어메이징 스파이더맨2'(2014) 416만 명이다. 특히 2007년부터 3편이 400만 넘는 대박영화로 기록됐다.

이를테면 국내에서 모두 흥행 성공한 '스파이더맨' 시리즈인 셈이다. 3년 만에 돌아온 '홈커밍'은 725만 8,678명을 동원했다. 가히 폭발적인 증가세라 할만하다. 다소 이해가 안 되는 나의 생각과 상관없이 15년에 걸친 한국인의 '스파이더맨' 사랑이라 할까. '어벤져스'나 2014년까지의 '트랜스 포머' 시리즈가 그런 할리우드 블록버스터다.

영화의 인기는 여전하지만, 그사이 감독과 피터 파커 역의 주연배우는 바뀌었다. '스파이더맨' 1~3편은 샘 레이미 감독과 토비 맥과이어였다. '어메이징' 시리즈 두 편은 마크 웹 감독과 앤드루 가필드였다. 이 5편은 소니 픽처스 제작 영화이다. 마블 스튜디오 제작(그래서 '집으로 돌아온'의 '홈커밍'이다) 1호작은 2015년 데뷔한 신예 존 와츠 감독과 톰 홀랜드가 맡았다.

이들은 국내 개봉을 앞두고 내한, 기자회견 등 영화 홍보에 나서기도 했다. 존 와츠 감독은 "10대들의 어설프고 신나고 혼란스러운 감정을 묘사하려고 했다"(경향신문, 2017. 7. 4.)고 말했다. 톰 홀랜드는 "어벤져스로서의 책임감, 부담감을 주지 않으려는 아이언맨과 어떤 일이든 잘할 수 있다고 믿는 스파이더맨의 케미스트리가 〈홈커밍〉의 재미"라고 말하기도 했다.

'홈커밍'의 흥행 성공이 어벤져스'에 상당히 빚져 있음을 엿볼 수 있는 대목이다. 하긴 '홈커밍'은 '캡틴 아메리카: 시빌 워'에서 노골적인 예고가 있었다. 예고대로 '홈커밍'은 15세 '꼬맹이' 피터 파커의 스파이더맨으로서의 활약상을 펼쳐 보인다. 아이언맨이 수시로 등장하는 등 어벤져스의 새 멤버가 되기 위한 테스트 영화라 할까.

'홈커밍'은 시리즈 전편에 비해 15세 고교생으로 연령과 신분이 변해서 그런지 감독 말처럼 10대들의 어설프고 신나고 혼란스러운 모습을 보여준다. 전편들에서 할리우드 블록버스터 맞아 하는 의문을 안겨준 '멜로 버스터'(멜로와 블록버스터의 결합)도 다소 완화된 모양새다. 그래도 고교생 피터 파커의 자질구레한 일상사가 훨씬 많아 슈퍼히어로 영화치곤 좀 시시한 편이다.

▲연합뉴스, 2017. 12. 19.

물론 구슬 던져 대형 트럭 지붕 가르기, 갈라지는 큰 배 거미줄로 막기, 날고 있는 비행기에 달라붙기, 천장에서 걷기 등 액션 볼거리도 있다. 좋아하는 여친 리즈(로라 해리어) 아빠 벌처(마이클 키턴)가 무찔러야 할 악당인 것도 깜짝 반전으로 보인다. 그렇다고 725만 넘는 사람이 '홈커밍'을 본 의문이 다 풀린 것은 아니다.

〈올해 최다 관객 외화-한교닷컴, 2017. 12. 29.〉

킹스맨: 골든 서클

'킹스맨'이 돌아왔다. 2017년 9월 27일 1편의 매튜 본 감독이 연출한 '킹스맨: 골든 서클'('킹스맨2')이 개봉한 것. '킹스맨: 시크릿 에이전트'가 2015년 2월 11일 개봉했으니 2년 8개월 만에 돌아온 것이다. 그때가 설 대목이긴 했지만, '킹스맨: 시크릿 에이전트'(이하 '킹스맨')가 대박을 칠 줄 짐작한 사람은 거의 없었다. '킹스맨'의 관객 수는 자그마치 612만 8,105명이다.

지금까지도 그 수치는 청소년관람불가(청불) 외국영화 관객동원 1위의 기록이다. '킹스맨' 개봉 당시 청불영화 관객 동원 1위는 '친구'(818만 명)다. 그 뒤를 '아저씨'(628만 명)가 잇고 있다. 2015년 11월 19일 개봉한 '내부자들'(707만 명)이 '아저씨'를 앞질러 '킹스맨'은 청불영화 흥행 4위로 내려앉았다. 민족 고유의 명절 설 대목에 생긴 외화 대박이 좀 의아스럽긴 하다.

물론 '킹스맨'의 흥행 대박은 전 세계적으로 이루어졌다. 서울신문(2015. 3. 2.)에 따르면 "'킹스맨'은 전 세계적으로도 1억 5,000만 달러 이상을 거둬들이며 흥행 돌풍을 일으"켰다. 그것이 300만 명 돌파 시점의 기사인데, 한국의 흥행 수입은 미국에 이어 2위다. 유별난 한국인의 '킹스맨' 사랑이라 할 수 있다.

돈은 할리우드가 댔어도 영국 감독이 메카폰을 잡은 '킹스맨'은 영국을 배경으로 한다. 영국 배우들이 주로 출연한다. 그런데도 대박이다. 하긴 관객은 영화의 국적을 가리지 않는다. 재미있으면 본다. 새로우면 본다. 그리고 입소문이 잘 나도 본다. 2011년 '엑스맨: 퍼스트 클래스'로 253만 명을 동원했던 매튜 본 감독의 어깨가 으쓱해질 만하다.

2편 개봉을 앞두고 콜린 퍼스(해리 하트 역)·태런 에저튼(에그시 역)·마크 스트롱(멀린 역) 등 배우들이 한국에 왔다. 이들은 기자회견에서 "한국은 정말 잊지 못할 사랑을 줬다"(서울신문, 2017. 9. 22.)고 말했다. 영국과 미국에 이어 아시아에서는 유일하게 한국을 찾아 세계 홍보 투어를 하는 자리였다. 관객 수는, 그러나 1편에 한참 못 미치는 494만 5,484명이다.

'킹스맨'은 2012년 출간된 그래픽 노블 '킹스맨: 시크릿 서비스'를 원작으로 한 영화이다. 그리고 킹스맨은 "세계의 평화를 지키기 위해 노력하는 젠틀맨 스파이 조직"이기도 하다. 영화 내용은 만화원작답게 황당하다. '킹스맨2'도 그렇다. 우선 1편에서 총을 맞고 죽은 해리 하트가 살아 돌아왔다. 아마도 1편의 흥행이 해리를 살려낸 원동력이지 싶다.

그뿐이 아니다. 새로운 악당 포피(줄리안 무어)의 미사일 공격에서 겨우 살아남은 에그시와 멀린은 미국으로 간다. 이내 미국의 킹스맨이라 할 스테이츠맨 요원들과 공조가 펼쳐진다. 1편에서 에그시가 구한 스웨덴 틸디 공주(한나 알스트룀)와는 사귀다 아예 결혼식까지 올린다. 그러니까 넓혀진 무대와 할리우드 배우들 합류, 거기에 로맨스까지 곁들인 변신을 꾀했지만, 1편만 못한 성적에 머문 것이다.

어쨌든 초반부터 정신없게 하는 택시나 케이블카에서 펼쳐지는 액션 장면은 볼만하다. 우산과 가방을 이용한 공격이나 날아오는 총알을 화살로 막아내는 등 킹스맨식 액션도 마찬가지다. 로봇개 공격이라든가 사람 몸을 두 동강내는 무기 등도 팝콘무비로선 손색없어 보인다. 그 외 씹던 껌을 뱉어 나무로 된 술통 구멍을 막는 장면이 기억에 남는다.

▲다음포토, 2020. 2. 9.

"잃을 게 있다는 건 삶을 가치 있게 만들어주지"처럼 폼나는 대사가 있긴 하지만, 아쉬움도 있다. 사람을 분쇄기에 넣고 인육 고기를 먹게 하는 등 잔인함에도 불구하고 킹스맨과 스테이츠맨 공동의 적인 포피가 좀 덜 악당스럽지 않나 싶어서다. 에그시 대신 멀린이 죽는 장면에서 지뢰 기폭 장치를 얼리는 스프레이인데, 사람 발은 괜찮은지도 의문이다. 3편에서 멀린도 살아올까?

〈2018. 7. 31.〉

토르: 라그나로크

2017년 10월 25일 '토르: 라그나로크'(감독 타이카 와이티티) 가 돌아왔다. 시리즈 3편이다. 무려 485만 3,778명이 극장을 찾았 다. '어벤져스: 에이지 오브 울트론'이나 '어벤져스: 인피니티 워' 처럼 천만 관객을 비롯해 500만 이상 동원한 마블 스튜디오 영화 들이 많은데도 '무려'라고 말한 것은 토르 시리즈 1, 2편에 비해 최고 많은 숫자이기 때문이다.

마블코믹스의 캐릭터 중 하나인 토르는 고대 북유럽 게르만족의 신화 속 주인공이다. 유일한 신이기도 한 토르는, 서울신문(2011. 4. 22.)에 따르면 "천둥을 자유자재로 다루고 해머(몰니르)를 휘둘 러 거인족과 맞서 싸우는 등 탁월한 전투력을 뽐내"는 존재다. 신 들의 영역이라 영화화가 다른 캐릭터들에 비해 늦어진 것인 지도 모른다.

시리즈 1편인 '토르: 천둥의 신'(감독 케네스 브래너)은 2011년 4월 28일 개봉했다. 미국보다 빠른 개봉 등 한국에 공을 들였지 만, 169만 4,562명을 극장으로 오게 하는데 그쳤다. 신화에 취미 가 없는 관객들이 토르라는 슈퍼히어로에도 큰 관심을 두지 않은 것으로 보인다. 그만큼 토르가 낯설었다는 뜻이다.

2년 6개월 만인 2013년 10월 30일 돌아온 시리즈 2편 '토르: 다 크월드'(감독 앨런 테일러)는 달랐다. 주연 배우 톰 히들스턴(로키

역)이 제작사인 마블 스튜디오('아이언맨' 시리즈 제작사이기도
하다.)의 대표(케빈 파이기) 등과 함께 영화 홍보차 한국을 방문했
기 때문이다. 히들스턴의 한국 방문은 처음인 것으로 전해졌다.

파이기 대표는 "한국 시장은 우리 회사에서 무척 중요하기에 '토
르: 다크월드'를 한국에서 세계 첫 개봉한다"(한국일보, 2013. 10.
15.)고 밝혔다. 그래서였을까. '토르: 다크월드'의 관객 수는 전편의
거의 두 배에 가까운 303만 9,889명이다. 게다가 그 성적은 서울지
역 CGV에서의 상영이 이뤄지지 않은 가운데 거둔 것이다.

'토르: 다크월드'를 다룬 글에서 "죽은 로키가 멘트하는 장면으
로 끝난 걸 보면 2년쯤 후에 3편이 돌아올 것 같다."고 했는데, 좀
빗나갔다. 앞에서 이미 말했듯 그로부터 약 4년 만인 2017년 10
월 25일 돌아왔으니까. "설사 그렇더라도 비싼 관람료 들여 (극
장에서)보진 않으려 한다."는 약속은 지켜냈다. 극장을 가지 않고
DVD로 영화를 본 것이다.

'토르: 라그나로크'는 마블 시리즈 사상 최초로 여성 악당 헬라
(케이트 블란쳇)를 내세운다. 다름 아닌 토르(크리스 헴스워스)
의 누나다. 헬라는 토르의 상징이라 할 망치를 한 손으로 유리 깨
듯 깨부수는 강력한 힘의 소유자다. 수백 명을 혼자 죽이는 괴력
의 여자이기도 하다. 토르는 그런 헬라에게 쫓겨 사카아르 행성
으로 온다.

헐크(마크 러팔로)와 대결을 벌이는 등 그곳 주인 그랜드 마스
터(제프 골드블럼)로부터 괴롭힘을 당하지만, 토르는 "달아나지
않고 용감하게 맞서 싸울 거야"라 다짐한다. 이후 여전사 발키리
(테사 톰슨), 이복동생 로키와 함께 팀(리벤져스)을 꾸려 반격에

나선다. 다 죽어가다 갑자기 눈을 비롯한 몸에서 광선을 풍기며 일당백 영웅으로 변신한 토르의 승리로 끝난다. 망치 없이도 슈퍼 히어로 하는 데엔 큰 이상이 없는 거듭남이라 할까.

▲연합뉴스, 2017. 10. 25.

그런데 승리 과정에서 헬라 수하였던 스컬즈(칼 어번)의 배신에 대한 당위성이 약해 좀 아니지 싶다. 하긴 2편과 마찬가지로 할리우드 블록버스터의 상상력이 못 할 짓이 없는 지경에 이르렀다곤 해도 이건 아니지 싶은 장면들이 펼쳐진다. 휴대폰이니 전자메일이 나오는 등 우주와 지구, 과거와 현대가 뒤섞이다 보니 그런 난장판이 없다.

마블 캐릭터들을 여기저기 집어넣어 또 다른 혼란을 주기도 한다. 신문 리뷰 도움 없이는 기본적으로 무슨 내용인지 잘 이해 안 되는 전개에 혹을 하나 더 얹은 셈이라 할까. 헐크는 아예 주요 출연자 중 한 사람으로 나온다. 대표적인 게 닥터 스트레인지(베네딕트 컴버배치) 끼워넣기다. 심지어 헐크를 자극하기 위해 블랙 위도우(스칼렛 요한슨) 사진을 내보이기도 한다.

눈이 즐겁고 아드레날린이 치솟는 통쾌 무비한, 이른바 팝콘무비에도 '상도'가 있어야 하지 않을까. 물론 485만 넘는 관객들이 전부 나와 같은 생각을 할지는 미지수다. 더 알다가도 모를 일은 이런 영화에 그 많은 인파가 몰린 점이다. 더불어 DC 코믹스 캐릭터 영화와 다르게 마블 스튜디오 작품들에 유독 사족을 못쓰는 관객들이다.

〈2018. 7. 30.〉

블랙팬서

2018년 2월 14일 설 대목에 개봉한 '블랙팬서'(감독 라이언 쿠글러)는 미국 영화사 마블 스튜디오가 선보인 18번째 영화다. 한국일보(2018. 4. 24.)에 따르면 18편의 마블영화를 본 한국의 총 관객 수는 8,410만 6,069명이다. 영화 시장 규모 1, 2위를 다투는 미국·중국과 함께 한국은 마블영화를 가장 많이 보는 나라다.

그 18편은 2008년 '아이언맨'을 시작으로 '인크레더블 헐크'·'아이언맨2'·'토르: 천둥의 신'·'퍼스트 어벤져'·'어벤져스'·'아이언맨3'·'토르: 다크월드'·'캡틴 아메리카: 윈터솔져'·'가디언즈 오브 갤럭시'·'어벤져스: 에이지 오브 울트론'·'앤트맨'·'캡틴 아메리카: 시빌 워'·'닥터 스트레인지'·'가디언즈 오브 갤럭시VOL2'·'스파이더맨: 홈커밍'·'토르: 라그나로크'·'블랙팬서' 등이다.

그중 서울에서 촬영하고 한국 배우 수연이 출연한 '어벤져스: 에이지 오브 울트론'은 천만클럽에 이름을 올렸다. 부산에서 촬영, 또다시 화제를 모은 '블랙팬서'는 539만 8,573명을 동원했다. '인크레더블 헐크'·'퍼스트 어벤져'처럼 100만 명도 채우지 못한 실패작도 있지만, 300만 명 이상 관객 동원 영화가 12편이나 된다.

18편 마블영화가 전 세계에서 거둬들인 누적 수익 147억 달러(약 16조 원)에 한국 영화 팬이 기여한 몫이 적지 않다는 것이 앞의 한국일보 기사 중 일부이다. 거기에 4월 25일 19번째 영화 '어벤져스: 인피니티 워'를 개봉, 또 천만영화가 되었으니 그 기록은 다시 쓰여져야 할 것이다. 이 글의 주제는 '블랙팬서'이니 '어벤져스: 인피니티 워'는 추후 따로 만나보자.

'블랙팬서'는 마블영화 최초로 흑인 슈퍼히어로를 내세운 작품이다. 주인공 티찰라(채드윅 보스만)만이 아니다. 감독을 비롯 출연진 대부분이 흑인이다. 배경도 가상의 나라이긴 하지만, 아프리카의 와칸다이다. '블랙팬서'가 흑인의, 흑인을 위한, 흑인에 의한 영화라 불리는 이유다. 그런 '블랙팬서'가 대박을 쳤다. 우선 한국 상황이다.

'블랙팬서'는 민족 고유의 명절 대목을 노리고 개봉한 '조선명탐정: 흡혈괴마의 비밀' 등 한국영화를 초토화시켰다. 특히 한국영화로는 드물게 시리즈 3편으로 돌아온 '조선명탐정: 흡혈괴마의 비밀'을 쌍코피나게한 건 안타까운 일이다. 244만 명 웃도는 관객 수가 그리 적은 건 아니지만, 손익분기점에도 훨씬 미치지 못하는 숫자여서다.

한국에서의 대박은 전 세계 흥행과 궤를 같이 한다. 한국일보(2018. 2. 28.)에 따르면 '블랙팬서'는 개봉 13일 만에 미국과 한국 등 전 세계에서 7억 달러(약 7,549억 원)의 매출을 기록했다. "흑인 배우를 주인공으로 해 흑인 문화를 다룬 영화는 대중적으로 성공할 수 없다는 영화업계 편견을 깼다"는 평가가 이어진 '블랙팬서'의 흥행이라 할 수 있다.

워싱턴 포스트가 '문화적 사건'이라 보도한 '블랙팬서'의 폭발적 흥행이기도 하다. 덕분에 '블랙팬서'의 주연배우 보스만은 마블영화 슈퍼히어로 중 최초로 미 시사주간지 '타임'의 표지를 장식하는 주인공이 되었다. 마블영화에서 외국 배우가 한국말 하는 걸 보는 건 최초의 일인데, 신기하기만 하다. 약 · 마트 · 미치과의원 · 백화페인트도장 등 한글간판들도 마찬가지다.

▲연합뉴스, 2018. 2. 22.

그런데 무슨 슈퍼히어로 블록버스터인지 다소 의아하다. 일단 다른 슈퍼히어로 블록버스터에 비해 극적 전개의 서사이긴 하다. 가령 결투에 진 티찰라의 참담한 모습은 은자다카(마이클 B 조던) 새 왕과 함께 아연 긴장감을 불어넣지만, 와칸다 내부 문제일 뿐이다. 인류나 지구 하다못해 조국(미국)을 지켜내는 여느 슈퍼히어로같지 않은 것이다.

와칸다 부족의 생생한 생활상이라든가 첨단기술적 면모는 관심을 끈다. 차체는 없어진 채 핸들 잡은 운전자 등 유머감각을 포함한 액션 장면도 볼만하지만, 하나 더 의아스러운 것이 있다. 블랙팬서가 아이언맨 · 토르 · 캡틴 아메리카 · 앤트맨 · 닥터 스트레인지 · 스파이더맨 등과 견줘 결코 슈퍼히어로답지 않다는 점이다.

〈마블영화 최초의 흑인 슈퍼히어로-한교닷컴, 2018. 5. 14.〉

※안타깝게도 주인공 티찰라를 연기한 43세의 채드윅 보스만이 8월 28일(현지 시간) 대장암으로 세상을 뜬 소식이 전해졌다. 고인의 명복을 빈다.

어벤져스: 인피니티 워

　지난 4월 12일 베네딕트 컴버배치(닥터 스트레인지 역) · 톰 히들스턴(로키 역) · 톰 홀랜드(스파이더맨 역) · 폼 클레멘티예프(맨티스 역) 등 '어벤져스: 인피니티 워'(이하 '어벤져스3') 출연 배우들이 한국에 왔다. 4월 25일 개봉한 '어벤져스3'(감독 안소니 루소 · 조 루소) 홍보차 온 것이다. 배우들이 내한하여 홍보한다고 다 그런 것은 아닌데, 그들은 천만영화를 예감했을까?

　미국의 마블 스튜디오 19번째 영화 '어벤져스3'가 5월 13일 천만 관객을 돌파했다. 사상 최초로 사전 예매 관객 수 100만 명을 넘기고, 97만 6,835명으로 오프닝 스코어를 새롭게 쓰는 등 당천(당연히 천만)영화라는 소문이 났는데, 팩트가 된 것이다. 참고로 이전 개봉일 역대 최다 관객 영화는 97만 2,161명의 '군함도'였다.

　'어벤져스3'의 천만 돌파는 개봉 19일 만의 일이다. 이는 역대 외화 최단기간 천만 돌파 기록이다. '어벤져스: 에이지 오브 울트론'(이하 '어벤져스2')이 보유한 기록을 6일이나 앞당긴 천만 돌파다. 최고 빠른 천만 돌파 영화는 12일 만의 '명량'이다. 이제 관심은 얼마나 뒷심을 발휘하느냐이다. 5월 21일 현재 관객 수는 1,078만 1,285명이다.

　'어벤져스3'은 21번째 천만영화다. 외화로는 '아바타' · '인터스텔라'·'겨울왕국'·'어벤져스2'에 이어 다섯 번째 천만영화다. 특히 '어벤져스2' 왕대박 이후 3년 만에 돌아온 속편 '어벤져스3' 가 천만영화가 된 것은 유례 없는 일이다. 그야말로 못 말리는 한국인의 어벤져스 사랑이라 할까. '어벤져스' 1편은 707만 넘는 관객을 동원한 바 있다.

사실은 '어벤져스' 개봉(2012년 4월 26일)때만 해도 소 닭 보듯했던 기억이 난다. 제13회 전주국제영화제 개막일이기도 했던 '어벤져스' 개봉날 영화를 보러 갔지만, 정작 본 것은 '은교'였다. 세계에서 가장 빠른 개봉이었을망정 내게 '어벤져스'는 강 건너 불구경일 뿐인 영화였다. 흥행 기세로 보아선 진즉 만나야 할 할리우드 블록버스터였지만, 나는 문화적 국수주의자였다.

누가 뭐라 해도 한국에서 꾸준히 잘 나가던 할리우드 블록버스터는 '트랜스포머' 시리즈다. 2007년부터 2년 단위로 개봉한 '트랜스포머' 시리즈 세 편은 각각 700만 넘는 관객을 동원했다. 700만 영화라는 말이 회자될 정도였지만, 2014년 3년 만에 돌아온 시리즈 4편 '트랜스포머: 사라진 시대'는 529만여 명에 그쳤다.

그러나 2017년 6월 22일 개봉한 시리즈 5편 '트랜스포머: 최후의 기사'는 261만 4,601명에 불과했다. 1~3편의 700만은커녕 4편의 500만 명도 반토막난, 사실상 몰락한 것이라 할 수 있다. 연달아 두 편이 천만영화에 오른 '어벤져스' 시리즈이지만, 할리우드 블록버스터가 땅 짚고 헤엄치기 하는 한국 시장이 아님을 상기해본 셈이라 할까.

솔직히 영화는 그저 그렇다. 자세히 단적으로 말하면 천만영화가 될 정도는 아니라는 것이다. 한국의 많은 천만영화처럼 뭔가 뭉클 찌릿하게 만들거나 '그래, 바로 그거야' 하는 대리만족 내지 어떤 카타르시스가 느껴지지 않는다는 의미다. 장점이자 미덕이라 할만한 것은 다른 슈퍼히어로 블록버스터에 비해 많은 액션장면이다.

▲연합뉴스, 2018. 4. 19.

거기서 빛나는 건 오히려 타노스(조슈 브롤린)다. '엑스맨: 아포칼립스'를 본 관객이라면 막강 아포칼립스로 인해 기시감이 생길 법하지만, 타노스는 아이언맨(로버트 다우니 주니어)을 비롯 토르(크리스 헴스워스)와 캡틴 아메리카(크리스 에반스), 새로 가세한 닥터 스트레인지 · 스파이더맨 등 많은 슈퍼히어로가 떼로 달려들어도 지고 마는, 초강력의 고수다.

마블 캐릭터의 총출동이라 해도 무방할 23명 슈퍼히어로는 새로운 볼거리임에 틀림없지만, 너무 산만하고 정신 사납게 하는 한계를 드러내기도 한다. 많은 수의 우리 편과 달리 악당은 타노스뿐이라 그런가. 그만큼 타노스에 대한 화면 비중이 큰 점도 발견된다. 타노스는 "어려운 선택은 강한 의지가 필요한 법이지" 같은 멋진 말도 남기며 슈퍼히어로로 한껏 부각된다.

　타노스에게 체포되고 나가떨어지기도 하는 등 한주먹 감밖에 안 되는 슈퍼히어로들이라는 설정이 일종의 반전으로 작용하는 듯하다. 그것이 오히려 영화를 재미있게 하는 힘이라면 좀 아이러니칼하다. 의아스러운 건 타노스 수하들도 일당백이라는 점이다. 얼마나 강한지 손으로 잡기만 했는데도 아이언맨 수트 뚜껑이 열려 민낯의 얼굴이 드러날 정도다.

　'가디언즈 오브 갤럭시' 시리즈나 '블랙팬서' 등 전작 마블영화를 안 본 관객들에겐 다소 낯설 수 있는 건 약점이다. 시 · 공간 인물이동이 너무 자유로워 지구인지 우주인지 구분 안 되는 것도 그렇다. 그런데도 이미 함께 촬영한 '어벤져스4'가 2019년 5월 개봉할 예정이라고 한다. 벌써부터 못 말리는 한국인의 어벤져스 사랑이 이어질지 궁금해진다.

　〈못 말리는 한국인의 어벤져스 사랑-전북연합신문, 2018. 5. 24.〉

　※ '어벤져스: 인피니티 워'의 최종 관객 수는 1,123만 3,176명이다.

쥬라기 월드: 폴른 킹덤

2018년 6월 6일 현충일 한국에서 세계 최초로 개봉한 '쥬라기 월드: 폴른 킹덤'('쥬라기 월드2', 감독 후안 안토니오 바요나)은 10월 1일 현재 2018외화 흥행랭킹 3위의 영화다. '어벤져스: 인피니티 워' 1,121만 명, '미션 임파서블: 폴아웃' 658만 명에 이은 566만 1,128명이다. '쥬라기 월드: 폴른 킹덤'보다 상위 한국영화는 쌍천만 영화가 된 '신과 함께' 시리즈 2편뿐이다.

여기서 잠깐 2017년 내가 펴낸 '영화로 힐링'에 기대 그 족보부터 살펴보자. '쥬라기 공원'이 개봉한 건 1993년이다. 나는 그때만 해도 할리우드 블록버스터를 거의 보지 않았다. 1992년 첫 평론집 '우리영화 좀 봅시다'를 펴낸 이래 몸소 실천하고 있던 셈이랄까. 1990년대에 펴낸 4권의 평론집이 한국영화만을 대상으로 하고 있을 정도다. 나는 뭐 그런 영화평론가였다.

한국영화의 고사(枯死)라는 악덕환경에서 그렇게 국수주의자를 자처했으면서도 더러 본 미국영화들이 있다. '쥬라기 공원'도 그중 하나이다. 1992년 개봉작 '원초적 본능'도 있다. 더러 그런 영화를 본 건 '장안의 화제'를 몰고 온 위세 때문이라고 해야 옳다. CGV 전주관이었다가 조이 앤 시네마로 바뀐 피카디리 극장에서 본 '쥬라기 공원'은 한 마디로 경악 그 자체였다.

그게 세계 공통이었을까. 40대 후반의 스티븐 스필버그 감독이 연출한 '쥬라기 공원'은 8억 1,970만 달러를 벌어들인 것으로 알려졌다. 그 '쥬라기 공원'이 다시 돌아왔다. '쥬라기 월드'(감독 콜린 트레보로)가 그것이다. 물론 1997년과 2001년 '쥬라기 공원' 2, 3편이 각각 개봉되었다. 한국일보(2015. 6. 20.)에 따르면 2편 6억 1,430만 달러, 3편은 3억 6,200만 달러 등 1편에 비해 흥행 성적이 곤두박질쳤다.

4편격인 '쥬라기 월드'가 돌아오는데 14년이나 걸린 것은 그 때문이지 싶다. 프랜차이즈 영화(과거 히트작 가운데 좋은 평가를 받아 속편 제작이 가능한 영화)로 돌아온 '쥬라기 월드'는 6월 11일 개봉했다. 메르스 여파로 발길이 뚝 끊긴 극장가에 사람들을 불러 모았다. 개봉 4일 만에 180만 명을 돌파하더니 최종 관객 수 554만 6,823명으로 집계됐다.

앞의 한국일보에 따르면 '쥬라기 월드'는 개봉 첫 주말 전 세계적으로 5억 1,180만 달러(약 5,600억 원)를 벌어들였다. 역대 최고 오프닝 기록이다. 중국시장에서 1억 달러를 기록했으며 북미 지역으로만 한정하면 2억 459만 6,380 달러(약 2,279억 원)로 2억 7,000만 달러의 '어벤져스'에 이어 사상 두 번째다.

'쥬라기 월드'는 국내에서도 흥행 성공했다. 초반 기세에 비하면 좀 의아한 스코어이지만, 2015 흥행 톱 텐중 10위를 차지한 관객 수다. 1편보다 10만 명 남짓 증가한 관객이지만, 3년 만에 돌아온 '쥬라기 월드2'는 흥행 5위를 기록했다. 아직 10월 초라 연말까지 변동 가능성이 있지만, '쥬라기 월드2'가 역사를 새로 쓴 영화인 건 분명하다.

가령 개봉한 지 10시간 30분 만에 이룬 100만 관객 돌파가 그것이다. 개봉 첫날 관객 수 118만 2,374명으로 역대 최다란 역사를 새로 쓴 기록은, 그러나 두 달도 안돼 상영된 '신과 함께: 인과 연'의 124만 6,643명에 의해 무참히 깨지고 말았다. 시리즈 1편처럼 600만 명 돌파를 하지 못한 뒷심 약한 모습을 보이기도 했다. 딱 그만큼인 영화라고 할까.

▲아시아경제, 2020. 2. 4.

'쥬라기 월드2'는 테마파크 쥬라가 월드가 폐쇄되고 3년 후 벌어지는 공룡들과 인간들 이야기다. 초반부터 나타나는 공룡에다가 오웬(크리스 프랫)과 블루의 대화 장면 등 바짝 긴장감을 갖고 영화에 빠져들게 한다. 화산 폭발이 일어나면서 도망치는 공룡 떼라든가 록우드 저택에서의 공격 내지 결투 장면 등 액션만큼은 어떻게 찍었을까 감탄이 절로 나올 정도다.

공룡이 왜 어린 소녀를 침실 숨은 데까지 찾아내 집요하게 공격하는지 좀 의아하지만, 가령 좁은 방안에서의 공룡들끼리의 격투신이 그렇다. 마취된 공룡의 피를 빼내고, 다른 공룡의 이빨을 뽑으려다가 공격당하는 등 그 쓰임이 당초 멸종된 동물같지가 않다. 한 술 더 떠 갇힌 공룡을 활용해 철창을 빠져나가기도 한다.

공룡이 오웬 얼굴을 혀로 핥고, 1편에서 조련한 블루와는 대화 등 교감을 나누기까지 한다. 정녕 "공룡들과 공존할 수밖에 없는 시대가 온 거죠"에 공감하란 말인지…. 후속편을 예고한 듯 보이지만, 단도로 물속에 빠진 타원형 기구 문을 열어 클레어(브라이스 달라스 하워드) 등 일행을 구하는 따위 좀 아니지 싶은 장면이 없었으면 한다.

이야기도 너무 복잡하다. 굳이 그럴 필요가 있나 하는 의문이 들 정도다. 록우드 저택으로 공룡들을 옮겨 밀매라니 말 안 되는 내용도 그렇다. 인간의 탐욕이 오히려 그냥 별생각 없이 보면 좋을 오락영화를 망쳐버린 느낌이다. 제어상태의 공룡들을 마구 풀어 어떤 결말일지 궁금하게 하는데, 혹 '공룡(자연)을 건드리면 절대 안 돼!'라는 경고를 날리고 있음인가?

〈2018. 10. 3.〉

미션 임파서블: 폴아웃

2018 여름 대목 영화대전은 '신과 함께-인과 연'('신과 함께2')의 승리로 싱겁게 끝나버렸다. '신과 함께2'의 관객 수는 9월 10일 기준 1,223만 명을 웃돈다. 이에 비해 가장 먼저 개봉한 '인랑' 89만 명, '공작' 495만 명, '목격자'는 251만 명 남짓이다. 일찌감치 나가떨어진 '인랑'을 제외하고 3편 모두 지금도 상영 중이라 최종 관객 수는 더 늘어날 것으로 보인다.

그나마 다행은 총제작비 190억 원의 '공작'이 이룬 손익분기점 돌파다. 당초 손익분기점은 600만 명에 육박하지만, 해외 판매로 470만 명까지 낮출 수 있었다. '공작'은 칸국제영화제 필름마켓에서 상영과 함께 북미, 라틴아메리카를 비롯해 싱가포르 · 베트남 · 인도네시아 · 프랑스 · 폴란드 · 영국 · 스페인 등 아시아와 유럽권 국가까지 총 111개 국에 판매된 것으로 알려졌다.

여름 대목에서 흔히 이루어진 한국영화의 쌍끌이 흥행과 거리가 먼 이런 현상에는 '미션 임파서블: 폴아웃'('미션 임파서블6', 감독 크리스토퍼 맥쿼리)이 자리하고 있다. 7월 25일 '인랑'과 동시에 개봉한 '미션 임파서블6'의 관객 수는 9월 10일 기준 658만 1,603명이다. 40일 넘게 장기 상영이 이루어지고 있는 점만으로도 '미션 임파서블6'의 흥행을 짐작해볼 수 있다.

먼저 필자가 2017년 펴낸 '영화로 힐링'에 기대 그 족보부터 살펴보자. '미션 임파서블'이 처음 나온 것은 1996년이다. 2편은 2000년, 3편은 2006년에 개봉되었다. 필자는 '미션 임파서블3'을 '시리즈의 완성'이라 말하기도 했다. 시리즈의 한국 관객 수는 1편 서울 80만(일간스포츠, 1996. 12. 15.), 2편 서울 123만 명(동아일보, 2000. 12. 29.)이다. 1, 2편 모두 흥행 3위의 기록이다. 전국 기준 3편은 512만 명이다.

돌아오는데 5년이 걸린 시리즈 4편 '미션 임파서블: 고스트 프로토콜'(2011)은 750만 명 넘게 동원했다. 그때 필자는 "'미션 임파서블: 고스트 프로토콜'의 톰 크루즈는 49세였다. 이제 51세인 그가 '잭 리처'로 관객과 다시 만나는데, 과연 '미션 임파서블'의 이단 헌트 요원으로 다시 돌아올 수 있을지, 자못 궁금하다."고 말했다.

그 궁금증은 4년 만에 풀렸다. 53세(1962년 생) 톰 크루즈가 2015년 7월 30일 시리즈 5편 '미션 임파서블: 로그네이션'으로 돌아온 것. 5편의 관객 수는 612만 명을 넘는다. 이때도 필자는 말했다. "벌써 6편 제작 소식이 전해지기도 했는데, 3~4년 후라면 50대 중·후반의 그가 헌트로 또 나올지, 과연 한국에서의 촬영이 있을지 팬들의 궁금증을 증폭시킬만하다."고.

그로부터 3년이 채 되지 않아 56세 톰 크루즈는 시리즈 6편 '미션 임파서블: 폴아웃'으로 다시 돌아왔다. 톰 크루즈가 5편 내한 기자회견에서 말한 "한국에서 '미션 임파서블' 시리즈를 촬영해도"는 실현되지 않았지만, 6편의 관객 수는 5편을 앞지르고 있다. 시리즈 최다 관객을 기록한 4편에는 미치지 못하지만, 여전한 '미션 임파서블' 사랑이라 할 수 있다.

서울신문(2018. 7. 18.)에 따르면 '미션 임파서블' 시리즈 5편까지 누적 관객 수는 2,130만 명에 이른다. 22년간 전 세계에서 3조 원을 벌어들이는데 한국에서의 성적이 한몫 단단히 한 셈이다. 거기에 다시 6편의 한국을 비롯한 전 세계 흥행이 보태지니 수익은 그 이상이다. 한국인들의 여전한 톰 크루즈 사랑이라 해도 무방할 듯하다.

▲매일경제, 2020. 1. 23.

톰 크루즈가 세계 최초 한국 개봉을 앞두고 영화 홍보차 다시 내한한 것도 그래서이지 싶다. 톰 크루즈는 5편에 이어 시리즈 최초로 연속 연출을 맡은 크리스토퍼 매쿼리 감독, 오랜 동료 벤지 던 역의 사이먼 페그, CIA 요원 워커 역의 헨리 카빌 등과 함께 내한하여 7월 16일 기자회견을 가진 바 있다. 톰 크루즈의 한국 방문은 벌써 9번째다.

그가 기자회견에서도 말했듯 '미션 임파서블'의 강점은 CG나 스턴트맨 없는 톰 크루즈의 직접 연기다. 두바이 최고층 빌딩을 기어 올라가고(4편), 이륙하는 비행기 문에 맨몸으로 매달렸던(5편) 크루즈는 이번 6편에서도 직접 액션을 선보인다. 건물 옥상에서 건너뛰다 부상을 당해 촬영 중단 소식이 전해졌지만, 헬기 추격 장면과 스카이 다이빙 등 고난도 액션을 소화해냈다.

이야기는 5편에 비하면 다소 복잡하다. 좀 지루하게 느껴지기도 하는데, 존 라크라는 새로운 악당이 5편에서 괴멸되다시피 한 신디케이트의 잔당을 고용해 핵폭탄을 터트리려 하는 걸 헌트와 그 팀, 그리고 일사(레베카 퍼거슨)가 막아내는 이야기다. CIA 국장이 천거한 워커가 존 라크이고 레인(숀 해리스)과 한편인 사실이 드러나지만, 쉽게 이해되진 않는다. 특히 5편을 보지 않은 관객은 좀 얼떨떨할 수도 있다.

그럴망정 처음부터 바짝 긴박감을 갖게 하고, 다른 손님들을 등장시킨 댄스장 화장실에서의 일상적 현실감, 오토바이 추격전과 차 사이 역주행 하기, 날고 있는 헬기의 밧줄 타고 오르기, 추락후 이어지는 낭떠러지 액션 등이 유난했던 여름 더위를 싹 날렸을 법하다. 특히 낭떠러지에서 도르래가 떨어지다 걸리며 펼쳐지는 액션은 끝까지 긴박감을 유지한 명장면이라 할만하다.

〈여름 대목의 또 다른 승자-전북연합신문, 2018. 9. 12.〉

※'미션 임파서블: 폴아웃'의 최종 관객 수는 658만 4,915명이다.

어벤져스: 엔드게임

천만영화를 단 3명 관객과 극장에서 봤다면 과연 믿을 사람이 있을지 모르겠지만, 어김 없는 사실이다. 코로나 19로 초토화되다시피 한 극장에 2019년 4월 24일 개봉했던 '어벤져스: 엔드게임'(감독 안소니 루소 · 조 루소) 간판이 다시 걸린 것은 지난 4월 29일이다. 그러니까 재개봉 4일째 되는 날 '어벤져스: 엔드게임'(이하 '어벤져스4')을 보러 가 겪은 일이다.

그런 낯선 경험은 개봉 당시 '어벤져스4'를 보지 못해 생긴 일이기도 하다. 사실은 청탁원고를 매월 쓰던 때와 달리 개봉 영화들을 제때 보지 않고 있다. 단적인 예로 2019년 5월 제72회칸국제영화제에서 황금종려상을 수상해 세상을 놀라게 한 '기생충'조차도 지난 2월 아카데미 4관왕을 차지, 세계영화사를 다시 새로 쓰면서 재개봉하자 비로소 보러 갔을 정도다.

코로나 19로 인한 낯선 경험은 또 있다. 4말 5초 황금연휴를 맞아 나들이객이 부쩍 늘었다는 뉴스를 보면서 깜박했는지 아직도 코로나 19의 검은 그림자가 극장가에 드리우고 있음을 잠시 잊은 행보가 그것이다. 마스크 미착용 시 상영관에 들어갈 수 없음을 매표하려 하면서 알게 된 것. 어렵사리 마련한 '어벤져스4' 관람을 포기해야 하나?

그렇게 스스로 되물으면서도 발걸음은 마스크 구하러 가기로 이어졌다. 마침내 면마스크일망정 겨우 구해서 가까스로 '어벤져스4'를 볼 수 있었다. 그렇듯 기를 쓰고 '어벤져스4'를 재개봉에서나마 보려 한 것은 '못 말리는 한국인의 어벤져스 사랑' 때문이다. '어벤져스3'에 대해 쓴 글의 제목이기도 한 '못 말리는 한국인의 어벤져스 사랑'이 4편에서도 이어지는지 답이 필요했다.

결론부터 말한다면 '못 말리는 한국인의 어벤져스 사랑'이 계속되었다. 개봉 11일 만에 천만 관객을 돌파하더니 최종 1,397만 7,602명을 동원, 역대 최다관객 박스오피스 5위 영화가 되어서다. 외국영화로는 1위에 올라 있다. 2009년 12월 17일 개봉하여 1,333만 8,863명을 동원, 외국영화 1위를 10년 동안 차지하고 있던 '아바타'를 끌어내린 '어벤져스4'다.

당연히 역대 최다관객 박스오피스 1~4위는 한국영화들이 차지하고 있다. 그 4편은 '명량'·'극한직업'·'신과 함께-죄와 벌'·'국제시장'이다. 1위 '명량'은 요지부동이지만, 최근 1~2년 사이에 '극한직업'·'신과 함께-죄와 벌'이 2~3위로 올라섰음을 알 수 있다. 하긴 '겨울왕국2'가 1,374만 7,792명으로 '아바타'를 다시 밀어낸 것도 눈에 띈다.

'어벤져스4'는 통틀어 24번째 천만영화다. '어벤져스' 시리즈 2~4 세 편 모두 천만영화라는 새로운 역사를 쓰기도 했다. '어벤져스4'가 세운 기록들을 정리해보자. 먼저 개봉 11일 만에 천만 관객을 돌파했는데, 역대 최단기간이다. 2014년 이후 역대 최다관객 박스오피스 1위를 굳건히 지키고 있는 '명량'이 12일 만에 이룬 천만 관객 돌파보다 빠른 기록이다.

'어벤져스4'는 230만 장의 역대 최고 사전 예매량에 이어 개봉

4시간 30분 만인 오전 11시 30분 100만 관객을 돌파한 것으로 알려졌다. 개봉일에 100만 명을 돌파한 것은 '쥬라기 월드: 폴른 킹덤'·'신과 함께-인과 연'밖에 없지만, 그 영화들도 시점이 각각 오후 5시와 6시였던 점을 감안하면 두 배나 빠른 속도임을 알 수 있다.

그뿐이 아니다. '어벤져스4'는 역대 개봉일·개봉 주·일일 최다 관객 기록을 모두 갈아치웠다. "개봉 전날 접속자가 몰려 극장 예매 애플리케이션이 다운되고 아이맥스와 같은 특별관 티켓이 암표로 거래되는가 하면 개봉 첫날 영화를 보러 휴가까지 냈다는 직장인들의 후기가 잇따랐다."(서울신문, 2019. 5. 6.)는 보도가 실감난다고 할까.

또한 대민 봉사활동차 부대 밖으로 나왔다가 현장을 이탈해 영화를 관람한 공군 병사가 헌병대에 넘겨지는 촌극도 벌어졌다고 하니 할 말을 잃는다. 2012년 1편 707만 명부터 천만클럽에 모두 가입한 시리즈 2~4편까지 극장에서만 4,277만 9,823명이 봤으니 그야말로 '마블민국'(마블+대한민국)이라 불릴 정도의 못 말리는 한국인의 어벤져스 사랑이 아니고 무엇이랴!

어쩌면 그것은 케빈 파이기 마블 스튜디오 대표와 프로듀서 트린 트랜, 조·앤서니 루소 형제 감독, 주요 출연진인 배우 로버트 다우니 주니어(아이언맨), 브리 라슨(캡틴 마블), 제러미 레너(호크 아이) 등 '어벤져스4'의 제작진이 서울 어느 호텔에서 기자간담회를 여는 등 홍보차 한국에 또 온 덕분인지도 모른다.

내한 홍보가 대박으로 이어지지 않은 영화들도 많아 그럴 리 없는데 생각하지만, 아무튼 일본·홍콩·대만 등 아시아 국가들과 뉴질랜드 · 호주까지 11개국에서 온 외신 기자들이 참석한 간담회에서 감독은 "놓칠 장면이 하나도 없어 화장실도 못 갈 겁니다! 러닝타임이 3시간 2분이니, 다들 물 마시지 말고 배고플 때를 대비해 간식 갖고 오세요."라고 자신감을 내비치기도 했다.

한편 '어벤져스4'는 전작인 '어벤져스: 인피니티 워'와 마찬가지로 또다시 스크린 독과점 논란에 선 기록도 갖고 있다. 앞의 서울신문에 따르면 전체 상영 횟수 중 특정 영화 상영 비중을 뜻하는 상영 점유율이 개봉 첫날 80.8%를 기록하며 독점 논란을 일으킨 것. 개봉 첫날부터 스크린 2,760개를 확보했고, 개봉 4일째이자 주말이었던 4월 27일에는 무려 2,835개 스크린이 배정됐다.

그렇다면 영화는 어떤가? '어벤져스4'는 3편인 '어벤져스: 인피니티 워'에서 살아남은 히어로들이 하나로 다시 뭉쳐 생명체의 절반을 파괴해버린 악당 타노스(조슈 브롤린)를 깨부수는 내용의 시리즈 완결편이다. '못 말리는 한국인의 어벤져스 사랑'에서 이미 말했듯 4편 역시 영화는 그저 그렇다. 단적으로 말하면 '어벤져스4' 역시 천만영화가 될 정도는 아니라는 것이다.

천만영화는커녕 의문이 생기기까지 한다. 왜 한국인은 그냥 그렇고 그런 어벤져스 시리즈 2~4편 모두에 천만 관객으로 열광한 것일까. "영화 관계자들은 한국 관객이 최첨단 CG 효과를 들인 블록버스터 영화에 대한 눈이 유독 까다롭고 높은데, 이 같은 기준을 채워 줄 만한 국내 콘텐츠는 많지 않아 마블 시리즈로 쏠리는 것"(조선일보, 2019. 4. 24.)이라 분석한다.

그럴듯한 지적이지만, 백 퍼센트 동의할 수는 없다. 최첨단 CG 효과의 한국영화가 많지 않은 건 맞지만, 할리우드 블록버스터

대부분이 만능의 컴퓨터 기술에 의지하고 있어서다. 요컨대 수많은 할리우드 블록버스터 가운데 왜 하필 마블 스튜디오의 어벤져스 시리즈에 열광하는지 충분히 설명되지 않는 것이다. 그렇다면 '스타워즈' 시리즈는 어벤져스만 못한 최첨단 CG 효과라 그렇게 나가떨어지곤 하는 찬밥 신세로 전락했단 말인가?

▲무비 레이디, 2020. 4. 24.

그보다는 영화평론가 이병현이 말한, 한국인에겐 "남이 하는 건 나도 해야 한다는 심리가 어느 정도 있다. 한국 관객이 자막 영화에 대한 거부감이 낮고, 마블 영화를 하나의 브랜드로 인식하는 것도 인기의 또 다른 이유일 것"(앞의 조선일보)이라는 지적이 더 그럴듯해 보인다. 그렇지 않고서야 뭔가 뭉클한 먹먹함이 들어차거나 공감과 함께 어떤 카타르시스가 생기지도 않는 '어벤져스4'에 대한 끝도 없는 열광을 설명하기 어렵다.

하긴 천만클럽에 가입한 어떤 미국영화에서도 그런 걸 공유한 적이 없다. 정확히 말하면 '아바타'·'겨울왕국'·'인터스텔라'·'어벤져스: 에이지 오브 울트론'(어벤져스2)·'어벤져스: 인피니티 워'(어벤져스3)·'어벤져스: 엔드게임'(어벤져스4)·'알라딘'·'겨울왕국2' 등 천만영화 8편 중 내가 본 6편에 대한 지적이다. 내가 아직 보지 않은 천만영화는 '알라딘'·'겨울왕국2'다.

첫 천만영화로 등극한 '아바타' 빼곤 하나같이 뜻밖이거나 천만 명 넘게 볼 영화는 아니라는 것이 나의 생각이다. 심지어 '아바타' 빼고 '겨울왕국'이나 '인터스텔라'의 천만클럽 가입은 기이하기조차 하다고도 했다. 서울 촬영으로 화제가 됐던 '어벤져스2'에 대해선 "놀라울 만큼 재미없고 지루한 영화"라는 조선일보 한현우 기자의 말에 동의하며 이래저래 천만 명 넘게 볼 영화는 아니라고 단언한 바 있다.

가장 큰 불만은 역대급 상영시간이다. '인터스텔라'·'호빗: 뜻밖의 여정' 169분, '트랜스포머4' 164분, '호빗: 스마우그의 폐허' 161분 등보다 더 긴 상영시간이다. 거기서 생각해볼 것이 있다. 바로 '오퇴르(auteur)'다. 오퇴르란 각본 집필과 연출을 동시에 하면서 자기 소신에 따라 영화를 만드는 감독을 말한다. 그들은 제작사 등 누구로부터 어떤 간섭도 받지 않고 영화를 만든다.

문제는 쓸데없이 너무 긴 상영시간이란 점이다. 시리즈 완결을 의식해서 그런 것이겠지만, 가령 뿔뿔이 흩어져 있던 히어로들이 하나로 뭉치기까지 사설이 너무 길다. 이 말은 없어도 무방한 장면들이 많다는 뜻이다. "놓칠 장면이 하나도 없어 화장실도 못 갈

겁니다!"라던 감독의 말과 다른 너무 긴 상영시간인 셈이다.

또한 서두부터가 3시간짜리 블록버스터라 보기 힘들 정도로 평범하다. 너무 긴 러닝타임에 비해 액션 장면이 상대적으로 많지 않은 것도 영화를 지루하게 하는 요인이지 싶다. 가령 서두의 호크 아이라든가 아이언맨의 딸 사랑 등 가족 내세우기가 주제의식과 관련, 불가피한 지점이었을망정 한껏 고무된 블록버스터에 대한 기대감에 찬물을 끼얹는 식이다.

여전히 떼로 나타난 영웅 군단이 너무 어지럽고, 감독이나 배우 등 제작진조차 그 서사구조를 제대로 다 파악하고 있는지 궁금증이 가시지 않지만, 아이언맨이 죽은 현장에 그의 아내 페퍼(기네스 팰트로)가 바로 나타난 건 또 다른 문제다. 그녀는 전장(戰場)에 나선 히어로들과 같은 전투요원이 아닌데, 별다른 화면 전개도 없이 어떻게 그럴 수 있는지 의아해서다.

글쎄, "실수한 걸로 사람을 판단하지 않는다"는 블랙 위도우(스칼렛 요한슨)에 이어 시리즈 대박의 일등 공신이라 할 토니가 죽는 등 어벤져스 시리즈가 진짜 4편으로 끝난 것인지 궁금해진다. 앞으로도 마블 영화들이야 계속 나올 테지만, 1,397만 명 넘게 관객이 든 영화를 끝으로 어벤져스 시리즈를 마무리한다는 게 믿기지 않는다.

한국일보(2019. 5. 11.)에 따르면 흥행 집계 사이트 박스오피스모조의 5월 9일 기준 '어벤져스4'가 전 세계적으로 벌어들인 돈은 23억 323만 달러(2조 7,100억 원)다. 제작비 3억 5,600만 달러(추정)보다 6.5배가량 더 많은 돈을 벌어들였다. '타이타닉'(1997·21억 8,746만 달러)을 밀어내고 역대 세계 흥행 2위에 올랐다. '어벤져스4' 위에는 '아바타'(2009 · 27억 8,796만 달러)밖에 없다.

그런 '어벤져스4'가 '어벤져스5'로 이어지지 않는다는 건 놀랄 일이다. 극장에서만 '어벤져스' 시리즈를 본 4,277만 9,823명이 앞으로 다른 마블 스튜디오 영화로 분산되어 모이는 충성도를 보일지 귀추가 주목되는 이유이기도 하다. 아무튼 마블 캐릭터 영웅들이 몽땅 출연해 지구와 우주에서 때리고 부수고 하는 액션이 오감을 짜릿하게 하긴 하지만, '어벤져스4'는 화려한 비주얼과 달리 속도감 있는 전개와 거리가 먼 천만영화라 할 수 있다.

〈2020. 5. 4.〉

알라딘

지난 1월 20일 국내에서 첫 확진자가 나온 이래 코로나 19 사태가 6개월 넘게 이어지고 있다. 인류의 일상을 바꿔놓은 코로나 19라는 대재앙은 극장가에도 역대급 직격탄을 날렸다. 신작들의 개봉 연기와 발길을 끊다시피 한 관객 등 극장가를 초토화시킨 것이다. 옛날 영화들의 재개봉도 코로나 19가 빚어낸 2020 극장가 모습이라 할 수 있다.

7월 22일 재개봉한 '알라딘'(감독 가이 리치)은 2019년 5월 23일 개봉, 천만클럽에 든 영화다. 1992년작 동명의 애니메이션을 실사영화로 만들어 선보인 '알라딘'은 개봉 53일째인 7월 14일 천만 관객을 돌파했다. 2019년 당시 기준으로 한국영화 포함 역대 25번째, 외국영화로만 국한하면 7번째 천만영화다.

근데 '알라딘'의 천만영화 등극은 다소 희한한 일이다. 개봉 첫날 관객이 고작 7만 2,736명에 그친 영화여서다. 한국일보(2019. 7. 15.)에 따르면 영화계는 '알라딘'의 1,000만 돌파를 '일대사건'으로 받아들이고 있다. '알라딘'이 뒤늦게 입소문을 타며 역주행 열풍을 일으키던 중에도 1,000만 흥행을 예상하는 관계자는 거의 없었다.

멀티플렉스 극장의 한 관계자가 "개봉 초기에 관객몰이가 저조하면 대형 흥행에는 실패한다는 통념이 '알라딘'으로 인해 완전히 깨졌다"고 말할 정도다. 가령 개봉(2018년 6월 6일)한 지 10시간 30분 만에 100만 관객 돌파를 비롯 첫날 관객 수 118만 2,374명으로 역대 최다란 역사를 새로 쓴 '쥐라기 월드: 폴른 킹 덤'의 566만 1,128명을 보면 얼마나 희한한 일인지 알 수 있다.

아무튼 '알라딘'은 역대 천만영화 중 유일하게 개봉 첫날 10만 미만 관객이란 기록을 새로 쓴 작품이 되었다. 또한 역대 5월 개 봉 영화 최고 흥행작 및 첫 천만영화, 역대 디즈니 라이브액션 (실사) 영화 첫 천만영화, 역대 디즈니 뮤지컬영화 최고 흥행작, 4DX 작품 최초의 100만 관객 등 기록을 보유하게 되었다.

역주행에 이어 노래를 따라 부르는 싱어롱 상영회, 한 번 보는 것으로 그치지 않는 N차 관람 열풍까지 더해진 '알라딘'이 한국 에서 벌어들인 돈은 스포츠서울(2019. 7. 15.)에 따르면 6,691 만 7,343달러(약 788억 9,600만 원)다. 북미를 제외하고 7,917만 6,155달러(약 933억 4,900만 원)의 수익을 올린 일본 다음 두 번 째 재미를 봤다.

'알라딘'의 천만영화 등극이 놀라운 또 하나 이유는 그 시점이 다. '알라딘' 개봉을 전후로 '어벤져스: 엔드게임'이 4월 24일, '기 생충'이 5월 30일 일반 대중과 만나 천만영화가 되었는데, 그 틈 바구니에서 일궈낸 성과여서다. 영화에 미친, 그야말로 못 말리는 한국인의 영화 사랑을 증명해준 또 한 편의 천만영화라고 할까.

'알라딘'의 현재(2020년 7월 28일 기준) 관객 수는 1,263만 2,920명이다. 물론 이 기록은 앞으로 계속 고쳐 써야 한다. 재개 봉 후 하루 1만 명 등 꾸준히 사람들이 극장을 찾고 있어서다. 전 세계 모든 사람들의 일상을 바꿔 놓은 코로나 19가 만들어낸 기형적 모습이라 할까. 지금 확정할 수 있는 것은 8편의 역대 외화 박스오피스 중 '어벤져스: 엔드게임'·'겨울왕국2'·'아바타'에 이어 4위라는 점이다.

▲채준'S 리뷰, 2020. 7. 18.

그렇다면 '알라딘'은 어떤 영화인가? 이미 널리 알려진 대로 '알라딘'은 좀도둑 알라딘(메나 마수드)이 요술 램프를 얻어 자스민(나오미 스콧) 공주와 사랑의 결실을 맺는 해피엔딩 영화다. 물론 램프를 문지르면 나타나는 지니(윌 스미스)의 말도 안 되는 요술을 통한 판타지가 아연 관객들을 흥겹거나 즐겁게 하는 영화이기도 하다.

우선 이집트계 캐나다 배우 메나 마수드, 영국 출신의 인도계 여배우 나오미 스콧을 남녀 주인공으로 한 점이 시선을 끈다. 백인 배우들을 주로 내세웠던 할리우드 블록버스터의 기존 관습을 깬 그런 캐스팅이 흥행 요인중 하나라는 주장도 있지만, 원작의 배경이나 인물이 아랍 내지 중동인 점을 감안하면 잘한 일로 보이긴 한다.

앞에서 잠깐 말했듯 '알라딘'은 1992년 개봉한 동명의 월트디즈니 애니메이션을 리메이크한 실사영화다. 그 원작은 6세기쯤 페르시아에서 전해진 1001일 동안의 이야기를 아랍어로 기술한 설화인 '천일야화'다. '아라비안 나이트'로도 불리는 '천일야화'에 수록된 '알라딘과 요술램프'를 모티브로 제작한 '알라딘'이니만큼 그런 캐스팅은 현명한 선택이라 할까.

'알라딘'이 러닝타임 128분을 전혀 지루하지 않게 하는 오락영화인 건 맞다. 간간이 끼어드는 노래도 그렇고 양탄자를 타고 날거나 공중에 뜬 채 앉아 있는 장면은 빗자루를 타고 날아다니는 '해리포터와 마법사의 돌'처럼 신기하면서도 짜릿한 쾌감을 안겨준다. 아부·라자·이아고 등 알라딘·자스민·자파(마르완 켄자리)와 함께하는 원숭이·호랑이·앵무새에게 이름을 부여해 마치 등장인물처럼 활용한 것도 시선을 끈다.

그러나 정신을 바짝 차리고 보면 꽤 '제멋대로' 영화인 걸 깨닫게 된다. 가령 초반부 처음 만난 알라딘과 자스민이 도망 좀 다녔을 뿐인데, 금세 말을 트는 사이가 된 것이 그렇다. 공주인 자스민이 다시 민가에 나올 기회가 없어서 그런 조급함을 보였는지 모르겠지만, 설득력 있게 다가오지 않는다. 공주와 시녀가 한 침대에 나란히 누워 대화하는 장면도 되게 낯설게 다가온다.

남의 나라 '아그라바'에 왕자가 행차하는데, 사전에 아무런 외교적 조치 없이 갈 수 있는 지도 의문이다. 지니의 요술로 꾸며진 요란뻑적지근한 왕자 행차까지는 그냥 봐준다 해도 바깥이 너무 소란해 무슨 일인가 하는 표정으로 술탄(네이비드 네가반)과 공주가 구경하러 나오고 있어서다. 6세기 그때는 그랬는지 의아할 수밖에.

하이라이트는 오락가락 행보의 지니 캐릭터다. 알라딘은 "겉으로는 가치를 알 수 없는 진흙 속의 보석 같은 자"란 요건을 충족, 요술램프가 있는 동굴에 들어간다. 그런 알라딘에겐 사사건건 토를 다는 등 대거리하는 지니가 반란을 일으킨 자파는 깍듯이 '주인님'으로 모시고 있으니 그렇다. 전개상 갈등 고조를 위한 지니의 무조건적 복종이긴 하겠으나 이해 안 되는 대목이다.

자파는 세 번째 소원을 말해 가장 강한 자가 되는데, 그가 어째서 램프 속으로 들어가 갇혀버리는지 모호하다. 그로 인해 악당 처치가 이루어지고, 다소 '싱겁게' 해피엔딩으로 치닫고 있어서다. 자파에게 밀려 설원에서 고난에 빠져 있던 알라딘이 갑자기 추락하는 자스민을 구해준 양탄자에 올라 있는 건 무슨 깜짝쇼도 아니고, 영화의 맥락과 괴리되어 있다는 느낌이다.

〈2020. 7. 29.〉

※ '알라딘'의 최종 관객 수는 1,272만 3,777명이다.

겨울왕국2

11월 21일 개봉한 '겨울왕국2'가 기록적인 흥행 행진을 계속하고 있는 가운데 급기야 시민단체로부터 고발당하는 일이 벌어졌다. 12월 1일 시민단체 서민민생대책위원회는 '겨울왕국2'(감독 크리스 벅, 제니퍼 리)의 수입·배급사인 월트디즈니 컴퍼니코리아가 독점금지 및 공정거래에 관한 법률('독점금지법')을 위반했다며 서울중앙지방검찰청에 고발했다.

서민민생대책위원회는 고발장에서 월트디즈니 컴퍼니코리아가 1개 사업자가 50% 이상의 시장 점유율을 확보하지 못하도록 하는 국내 독점금지법을 위반했다고 주장했다. 또한 시민단체 측은 "프랑스는 극장에서 한 영화가 스크린 3개 이상을 잡으면 불법이고, 미국도 점유율을 30% 넘기지 않는다"며 "월트디즈니 컴퍼니코리아가 스크린 독점을 시도해 소비자의 선택권을 제한하고 독점금지법을 위반했다"고 강조했다.

영화진흥위원회 영화관 입장권 통합전산망에 따르면 '겨울왕국 2'는 개봉 3일차인 11월 23일 하루에만 166만 1,843명(일부 신문엔 166만 1,965명으로 되어 있다.)을 동원했다. 총 2천 642개 스크린에서 무려 1만 6천 220회를 상영한 결과다. 166만 2,469명으로 역대 최다 일일 관객 기록을 보유한 '어벤져스: 엔드게임'과 비슷한 수치다.

개봉일 63%였던 상영 점유율은 이날 73.4%로 치솟았다. 전국 영화관에서 10회 영화를 상영할 때 7번 이상 '겨울왕국2'를 틀었다는 얘기다. 말할 나위 없이 영화인들이 '겨울왕국2'의 독과점에 대해 비판의 목소리를 높인 것도 그래서다. 가령 11월 22일 '영화 다양성 확보와 독과점 해소를 위한 영화인 대책위'의 긴급 기자회견을 들 수 있다.

'영화 다양성 확보와 독과점 해소를 위한 영화인 대책위'는 기자회견에서 "관객들은 손님이 많이 찾는 영화에 스크린을 많이 배정하는 걸 당연하게 생각한다. 그것이 불공정한 시장이라는 걸 모르는 게 문제"라고 말하며 "영화 다양성 증진과 독과점 해소는 법과 정책으로 풀어야 한다"고 강조했다. 나아가 '영화 및 비디오물의 증진에 관한 법률'('영화법') 개정을 촉구했다.

자신이 연출한 '블랙머니' 상영 도중 직격탄을 맞게된 정지영 감독도 "스크린을 독점해 단기간 매출을 올릴 게 아니라 좋은 영화를 오랫동안 길게 볼 수 있도록 법이 바뀌어야 한다"며 '겨울왕국2'의 스크린 독과점 행태를 비판한 바 있지만, 시민단체 고발까지 당한 것은 이례적이다. 스크린 독과점 논란에 대한 사법부 판결이 어떨지 주목되는 이유다.

잠깐 들춰보자. 2014년 1월 16일 개봉한 할리우드 애니메이션 '겨울왕국'이 천만 관객을 돌파한 것은 3월 2일이다. 개봉 46일 만의 일이다. 최종 관객 수는 1,029만 6,101명이다. 그냥 애니메이션도 아니고 뮤지컬 애니메이션이 천만클럽 영화가 되다니! 그야말로 깜짝 놀랄 일이 2014년 연초 영화가에 벌어졌다.

그것은 영화 사상 11번째, 외국영화로는 2009년 말 개봉했던

'아바타' 이후 두 번째 일이다. 특히 '명량'(2014년)이 있기 전까지 역대 박스오피스 1위를 4~5년 차지하고 있던 '아바타' 다음의 천만클럽 영화라는 점이 남다른 의미가 있다. 어린이가 주요 관객인 애니메이션이 거둔 성과이기 때문이다. 이전 애니메이션 최고 흥행작은 '쿵푸팬더2'(2011년)의 506만 4,045명이었다.

▲서울경제, 2019. 12. 6.

그렇다면 도대체 무엇이 천만 명 넘는 관객의 발길을 극장으로 끌어들인 것일까? 평론가 오동진은 "오랜만에 나온 완성도 높은 애니메이션이라 관객이 많이 찾은 듯하다"(한국일보, 2014. 1. 28.)고 말한다. 동아일보(2014. 2. 4.)는 '겨울왕국'에 성인들이 열광하는 이유로 "유치하지 않은 캐릭터와 탄탄한 이야기 구조를 전문가 진단"이라며 전하고 있다.

내가 보기에 무엇보다도 강력한 이유는 입소문이 아닐까 싶다. 가령 '그 영화 괜찮대'라는 소릴 주변에서 듣게 되면 행여 왕따 당할세라 기어코 동참하고야 마는 그런 의식과 실천! 유독 한국인에게만 유전자로 존재하는 게 아닌가 하는 의구심까지 생긴다. 너무 과민반응인가 싶기도 하지만, 영화를 보면서 쿨쿨 자기까지 하는 관객들은 어떻게 해석해야 하나?

그러나 '겨울왕국2'는 "'겨울왕국1'의 주제곡 '렛 잇 고'만큼 귀에 감기는 '후크 송'이 없고 스토리도 아이들이 보기에 어둡고 다소 복잡하다는 평을 무색하게 하는 성적"(동아일보, 2019. 12. 4.)을 내고 있다. '겨울왕국2'는 12월 7일 오후 2시 40분 천만 관객을 돌파한 것으로 알려졌다. 개봉 17일 만이다. '겨울왕국1'의 46일 만의 천만 관객 돌파에 비해 엄청 빠른 속도다.

정지영 감독의 "스크린을 독점해 단기간 매출을 올릴 게 아니라 좋은 영화를 오랫동안 길게 볼 수 있도록 법이 바뀌어야 한다"는 비판이 설득력 있게 와닿는 대목이다. 아무튼 이제 1편의 기록은 물론 1,255만 명의 '알라딘'을 넘어설지에 관심이 쏠리는 '겨울왕국2'가 되었다. 한국영화 100주년에 탄생한 5편의 천만영화 중 3편이 미국산인 걸 어찌 봐야 할지 난감하기도 하다.

사실 개인적으론 애들이 상영 중인데도 오줌 싸러 가는 등 다소 산만하게 보기 일쑤인 애니메이션은 거의 보지 않는 편이다. 쌍천만 관객 '겨울왕국' 시리즈의 흥행 신드롬이 잘 이해되지 않는 것도 그래서다. 놀라운 한국인들의 '겨울왕국' 사랑이라 할 수 있지만, 무엇보다도 가슴 한 구석을 쿵하고 울리게 하는, 뭐 그런 건 없는 영화이지 않은가!

〈독과점 논란 속 천만영화-한교닷컴, 2019. 12. 9.〉

테넷

　이틀간 유료 시사회를 열어 세계 최초로 상영한데 이어 8월 26일 정식 개봉한 '테넷'은 크리스토퍼 놀란 감독의 신작이다. 알다시피 크리스토퍼 놀란은 '인터스텔라'(2014)로 천만클럽에 든 감독이다. 국내에 많은 팬을 거느린 외국 감독 중 한 명이라 할 수 있는데, 2017년 나온 장세진평론집 '영화로 힐링'에 기대 '인터스텔라' 이야길 잠시 하고 넘어가는 게 유익할 듯하다.

　사실 '인터스텔라'의 천만클럽은 다소 뜻밖이다. 2008년 '다크 나이트' 405만 명, 2010년 '인셉션' 582만 명, 2012년 '다크나이트 라이즈' 639만 명 등 관객 동원 면에서 화려한 전작을 갖고 있는 감독이라 해도 169분이라는 러닝타임과 골치 아픈 '과학영화'라는 핸디캡을 피할 수 없는 작품이 '인터스텔라'이기 때문이다.

　아마 입소문으로 극장을 찾은 관객들 중 많은 이들이 천만클럽 영화가 뜻밖이란 그런 생각에 빠졌을 성싶다. 천만영화라면 그럴 만한 어떤 당위성이랄까 그런 것이 있는 게 일반적이다. 공분(公憤)이나 정서 순화의 콧등 시큰함으로 심금을 울리는 그런 것도 없으면서 '인터스텔라'가 천만영화가 된 것은 순전 '과학의 힘'이다.

　과학의 힘이라 말했지만, 그것은 새로움에 대한 목마름의 갈증 풀이라 해도 좋을 터이다. '인터스텔라'가 할리우드만이 해낼 수 있는 영화임을 생각하면 그 답이 확연해진다. 바꿔 말하면 100억 원만 들여도 '대작' 운운하는 한국영화는 기획조차 할 수 없는 '인터스텔라'이기에 그렇듯 주저 없이 극장으로 몰려든 것이다.

아무튼 '테넷'은 코로나 19 팬데믹 이후 개봉하는 첫 번째 할리우드 텐트폴 영화이기도 하다. 당초 7월 17일 북미 개봉 예정이었으나 8월 12일로 한 차례 연기된 바 있다. 말할 나위 없이 코로나 19 여파로 극장이 문을 닫자 내린 결정이다. 8월에도 극장의 영업 재개가 이루어지지 않아 다시 9월로 계획을 변경했다.

일간스포츠(2020. 8. 14.)에 따르면 결국 북미를 제외하고 한국을 비롯해 벨기에 · 불가리아 · 크로아티아 · 덴마크 · 이집트 · 에스토니아 · 핀란드 · 프랑스 · 네덜란드 · 헝가리 · 아이슬란드 · 인도네시아 · 이탈리아 · 라트비아 · 리투아니아 · 포르투갈 · 세르비아 · 슬로바키아 · 스웨덴 · 스위스 · 터키 · 우크라이나 · 영국에서 8월 26일 개봉이 이루어지는 것으로 알려졌다.

일단 '테넷' 개봉은 특기할만하다. 코로나 19 확진자 급증으로 사회적 거리두기 2단계가 실시된 가운데 '국제수사' 개봉이 무기한 연기되고, 연일 흥행 질주를 하던 '다만 악에서 구하소서'마저 주춤해진 극장가 상황이라 그렇다. 그런 와중에도 8월 22~23일 이틀간 유료 시사회로 변칙 개봉 논란까지 자초했으니 특기할밖에.

감독의 설명처럼 '테넷'은 미국과 영국을 비롯해 노르웨이 · 덴마크 · 에스토니아 · 이탈리아 · 인도까지 해외 로케이션 사상 역대 최다인 세계 7개국에서 촬영했다. 영화 역사상 최대 규모인 초대형 야외 세트장을 건설했고, CG가 아닌 실제로 보잉 747 비행기와 격납고 폭발 장면을 촬영했다. 또 대부분의 장면을 IMAX 카메라로 실제 촬영했다.

마이데일리(2020. 8. 21.)에 따르면 놀란 감독은 '테넷'에 대해 "기존에 없던 시간의 개념에 SF와 첩보영화의 요소를 섞은 작품"이라며 "'인셉션'의 아이디어에 스파이 영화의 요소를 첨가했다"고 말한다. 또한 20년 동안 아이디어를 개발해나가며 6년에 걸쳐 시나리오를 썼다. 역대급 스케일의 시공간을 넘나드는 국제적인 첩보전을 완성해 관객들에게 상상 그 이상의 최상의 오락영화이자 경이로운 체험을 선사한다는 것이다.

▲서울경제, 2020. 8. 30.

그러나 '테넷'도 코로나 19를 뚫진 못했다. 개봉 전 날 86.3%를 기록했던 예매율이지만, 첫날 관객은 13만 7,744명에 불과했으니까. 개봉 직후에도 예매율이 81.7%였지만, 목·금요일엔 10만 명 미만의 관객이 들었을 뿐이다. 주말이 되어서야 첫날보다 많은 사람들이 극장을 찾았지만, 코로나 19 직격탄을 제대로 맞은 꼴이다.

'테넷'은 개봉 12일 만인 9월 6일 100만 관객을 돌파했다. 언제 간판을 내릴지 모르지만, 평일 하루 2~3만 명 관객인 점을 감안하면 200만 명은 어려울 것 같다. 중앙일보(2020. 9. 8.)에 따르면 제작비가 2억 달러로 알려진 '테넷'의 9월 6일까지 누적 수입은 100만 관객을 돌파한 한국을 포함해 전 세계 1억 4,260만 달러에 이른다. 아직 제작비조차 회수하지 못한 것이다.

사실은 코로나 19 와중이 아닌 평소 같았으면 '테넷' 관객이 어느 정도였을지 좀 궁금하다. 이미 앞에서 말한 놀란 감독 영화들의 성적표만큼 되었을까? 이런 궁금증은 감독 스스로 "내가 만든 영화 중 가장 야심찬 작품"인 '테넷' 역시 쉽게 이해할 수 있는 작품이 아니어서다. 오죽했으면 영화에 "이해하려 하지 말고 느껴요", "머리 아프지?" 같은 대사가 나올까!

'테넷'은 인버전(사전적 의미는 '도치' 또는 '전도'. 시간을 거스를 수 있는 미래 기술.)을 둘러싼 주도자(존 데이비드 워싱턴)의 고군분투 이야기다. 인버전을 통해 세상을 파괴하려는 사토르(케네스 브래너)가 공공의 적이다. 닐(로버트 패틴슨)이 주도자의 파트너가 되어 같이 세상 구하기에 나선다. 사토르와 사이가 좋지 않은 아내 캣(엘리자베스 데비키)도 있다.

일단 '테넷'은 우크라이나 국립 오페라극장의 공연 현장 테러로 시작한 첫 화면부터 아연 긴장감을 갖게 한다. 스펙터클도 볼 만하다. 보잉747 화물비행기와 공항 격납고의 실제 충돌, 주행 중 자동차를 앞뒤 좌우 4겹으로 포위한 채 지붕을 뚫고 들어가 플루토늄241 빼내 오기, 후진과 직진 차량이 뒤엉킨 카액션 등이 눈길을 끈다.

스펙터클까진 아니더라도 좁은 복도의 1대 1일 액션도 빼놓을 수 없다. 특히 주행 중인 자동차 4겹 포위라든가 뒤집혀져 있던 차가 벌떡 일어나 제 모습이 되면서 물건 전달이 이루어지는 액션 신은 나로선 '분노의 질주' 시리즈에서도 본 적 없는 볼거리다. 인버전 따위 골치 아픈 걸 빼버리고 보면 충분히 본전 생각이 나지 않을 할리우드 블록버스터다운 장면들이다.

다만, 극중에서 연신 "미국놈들"이라면서도 미국만이 세상을 구할 수 있다는 메시지는 여느 할리우드 블록버스터 못지않다. 공공의 적인 사토르가 러시아 사람인 것도 좀 그렇다. 아이브스(아론 테일러-존슨)가 합류해 빈 건물들을 향해 사정없이 총질해대는 '시간협공작전'에선 마치 게임의 한 장면 같은 인상도 풍긴다.

시간의 순행과 역행 장면들이 겹쳐 펼쳐지는 등 이해가 잘 안되는 점과 별도로 의아스러운 것들도 있다. 가령 오페라극장 관객들은 다 잠들어 있는데, 납치된 자는 테러리스트들처럼 방독면을 쓰지 않고도 멀쩡한 걸 들 수 있다. 복도 액션 후 이어지는 화면에서 금방 쌈질한 사람들 같지 않은 주도자와 닐의 너무 미끈해 보이는 모습도 의아하긴 마찬가지다.

캣 역에 너무 키가 큰 여배우가 캐스팅된 게 하는 개인적 생각이 있지만, 정작 문제는 그녀가 사토르를 죽이고 있는 점이다. 사토르가 죽으면 세상도 종말이라면서 개인적 복수로 벌인 짓이라 그렇다. 어마어마한 갑부인 사토르가 왜 세상을 멸망시키려 하는지도 의문이다. 설마 췌장암 말기 환자로 자신만 죽기 억울해서 그런 것인가?

〈2020. 9. 9.〉

※ '테넷'의 2020. 10. 20. 기준 관객 수는 191만 7,437명이다. 지금도 평일 관객 수가 2~3천 명이라 최종 집계는 아니다.

한국영화 100주년 기념

한국영화
톺아보기

장세진 지음

☀ 해드림출판사

가려진 시간

    2016년 11월 16일 개봉한 '가려진 시간'(감독 엄태화)은 인기 스타 강동원으로선 꽤 쪽팔렸을 법한 영화다. 손익분기점이 240만 명쯤인데, 고작 51만 명 남짓한 관객이 극장을 찾은 영화라서다. 그도 그럴 것이 강동원은 '가려진 시간' 직전 개봉한 '검은 사제들'(2015) 544만 명, '검사외전'(2016)은 무려 971만 명을 동원했던 인기스타였다.

    "'강동원 효과'에 11월 극장가가 출렁이고 있다"로 시작하는 당시 신문 리뷰(조선일보, 2016. 11. 8.)에 따르면 "강동원은 나왔다 하면 관객몰이를 보장하는 몇 안 되는 배우들 중 한 명. 11월은 비수기지만 강동원이라면 얘기가 달라진다. 특히 여성 관객의 선호가 압도적이다"라고 말하지만, '가려진 시간'에선 결과적으로 틀린 말이 되고 말았다.

    '가려진 시간'은 원래 11월 10일에서 수능(11월 17일) 특수를 노리고 개봉일을 11월 16일로 늦추는 등 요란을 떨어대기도 했다. '강동원 효과'를 피하려고 11월 16일 개봉 예정이던 두 편의 영화가 유탄을 맞은 셈이 됐다. '스플릿'은 11월 10일로 앞당겨 개봉했고, '사랑하기 때문에'는 아예 무기한 연기했다.

    이를테면 한국영화끼리는 '강동원 효과' 약발이 먹힌 셈이지만, 할리우드 영화 '신비한 동물사전'은 보란 듯이 '가려진 시간'과 같은 날 개봉했다. 기세 좋게 할리우드 블록버스터와 맞붙은 결과가 된 것이다. 11월 말 예정이던 '형'은 오히려 '가려진 시간'과 같은 관객층을 겨냥해 11월 24일로 앞당겨 개봉했다.

이런 요란을 떤 '가려진 시간'은 처참하게 나가떨어졌다. 대신 '신비한 동물사전'은 466만 명 넘는 대박으로 11월이 전통적 비수기임을 무색케 했다. '신비한 동물사전'처럼 대박은 아니지만, '형' 역시 298만 남짓한 관객을 동원하며 흥행작으로 남게 되었다. 11월 30일 개봉한 '미씽: 사라진 여자'도 손익분기점(160만 명)에 도달하진 못했지만, '가려진 시간'보다 두 배쯤 많은 115만 명 넘는 관객을 동원했다.

결론적으로 인기스타보다는 영화 자체가 흥행의 관건이란 사실이 재삼 확인된 것이라 할까. 이후 강동원이 주연한 '골든 슬럼버'(2018) · '인랑'(2018)의 연이은 실패도 그 점을 말해준다. 특히 '인랑'은 제작비 190억 원이 투입된 이른바 한국형 블록버스터다. '인랑'의 손익분기점은 600만 명쯤인데, 관객 수가 90만 명도 되지 않는다.

강동원 · 정우성 · 한효주 등의 톱스타, 2008년 '좋은 놈, 나쁜 놈, 이상한 놈' 668만 명, 2016년 '밀정'으로 750만 넘는 관객을 동원한 김지운 감독 신작 영화이기에 '인랑'의 흥행 참패가 믿기지 않을 정도다. 강동원 원톱 영화는 아니지만, '가려진 시간' 이후 개봉한 '마스터'(2016)는 715만 명, '1987'(2017)이 723만 명 넘는 관객으로 흥행한 것과도 대조적이다.

아무튼 9월 6일 밤 '한국영화특선'으로 EBS가 방송한 '가려진 시간'은 2012년 제11회 미장센단편영화제에서 열 명의 심사위원만장일치로 대상을 받으며 '괴물 신인' 소릴 들은 엄태화 감독의 상업영화 데뷔작이다. 이 말은 이미 독립영화를 연출했다는 얘기인데, '잉투기'(2013)가 그의 작품이다. 한편 엄태화 감독은 '밀정'으로 이름을 알린 배우 엄태구(어른 태식 역)의 형이기도 하다. 흔치 않은 형제 영화인인 셈이다.

▲한국강사신문, 2020. 9. 6.

영화는 판타지물이지만, 그렇다고 화끈한 재미가 있는 것도 아니다. 초등생 수린(신은수)이 친구 성민(이효제), 또 다른 애들과 발파 공사현장을 보러 산에 갔다가 남자 애들 3명이 싹 사라져 버린다. 수린이 동굴에 두고 온 핀을 찾으러 갔다 온 사이 벌어진 일이다. 그리고 어른 성민(강동원)이 수린 앞에 나타나 벌어지는 이야기다.

'가려진 시간'은 다른 세상에 가고 싶어 하는 아이들 이야기이기도 하다. 수린이 엄마 없이 새아빠(김희원)와만 살고 있는 아이이고, 마음을 연 친구 성민은 부모로부터 버려져 보육원에서 사는 고아라는 점에서 그렇다. 수린이 "너 나 좋아해?" 묻더니 성민이 그런다고 하자 다가가 입을 맞추며 "배신하면 죽여버린다"고 하는 등 장차 있을 판타지에 복선도 깔아 눈길을 끈다.

수린이 어른 성민을 믿어주고, 그의 예전으로의 복귀를 돕는 것도 그래서다. 그러나 새아빠를 비롯 반장(권해효) 등 어른들은 수린을 정신에 이상이 있는 아이쯤으로 몰아세울 뿐이다. 그야말로 미치고 팔짝 뛸, 진실 은폐에 정의가 외로운 현실 모습이 아닐 수 없다. 초딩이의 진한 우정을 통해 그런 어이없음을 말하고자 하는 듯 보이는 이유다.

다소 의아스럽긴 하다. 가령 성민이 어른이 된 건 동굴에서 꺼내온 알을 깨뜨려 시간이 정지되어 생긴 변화다. 말하자면 요괴짓인데, 할아버지한테 들은 것이라며 애들도 아는 그 이야길 왜 동네 어른들은 아는 사람이 없거나 나서지 않느냐는 것이다. 또 시간 정지로 모든 게 '동작 그만'이 됐는데도 실종된 세 아이는 어떻게 음식을 구해서 먹고 어른이 되도록 자랐는가?

앞에서 강동원 이야길 장황할 정도로 했는데, 영화 시작 40분쯤 후에 등장한 그보다 '가려진 시간'의 사실상 주인공은 수린 역의 신은수다. MBC 드라마 '배드파파'(2018)에서 장혁의 딸로 나온 신은수를 이 영화에 앞서 본 바 있는데, 2002년생 그러니까 14살 신은수의 등장이 김유정 같은 스타 배우로 이어질지 두고 볼 일이다.

다만 당시 중학생이었을 신은수보다 키가 작은 초등학생 이효제가 성민이 된 건 좀 어색해 보인다. 그 점을 의식했는지 185㎝의 키가 큰 어른 성민이 되게 하지만, 좀 아니지 싶다. 12세 관람가 등급도 마찬가지다. 초등학생 수린이 주인공이긴 하지만, 과연 그 또래 애들이 영화를 보고 무슨 의미인지 알 수 있을까 해서다.

〈2020. 9. 7.〉

임금님의 사건수첩

　제1회부터 본방사수하던 SBS 금토드라마 '하이에나'를 재방으로 돌리고 KBS 2TV가 방송한 영화 '임금님의 사건수첩'(감독 문현성)을 보았다. 지난주 MBC가 방송한 영화 '걸캅스' 시청에 이은 두 번째 '하이에나' 재방이다. 대개 TV 특선영화는 설이나 추석 같은 명절과 정규프로 결방 땜질용으로 편성되는데, 혹 코로나19로 인한 '집콕'을 배려했음일까?

　아무튼 '임금님의 사건수첩'은 2017년 4월 26일 극장 개봉한 영화다. 이른바 장미 대선(5월 9일, 장미가 피는 시기인 5월에 실시한 대통령 선거를 이르는 말.) 등 5월 황금연휴를 겨냥한 영화 중 하나여서 기대를 모았지만, 관객 수는 163만 5,003명에 그쳤다. 결코 적은 수치는 아니지만, 손익분기점 260만 명에 훨씬 못 미치는 흥행 실패다.

　'임금님의 사건수첩'은 이선균의 첫 사극 출연 영화다. 또한 그 당시 기준 이선균이 출연한 작품 중 가장 많은 제작비(75억 원)가 들어간 영화이기도 하다. "이번 영화의 손익분기점이 되는 관객 수가 260만 명인데, 이를 꼭 넘었으면 한다"(한국일보, 2017. 4. 20.)라는 이선균의 바람이 그냥 희망사항으로 끝나버린 셈이라 할까.

　하긴 5월 황금연휴를 겨냥해 개봉한 영화들 중 흥행 실패한 건

'임금님의 사건수첩'만이 아니다. 특히 장미 대선이 들어있는 연휴 기간인데도 선거판을 그린 '특별시민'이 흥행 실패한 건 다소 의아한 일이다. '특별시민'을 포함, 이미 톺아보기 한 영화들이므로 생략하겠지만, '보안관'과 '가디언 오브 갤럭시2'만 성공한 것으로 나타났다.

오마이뉴스 '하성태의 사이드뷰'(2017. 7. 4.)에 따르면 3~5월 한국영화 점유율은 30%에 머물렀지만, '공조'·'더 킹' 흥행에 힘입어 상반기 한국영화 점유율은 43%를 기록했다. 2017년 상반기(1~6월) 손익분기점을 넘긴 한국영화는 '공조'·'더 킹'·'프리즌'·'보안관'·'재심'·'마스터'·'노무현입니다' 등 7편뿐이다. 그나마 '마스터'는 2016년 12월 21일 개봉한 영화다.

'임금님의 사건수첩'을 이제야 만나보는 건 흥행 실패와 무관치 않다. 위에 든 손익분기점 넘긴 영화들을 이미 모두 만나 보았으니까. '임금님의 사건수첩'은 조선조 임금 예종(이선균)이 새내기 사관 윤이서(안재홍)를 데리고 역모사건을 파헤쳐 단죄하는 이야기다. 기존 사극에서 보기 힘들었던 군주와 신하 캐릭터가 일단 새로워 보인다.

그런데 사실 나는 이른바 퓨전사극이란 이름의 드라마를 안 본지 꽤 되었다. 제작진 맘대로 비틀고 찢어놔 진지하고 심각하게 대해야 할 역사가 훼손되는 듯해서다. '임금님의 사건수첩'도 예외가 아니다. 요란한 '2017 코믹수사활극'이니 '조선판 CSI'라는 수식과 별개로 역사를 비틀어댄 자상(刺傷)외 남기는 게 별반 없다.

그만큼 재미없는 영화란 얘기다. '사도'나 '남한산성' 같은 진지한 정통 사극이 아니라면 '조선명탐정' 시리즈처럼 재미라도 있어야할 텐데, 도무지 그렇게 와닿지 않는다. 예종과 이서가 군신 간 쌍으로 웃기긴 하지만, 그런다고 재미있는 건 아니다. 자연스럽지가 않다. 특히 너무 나대거나 가볍기 이를 데 없는 임금 캐릭터에 익숙치 않아서 그런지도 모른다.

▲영남일보, 2020. 4. 3.

그뿐이 아니다. 영화 전체적으론 역모사건이란 서사와 코믹무드의 전개가 달밤에 체조하는 격이라 할까, 아무튼 따로 논다. 임금을 갈아 치우려는 그야말로 경천동지할 사건인데도 다 장난처럼 보인다. 조선 제1검의 무예 솜씨를 지닌 임금은 이미 '역린'에서 선보인 캐릭터다. 거기선 거부감이 없었는데, 그렇지 않은 건 역시 임금에 대한 코믹화가 아직 낯설어서가 아닐까.

코미디에 너무 함몰돼 놓친 것도 있다. 가령 임금이 세 번이나 불러야 나타나는 호위무사 흑운(정해인)이 그렇다. 웃기려고 일부러 그리 한 설정이라면 천만의 말씀이다. 아연 생겨난 긴박감을 스스로 해체해버리고 마는 셈이 되어서다. 초대형 괴어(귀신물고기)를 그냥 보통 작살로 잡으려 한 시도는 픽하는 실소마저 머금게 한다.

무장 남건희(김희원)가 주축이고, 영의정 등 3정승이 동조와 함께 그에 휘둘리는, 매끄럽거나 보편적이지 않은 이야기도 좀 아니지 싶다. 단, '임금님의 사건수첩'이 괜찮아 보이는 건 이서 혼을 빼던 마술 상자가 예종 구출용으로 쓰이는 등 제법 탄탄한 구성의 짜임 정도다. 사람 머리에 불이 난 인체발화를 어떻게 촬영했는지도 감탄스럽게 한다.

〈2020. 4. 6.〉

명당

이른바 역학 3부작 마지막 작품인 '명당'(감독 박희곤)은 2018
년 추석(9월 24일) 대목을 겨냥해 개봉한 영화다. 9월 12일 '물
괴'를 시작으로 9월 19일 '안시성'·'명당'·'협상'이 동시에 개봉
했는데, 할리우드 블록버스터가 없어 한국영화 4편이 격돌하는
모양새였다. 아니나다를까 4편 모두 손익분기점을 넘기지 못하는
흥행 참패로 이어졌다.

'한국영화 톺아보기'(해드림출판사)에 수록된 그 무렵 쓴 '본전
도 못건진 추석영화들'을 잠깐 펼쳐보자. 2017년 추석의 '킹스맨:
골든 서클'처럼 관객들을 잠식할만한 할리우드 블록버스터가 없
었는데도 추석 한국영화들이 본전도 뽑지 못한 참패를 당한 것은
역시 대작 쏠림 때문이지 싶다. 특히 사극이 3편이나 추석 대목에
몰린 것은 치명적이라 할만하다.

코미디를 표방하며 9월 26일 가세한 '원더풀 고스트'가 맥을 못
춘 것도 얼른 이해가 안 되는 대목이라고 썼는데, 그만한 이유가
있다. 전통적으로 추석 명절엔 사극과 코미디 영화가 강세를 보
였기 때문이다. 하긴 총제작비 215억 원으로 손익분기점이 580
만 명쯤이라 그렇지 '안시성'을 보러 극장을 찾은 542만 명이 결
코 적은 숫자는 아니다.

'명당'의 관객 수는 208만 6,418명이다. 약 300만 명인 손익

분기점에 훨씬 못 미치지만, 72만 명 남짓한 '물괴'나 196만 명이 극장을 찾은 '협상'보다는 많은 수치다. 역학 3부작 2편인 '궁합'(2018) 134만 명에 비해서도 양호한 관객 수다. 물론 역학 3부작 첫 번째 영화인 '관상'(2013)의 913만 명에 비하면 한없이 초라한 수치일 수밖에 없다.

이미 '궁합'을 논하는 지면에서 말한 바 있듯 '관상'에 이은 2~3편 제작 또는 개봉 시기가 그 기세를 이어나가는데 걸림돌로 작용한 게 아닌가 싶다. 안타깝고 아쉬운 일인데, '명당'을 2020추석특선영화 중 세 번째로 챙겨본 것도 그래서다. '관상' · '궁합'은 이미 만나 보았으므로 역학 3부작에 대한 완결 정리라는 의미도 있겠다.

'명당'은 조선왕조 말 박재상(조승우)이 지관(地官)으로 겪게 되는 파란만장한 이야기다. 왕실의 명당을 찾는 일이어서 정쟁에 휩쓸리기 십상인 지관을 하다 실세 김좌근(백윤식) 일파에게 처자식을 잃고 파직된 재상은 홍선(지성)을 만난다. 그 역시 안동 김씨의 이른바 세도정치에 밀려 상갓집 개 등 양광(佯狂)의 삶을 살던 터라 이내 의기투합한다.

영화는 역사와 허구를 적당히 섞은 팩션으로 펼쳐진다. 가령 김좌근이나 그의 아들 김병기(김성균)는 역사 인물이나 그들을 '장동 김씨' 하는 식이다. 아마도 그들의 후손인 안동 김씨들에게 가처분신청 등 어떤 빌미도 주지 않으려 한 고육책의 설정이 아닌가 한다. 사실(史實)이 그렇다. 안동 김씨의 세도정치는 망국의 원인(遠因)이라 해도 무방할 정도로 참혹했고 참담했다.

그들은 효명세자(후에 익종으로 추존)를 독살한데 이어 왕위

에 오른 세손 헌종(이원근)도 발아래 두었다. 헌종이 김좌근에게
반말 들어가며 무릎을 꿇고 머리까지 숙인 채 살려달라는 장면은
분노를 자아내기 충분하다. 냉정하게 말해 신하가 임금을 무릎
꿇리는 하극상이 벌어진 나라이니 안 망하면 그것이 오히려 이상
한 일이다.

　'명당'의 새로움은 그야말로 개판의 나라를 조상들 묏자릴 잘
쓰고 못 쓴 데서 접근하고 있는 점이다. 2012년 대선을 앞두고 방
송된 SBS 대하사극 '대풍수'가 논란을 일으킨 적이 있다. 조선건
국의 주역 이성계 이야기여서 박정희의 5ㆍ16 군사쿠데타를 정
당화하려 했다는 것이다. 드라마 덕분인지 확인할 길은 없지만,
대선 결과는 박근혜 후보의 당선으로 끝났다.

▲전자신문엔터테인먼트, 2018. 9. 14.

　분명한 사실은 '대풍수'라는 제목과 핀트가 맞지 않는, 어쩐지 떨
떠름한 대하사극이란 인상을 끝내 떨쳐내지 못했다는 점이다. 아

마 흥행 실패의 원인도 거기에 있지 않을까 싶다. 이성계는 그럴 맘이 없는데 목지상이나 정도전에 의해 거의 반강제적으로 고려를 뒤엎는다는 식의 전개가 어쩐지 떨떠름한 기분을 안겨준 바 있다.

'명당'에서도 그런 기분이 든다. 올곧은 박지관에 포커스를 맞춘 탓인지 모르지만, 안동 김씨들로부터 왕권을 되찾은 흥선대원군에 대한 비판적 접근이 역력해 보여서다. 역사소설 등 이미 다른 콘텐츠를 통해 알고 있던 흥선대원군과 다른 모습이다. 가령 박지관이 예언한 2대 천자를 낼 명당이지만, 그 후 절손(絶孫)되고 나라가 망할 흉지인 가야사를 헐고 묘지로 조성한 게 그렇다.

결국 일제 식민지로 들어간 망국(亡國)이 박지관 말을 듣지 않은 흥선대원군 때문이란 건데, 이건 좀 그렇다. 허구가 팩트를 밀어낸 형국이라 할까. 김병기가 아버지 좌근을 다음 임금 운운하는 지관 말 한마디에 죽여버린 것도 좀 너무 나간 게 아닌가 싶다. 초선(문채원) 역시 대원군이 된 이하응과 하께 하던 여인이란 기억이 남아 있는데, 그녀가 죽는 걸 지켜보게 한 흥선으로 그려내 좀 의아하다.

다소 헐거워 보이기도 한다. 가령 김좌근이 김병기를 시켜 집을 불태우기까지 했는데, 정작 없애려 한 박지관 생사 여부는 확인도 하지 않은 채 13년이 훌쩍 지난 이야기 전개가 그렇다. 왕손인 원경이 고문당하고 감옥에 있는데, 흥선이 멀쩡한 모습으로 면회하고 있는 것도 마찬가지다. 위장한 상갓집 개가 자칫 노출될 수 있어서다. 흥선이 멀쩡한 모습인 건 장차 고종이 되는 아들에 대한 왕도 수업할 때다.

〈2020. 10. 2.〉

말모이

코로나 19에 유례없는 물난리 때문인지 광복 75주년인 올해는 가열찬 반일 분위기로 온 나라가 들썩이는 가운데 일제(日帝)의 만행을 되돌아보게 하는 영화들이 눈길을 끌었던 지난해와 다른 극장가 분위기다. 예컨대 작년엔 일본 정규군을 상대로 한 최초의 승리를 그린 '봉오동 전투'가 8월 7일 개봉, 478만 명 넘는 관객을 극장으로 불러들였다.

저예산 다큐영화들도 있었다. 8월 8일과 7월 25일 각각 개봉한 '김복동'과 '주전장'이다. '김복동'은 뉴스에서도 가끔 보던 일본군 위안부 피해자이자 인권운동가로 활동했지만, 지금은 고인(故人)이 된 김복동 할머니를 그린 영화다. 단체관람과 표 나누기 운동 등에 힘입어 독립영화로선 대박이라 할 7만 2천 명 넘는 관객을 동원한 바 있다.

방송에도 광복절 특선영화들이 즐비했다. 지상파의 경우 '암살'(SBS) · '항거: 유관순 이야기'(MBC) 두 편뿐이지만, 케이블 방송을 보면 여러 편의 광복절 특선영화들이 편성됐다. 비록 설이나 추석 명절 특선으로 이미 방송된 재탕이라 해도 광복절에 일본제국주의 만행을 직 · 간접적으로 다룬 그런 영화들은 각별한 의미로 다가올 수밖에 없다.

이번에도 지상파 방송들이 광복절 전후로 특선영화들을 방송했다. 8월 13일 밤 MBC '말모이', 8월 15일 밤 KBS 2TV '동주'가 그것이다. 8월 14일 밤 SBS도 '악인전'을 방송했는데, 그건 그냥 특선영화일 뿐이다. 아쉬운 건 EBS다. 평소 내보내는 '세계의 명화'·'일요시네마'·'한국영화특선' 3개 모두 광복절과 거리가 먼 영화들을 내보내서다.

MBC 특선영화 '말모이'는 편성시간도 본방사수하던 드라마 '하라는 취업은 안 하고 출사표'가 종료된 직후라 보기 안성맞춤이었다. '말모이'는 2019년 1월 9일 극장 개봉한 영화다. 개봉 8개월 만인 2019 추석특선에 이어 2020년 3·1절에도 MBC 전파를 탔다. 1년도 안된 사이 벌써 세 번째 방송한 3탕 영화 '말모이'인 셈이다.

일부 시청자나 관객들 입장에서 보면 3탕 방송이 왕짜증일 수도 있지만, 꼭 나무랄 일만은 아니다. 나만 하더라도 2019 추석 특선 영화로 보다가 서울 사는 딸과 사위의 친정 방문으로 포기한 걸 이제야 생각난 듯 볼 수 있게 되었다. 극장 개봉이 아니더라도 얼마든지 놓친 영화를 볼 수 있는 세상이지만, 나는 그렇게 '말모이'를 감상했다.

'말모이'는 천만영화 '택시운전사' 각본을 쓴 엄유나 감독의 첫 연출작이다. 286만 남짓 극장 관객을 동원, 해외 선판매로 낮춰 잡은 손익분기점 280만 명을 넘겼다. '말모이'는 1940년대 일제 침략기를 배경으로 한 영화다. 이 점은 일제 침략기를 다룬 또 한 편의 흥행영화가 탄생했음을 의미한다. 마치 내 일처럼 우선 뭔가 뿌듯하고 안도감 같은 게 생긴다.

잠깐 일제 침략기를 다룬 흥행영화들을 살펴보자. 2015년 7월 22일 개봉한 '암살'부터 2019년 2월 선보인 '항거: 유관순 이야기'

까지 '해어화'(2016)·'군함도'(2017)·'허스토리'(2018)만 빼고 '동주'·'귀향'·'아가씨'·'덕혜옹주'·'밀정'·'박열'·'아이 캔 스피크' 등 일제 침략기를 배경으로 한 많은 영화들이 차례로 관객몰이에 성공했다.

▲한국강사신문, 2020. 8. 13.

내친김에 하는 말이지만, 천만영화가 된 '암살'은 또 다른 의미가 있다. 일제침략기를 배경으로 한 영화들의 흥행실패를 깬 점이 그것이다. '암살' 이전 흥행실패작들은 '라듸오 데이즈'·'모던보이'·'기담'·'YMCA야구단'·'청연'·'아나키스트'·'원스 어폰 어 타임'·'마이웨이'·'경성학교: 사라진 소녀들' 등이다.

특히 2011년 12월 21일 개봉한 '마이웨이'가 순제작비만 280억 원으로 그때까지 한국 영화사상 가장 많은 제작비를 쏟아부은 대작임에도 고작 214만 명 관객에 그친 쪽박사건은 말 그대로 충격이었다. 앞으로 일제침략기 배경 영화 제작이 어려울 것이란 확실한 우려를 낳기도 했다. '암살'이 그 점을 박살내버린 셈이 됐다.

이후 2016년 2월 개봉한 '동주'·'귀향'이 흥행 성공했고, '아가씨'·'덕혜옹주'를 거쳐 밀정'으로까지 이어진 것이라 할 수 있다. 그리고 그런 분위기는 2017년에도 마찬가지였다. 6월 28일 개봉한 '박열'이 그것이다. 이런저런 구설에 휘말려 손익분기점을 넘기진 못했지만, 7월 26일 개봉한 '군함도'의 관객 수는 자그마치 695만 명이 넘는다.

이를테면 2018년 '허스토리'의 흥행 실패를 딛고 '말모이'가 다시 대중일반의 지지를 받은 셈이다. 영화 제목인 '말모이'는 주시경 선생이 1911년 시작했지만, 미완성으로 남은 최초의 국어사전 원고를 가리킨다. 1945년 9월 8일 경성역 조선통운 창고에서 2만 6,500여 쪽의 원고가 발견됐는데, '말모이'는 이런 사실(史實)을 토대로 만들어진 영화다.

서울신문(2019. 1. 2.)에 따르면 "2년 전 EBS의 '지식채널e'에서 본 5분 분량 영상을 보고 영화로 만들고 싶었다"는 엄 감독이다. 이후 "관련 서적은 물론 한글학회(구 조선어학회) 자료를 모두 읽고 직접 학회를 찾아 자문해 가며 각본을 썼다. 당시 조선어학회가 말을 모으려고 잡지에 광고를 내고, 전국에서 수많은 답장을 받은 일 등 역사적 사실에 인물과 이야기의 살을 붙"여 영화 '말모이'를 만들었다.

'말모이'는 1940년대 초 까막눈 김판수(유해진)가 조선어학회 류정환(윤계상) 대표 등과 함께 하는 이야기다. 극장 기도에서 쫓겨난 판수가 정환의 가방을 소매치기하다 맺어진 인연이니 극적이다. 일본 제국주의가 기어이 말살하려던 우리 말을 지켜내는 범상치 않은 영화인데, 그런 서사 구조가 없었더라면 총칼이 아닌 언어

로 일제와 싸우는 '말모이'인 만큼 건조하고도 밋밋한 태작이 되고
말았을 것이다.

매우 진지하면서도 자칫 무게감에 짓눌릴 수 있는 무겁거나 암
울한 영화의 전반적 분위기를 누그러뜨리는 것도 판수다. 관객들
로 하여금 비교적 재미있게, 또는 지루하지 않게 영화를 볼 수 있
게 한 일등 공신이라 할까. 그렇다. 판수는 그 시절 이름조차 알 수
없는 수많은 독립 열사들을 상징하는 인물이기도 하다.

"돈을 모아야지 말을 모아 어디다 쓰냐?"던 판수다. 그런 판수가
"한 사람의 열 걸음보다 열 사람의 한 걸음이 더 큰" 대열에 한낱
보조자가 아닌 주인공으로 활약하다가 죽음을 맞는다. 말모이 원
고를 자신의 목숨과 맞바꿔 보관해낸 그 순국(殉國)은 1947년 마
침내 '조선말 큰사전' 출간이란 결실을 맺는다.

다소 아쉬운 부분도 있다. 판수가 왜 아이 둘을 키우는 홀아비인
지 아내에 대한 회상 등 묘사가 없는 점이다. 한글을 깨우친 판수
가 딱 한 번 현진건 소설 '운수 좋은 날'을 읽고 아내가 생각난다며
눈물 흘리는 것 말고 묘사가 더 이상 없는 건 좀 의아하다. 판수 중
학생 아들 덕진(조현도)이 고작 5~6년 지났을 뿐인데도 초등학교
교사로 나오는 결말도 마찬가지다.

"경찰 보면 도망가는"이나 "경찰서 갑시다" 등 대사에서 보듯 '경
찰'이나 '경찰서' 같은 용어가 그 시대에 맞는 사용인 지도 의문이
다. 정환의 아버지 류완택(송영창)에 대한 행적이 결말에 나오지
않은 점도 아쉽다. "한 사람의 열 걸음보다 열 사람의 한 걸음이 더
큰" 것이라 정환에게 가르친 완택이 친일파로 변했는데, 그 몰락이
갖는 의미가 적지 않을 것이기 때문이다.

〈2020. 8. 17.〉

걸캅스

　MBC는 지난 3월 7일 방송한 주말특별기획 '두 번은 없다'를 끝으로 주말드라마 폐지에 들어간 바 있다. 대신 예능프로를 그 시간대 방송하는데, 3월 28일엔 영화 '걸캅스'(감독 정다원)를 내보냈다. 2020 설특선 등 이미 방송했던 터라 재탕인 셈이지만, 아마도 이른바 N번방 디지털 성범죄 사건이 대대적으로 보도돼 긴급 편성한 것으로 보인다.

　'걸캅스'는 2019년 5월 9일 개봉한 영화다. 당시에도 이른바 버닝썬사건이 세상을 떠들썩하게 해 비상한 관심을 끌었지만, '걸캅스' 촬영이 끝난 건 2018년 여름이다. "사람들은 '걸캅스'가 앞일을 내다봤다고 말하는데, 개봉 시기가 우연히 들어맞았을 뿐인 것"(한국일보, 2019. 5. 8.)이라는 주연배우 라미란(박미영 역) 인터뷰 내용과 맞아떨어진다.

　아무튼 '걸캅스'는, TNMS 미디어데이터 집계 자료에 따르면 2020설연휴기간(1월 24~27일) 지상파·종편·케이블(tvN)이 내보낸 총 39편의 영화 중 전국 가구 시청률(유료가입+비가입) 1위를 차지한 것으로 나타났다. '걸캅스'를 TV로 본 사람은 무려 310만 명이다. '악인전'과 '극한직업'이 그 뒤를 이어 2, 3위로 나타났다.

　그런데 '악인전'과 '극한직업'은 개봉 당시 각각 336만 명, 1,626

만 명 넘는 사람들을 극장으로 불러들인 영화다. 그런 영화들을 제치고 많이 본 영화 1위가 되었다는 점에서 '걸캅스'의 의미는 남다르다. 지난 추석에 이어 2020 설에도 다른 지상파 방송보다 훨씬 적은 2편만 특선영화(PMC: 더 벙커'와 '걸캅스')를 편성한 MBC로선 나름 환호성을 내질렀을 법한 인기다.

'걸캅스'는 극장 개봉에서도 나름 선전했다. '영혼 보내기'(영화관에 가지 않고 예매만 하는 행위)에 힘입어 그랬는지 자세한 건 알 수 없지만, 손익분기점 150만 명을 넘겨 162만 9,528명으로 집계되었기 때문이다. 더구나 천만영화 '어벤져스: 엔드게임'이 극장가를 블랙홀처럼 빨아들이던 무렵이라 흥행 성공의 의미는 클 수밖에 없다.

'걸캅스'는 여자 형사들이 디지털 성범죄자들을 일망타진하는 이야기다. 대개는 남자 형사 활약상을 담은 남남케미 영화들과 반대 지점에 있는 '걸캅스'라 할 수 있다. 2005년 '친절한 금자씨'로 스크린 데뷔한 라미란이 14년 만에 첫 장편 상업영화 주연을 맡은 영화이기도 하다. 라미란을 받쳐주는 건 이성경(조지혜 역)·최수영(양장미 역) 등이다.

여자 형사들 활약을 돋보이게 하려고 남자 경찰들을 복지부동 따위로 몰아간 느낌이 들지만, '걸캅스'는 우선 통쾌하다. 한때 잘 나가던 여자 형사기동대 출신 미영이 디지털 성범죄사건 수사에 나서는 건 다름이 아니다. 디지털 성범죄에 대해 "여자들이 자기 때문이라고 자기 잘못이라고 말하는 게 열받아서"다.

강력반 꼴통 형사로 징계차 민원실로 좌천된 미영의 올케 지혜는 한술 더 뜬다. "시민이 위기에 처해 있는데, 가만히 있는 게 경찰이냐?"며 남자 형사들에게 거침없이 퍼부어대고 있어서다. 두 여배우가 뿜어내는 아우라랄까 포스가 썩 박진감 넘치게 와닿진 않지만, 그런 일련의 과정만으로도 '걸캅스'는 본전 생각이 나게 하지 않는 영화다.

▲한국강사신문, 2020. 4. 3.

전반적으로 희화된 분위기를 너그럽게 봐줄 만한 이유도 거기에 있다. 또한 형사, 그러니까 국가의 공권력을 두려워하거나 꺼려하지 않는 디지털 성범죄자들에 대한 새삼 환기도 나름 수확이다. 목숨 걸고 하지 않는 범죄가 없겠지만, 무슨 마약조직이나 조폭 집단도 아닌 것들이 여형사 위해(危害)를 일삼고 있으니 남자인 내가 다 오싹할 지경이다.

다만, 클럽에 간 지혜가 너무 쉽게 당하는 건 좀 안이한 연출인 듯하다. 아무리 대담함을 넘어 흉포해지는 범죄자들이라 하더라도 강력반 꼴통 형사답게 한 액션이 있은 다음 범인들에게 당해야 맞지 않을까. 그럴망정 디지털 성범죄 등 여성들이 첨예하게 맞닥뜨린 사회 문제를 투 톱 여배우를 내세워 성공시킨 '걸캅스'의 장함이 희석되는 건 아니다.

〈2020. 4. 1.〉

엑시트

KBS는 MBC · SBS · EBS 같은 다른 지상파 방송에 비해 가장 늦게 추석(10월 1일) 특선영화 라인업을 공개했다. 내가 KBS의 2020추석영화 리스트를 알게 된 건 9월 26일이다. 그러다 보니 '설마 2020추석 특선영화를 편성하지 않나' 하는 의구심까지 들게 했다. 그런데 막상 공개한 걸 보니 안 본 영화들이 즐비했다. '엑시트'·'벌새'·'신의 한 수-귀수편' 등이다.

특히 10월 2일 밤 내보낸 '엑시트'는 KBS보다 먼저 공개해 이미 찜해둔 tvN의 '나쁜 녀석들: 더 무비'와 시간대가 겹쳐 몇 날 고민 끝에 보기로 낙점한 영화이기도 하다. 2019년 7월 31일 개봉, 942만 명을 극장으로 불러들인 '엑시트'는 그만큼 남다른 의미가 있는 영화다. 여름 대목을 노리고 7말 8초에 선보인 100억 원대 대작들 가운데 압도적 1위를 한 영화여서다.

손익분기점 350만 명을 2.5배 이상 넘겨 대박을 낸 것인데, '엑시트'와 앞서거니 뒤서거니 개봉한 대작, 이른바 한국형 블록버스터는 '나랏말싸미'·'사자'·'봉오동 전투' 등이다. 이중 '봉오동 전투'만 478만 넘는 관객으로 450만 명쯤인 손익분기점을 넘겼을 뿐이다. 특히 손익분기점 330만 명쯤인 '나랏말싸미'는 95만 명에 그치는 등 쫄딱 망한 또 하나의 대작이 되었다.

새삼스러운 말이지만 여름은 극장가 최대 성수기다. '도둑

들'(2012) · '명량'(2014) · '베테랑' · '암살'(2015) · '부산행'(2016) · '택시운전사'(2017) · '신과 함께-인과 연'(2018) 등이 천만영화가 된 것도 여름 개봉을 통해서다. 여름 대작으로 천만영화는 놓쳤지만, 942만 명 넘는 관객을 극장에 오게 했다면 '엑시트' 의미가 만만치 않다.

하긴 2019년의 경우 상반기에만 이미 천만영화가 4편('극한직업' · '어벤져스: 엔드게임' · '기생충' · '알라딘')이나 나온 바 있다. 그걸 감안하면 '엑시트'의 대박은 의미가 있어 보이기도 한다. 엉뚱하게도 같은 해 11월 개봉한 '겨울왕국2'가 2019 5번째 천만영화가 되었지만, 942만 명의 '엑시트'가 여름 성수기 최고 승자로 우뚝 선 것이다.

놀랍게도 그 일을 신인 감독이 해냈다. 이상근 감독은 1973년생으로 대학에서 영상학을 전공하고, 단편영화제 수상에 이어 한예종에 들어가 영화를 공부하는 등 나름 영화판에 있었다. '엑시트'의 시나리오가 공모전에 당선되어 46살 늦깎이 상업영화 메가폰까지 잡고, 대박을 낸 기적 같은 일의 주인공이 된 이상근 감독이라 할까.

또 하나 눈에 띄는 건 걸그룹 소녀시대의 가수 윤아다. 아이돌 가수들의 영화 진출이 꾸준히 있어 왔지만, 첫 주연 작품이 '엑시트'처럼 대박을 터트린 건 흔치 않은 일이다. 윤아의 영화 데뷔작 '공조'(2017) 역시 781만 명 넘는 관객으로 흥행 성공했지만, '엑시트'는 없어도 크게 지장이 없을 캐릭터를 연기한 것과 차원이 다른 주연으로서의 대박이다.

그렇다면 영화는 어떤가? '엑시트'는 김현옥(고두심) 여사 고

희연을 하던 취준생 아들 용남(조정석)이 갑자기 벌어진 유독가스 테러 속에서 가족들을 구해내는 이야기다. 연회장 부점장으로 있는 의주(윤아)와 함께다. 의주는 5년 전 같은 산악부원으로 용남이 좋아했지만, 퇴짜 맞은 사이로 나온다. '해운대'(2009) · '타워'(2012) · '터널'(2016) 같은 재난영화지만, 가스 테러라는 점에서 새로운 시도라 할 만하다.

▲한국일보, 2020. 9. 30.

여름 대목에서 일군 대박이지만, '엑시트'는 추석 명절 특선영화로도 적절해 보인다. 가스 테러라는 살벌함보다는 취준생 백수인 용남이 아주 쓰임새 있게 활약하고 있는 영화여서다. "옥상으로 올라가라"는 용남의 말을 친척들이 개무시할 정도인 백수의 이타적(利他的) 활약이다. 큰누나 정현(김지영)이 깔보던 바로 그 산악부 노하우로 가족들을 살려낸 것이다.

그뿐이 아니다. 용남은 의주와 둘만 구조헬기를 타지 못한 상황인데도 남들 먼저 구하는 의인 같은 활동을 하기도 한다. 119 소방대원도 아닌 그냥 일반 시민인 그가 의주와 함께 다른 층에 있는 학생들부터 구조하라며 신호 보내는 장면이 좀 억지인 듯 보이지만, 많은 관객들은 그들에게 지지 박수를 쳤을 법하다.

다소 헐거워 보이는 것도 있다. 가스 테러가 개인적 원한에 의한 것이라 좀 싱거운 느낌을 주는데, 그나마 범인이 경비요원에게 "뭐 하냐"며 제지받는 장면만 나올 뿐 직후 어떤 상황도 이어지지 않아서다. 그러니까 범인이 도망치거나 그를 잡으려다 실패하는 후속 장면 없이 혼비백산하는 시민 등 금세 아수라장으로 변해버린 것이다.

또 눈썹 휘날리게 달려가 멈춘 옥상에서 용남과 의주가 왜 대성통곡하는지 명확한 전달이 없다. 그것이 구조받기 어렵다는 절망감에 의한 인지상정의 본능적 절규라면 아이들 먼저 구하게 한 의인 같은 행동과 충돌한다. 아버지 장수(박인환) 등 가족들이 구조된 그곳에서 헬기를 기다리면 될 것을, 온갖 오지랖을 떤 셈인가?

더디기만 한 구조활동의 정부 당국이나 손님들을 안전하게 대피시켜야 할 사실상 책임자인 점장(강기영)의 저만 살겠다는 모습 등 자연스레 세월호 참사가 떠오르기도 하지만, '엑시트'는 942만 명 극장 관객 수와 별도로 가장 잘된 2020추석 특선영화가 아닐까 한다. KBS는 '엑시트' 같은 영화를 엄선하느라 다른 방송사에 비해 특선영화 라인업을 공개한 것인가?

아니나다를까 조선일보(2020. 10. 5.)가 보도한 시청률 조사기관 TNMS의 시청자 데이터에 따르면 '엑시트'가 가구 시청률

7.8%, 전체 시청자 수 약 271만 명으로 가장 많이 본 2020추석 특선영화로 집계됐다. 2위는 전국 가구 시청률 5.2%로 약 165만 명이 시청한 tvN '기생충'이 차지했다. 3위는 SBS '82년생 김지영'으로 149만 명이 시청했다. 4위는 SBS '사자' 137만 명, 5위는 KBS 2TV '신의 한 수-귀수편'으로 136만 명이 각각 시청했다.

〈2020. 10. 5.〉

변신

코로나 19로 2020년 추석(10월 1일)을 맞은 극장가는 작년과 사뭇 다른 모습이다. 이른바 한국형 블록버스터가 없어지고, 중급 영화들이 대거 개봉해서다. 9월 23일 '디바'·'검객', 9월 29일 '국제수사'·'담보'·'죽지 않는 인간들의 밤' 등 5편이 개봉해 이전부터 상영 중인 할리우드 블록버스터 '테넷'·'뮬란' 등과 경쟁하는 구도가 되었다.

성묘도 자제해달라는 코로나 19 상황이다 보니 오히려 그런 극장보다 TV영화들이 더 시선을 끈다. 종편과 영화전문 케이블 방송은 빼고, tvN 포함 지상파 4사 추석특선 TV영화들을 일별해보니 눈에 띄는 게 있다. 한국영화 위주로 추석특선이 이루어졌다는 점이다. 외국영화는 작년 추석 때 한국영화로만 9편을 내보낸 SBS가 '나잇 & 데이', MBC가 애초 편성했던 '스윙키즈'를 빼고 '코코'를 방송한 정도다.

비단 올해만의 이야기는 아니지만, 개봉된 지 1년도 안 된 '신작'들이 여러 편 전파를 탔다. 가령 MBC가 내보낸 '감쪽같은 그녀'·'천문'은 개봉 9개월밖에 안 된 영화들이다. 천만영화 '기생충'(tvN)이나 942만 명 넘게 본 '엑시트'(KBS 2TV), 457만 명의 '나쁜 녀석들: 더 무비'(tvN) 등 지난해 흥행작과 '벌새'(KBS 1TV) 같은 독립영화 화제작도 전파를 탔다.

코로나 19로 집에 있으라는 정부의 권유를 받는 시청자들 입장에선 즐거운 비명을 지를만한 TV영화다. 한 지상파 편성 관계자는 "가족들마다 보던 드라마가 다를 수 있지 않나, 애초에 다시 보거나 새로 보기에 부담이 덜한 '특선영화'를 편성하는 이유다. 방송 최초로 전파를 타는 '특선영화'를 선점하기 위한 물밑 작업이 치열한 것도 그 때문"이라고 말한다.

아무튼 9월 30일 밤 10시 50분 방송한 '변신'은 사실상 2020 추석특선 제1호 영화다. 공포물이라 추석 명절 분위기에 잘 어울리는지는 생각해볼 문제지만, '변신'은 할리우드는 물론 한국까지 들썩이게 했던 흥행작 '어스'의 147만 명을 훌쩍 넘긴 영화다. 또 2019년 8월 21일 개봉해 극장 관객 180만 명으로 손익분기점 165만 명을 넘긴 흥행 성공작이다. 아시아 · 남미 등 45개국에 수출된 영화이기도 하다.

시간대가 겹친 '양자물리학'을 볼까 하다가 '변신'을 택한 이유지만, 그러나 일말의 후회가 생긴다. 막상 보고 나니 '검은 사제들'(2015) · '사바하'(2019) 류의 영화라서다. 사실 나는 종교를 다룬 소설과 영화는 즐겨 읽거나 보지 않는 편이다. 종교에 대해 아예 관심이 없거나 한 수 접고 대하는 뼛속까지 무신론자여서다. '변신'을 본 것은, 이를테면 이례적인 일인 셈이다.

'변신'은 박강구(성동일) 가족이 새집으로 이사해 겪게 되는 사탄의 공격을 그린 영화다. 강구 동생이자 신부인 중수(배성우)가 구마의식을 하다 사람이 죽은데 따른 이사이기도 한데, 아내 최명주(장영남)와 선우(김혜준) · 현주(조이현) · 우종(김강훈) 3남매에게 두루 악귀가 들어 벌어지는 끔찍한 이야기다. 가령 강구가 "우리 딸 잘 컸네"라며 현주 머리채를 잡아채는 식이다.

▲에이스 메이커, 2019. 7. 18.

TV 최초 방송이란 의미를 폄훼할 생각은 없지만, 역시 '변신'이 추석 명절용 영화는 아니다. 잦은 피 토하기와 아빠 엄마가 딸들을 향해 망치를 휘두르는 장면 등 오싹하는 전율의 공포감을 불러일으키는 것도 그렇다. 글쎄, 사탄의 공격으로 인한 핏줄끼리의 갈등과 다툼을 통해 가족만큼 소중한 게 없다는 의미를 보여주려 한 것인지 모르겠지만….

십자가와 함께 구마니 뭐니 그리스도 주 예수 어쩌고 하는 것에 대한 무신론자로서의 기본적 거부감 때문인지 모르겠지만, 결국 하나님이 사탄을 물리친다는 전체 흐름도 좀 그렇다. 신부의 기도나 주문으로 사탄이 퇴치된다면 그것은 만화 같은 판타지일 뿐이다. 현주는 이미 죽었지만, 중수의 죽음(그것도 강구가 찔러 죽인)으로 나머지 4명은 살아난다는 게 뭘 말하는지, 무신론자로선 모를 일이다.

　다른 의문도 있다. 가령 중수가 옆집을 갔을 때 남자(오대환)가 여자의 칼에 찔리고, 또 그가 자신을 찌르는 장면이 잠깐 나오는데, 이게 어떤 맥락인지 이해가 안 된다. 교통사고 현장에 쓰러져 있던 중수가 강구 집에 갑자기 나타나 자신으로 변한 사탄을 기도와 주문으로 가볍게 퇴치해버리는 것도 내가 보기엔 애들 장난 같다. '변신'은 진수성찬 밥상 앞에서 입맛을 버리게 한 영화다.

〈2020. 10. 1.〉

벌새

    '벌새'(감독 김보라)는 2019년 8월 29일 개봉한 독립영화다. 2020년 추석 직전 시내 한 극장에서 상영(재개봉)하는 걸 알고 관람할 생각이 일었지만, 이내 다음 기회로 미루었다. 1일 1회씩 며칠 상영했는데, 시간대가 맞지 않아서다. 그런데 KBS 추석 특선영화에 '벌새'가 있는 걸 보고 나는 뭔가 수지맞은 기분이 들어 환호했다.

    1년이나 지난 영화를 애써 보려 한 것은 '벌새'가 역대급 소문이 난 영화여서다. 개봉 당시에도 소문이 자자했지만, 그때 극장을 가지 않은 것은 나만의 이유가 있다. 지난 4월 펴낸 '한국영화 톺아보기-저자의 말'에서 보듯 700쪽 분량의 원고가 이미 된 상태라 '벌새'뿐 아니라 영화 관람을 보류하고 있던 중이어서다.

    그렇다. 다른 평론가들은 어떤지 몰라도 나는 쓰기 위해서 영화를 본다. 쓰기 위해서 소설도 읽고 드라마도 시청한다. 그러니까 집필 계획이 서있지 않으면 비평 대상의 영화 보기를 유보하는 것이다. TV로 방송하는 추석이나 설 같은 명절 특선영화들을 보고 쓴 글이 더러 있는 건 그 때문이라고 보면 된다.

    아무튼 '벌새'가 역대급 소문이 난 건 크게 두 가지다. 관객 수가 손익분기점 6만 명의 두 배가 넘는 14만 7,083명, 즉 흥행성공작이란 점이 그 하나다. 또 하나는 수많은 수상이다. 위키백과

(2020. 8. 23. 편집기준)에 따르면 '벌새'는 2018년 부산국제영화제에서 첫 상영된 후 2020년 6월까지 국내외에서 상을 총 51개나 수상했다.

그러나 10월 2일 밤 '벌새'를 방송한 KBS '독립영화관'에 따르면 '59관왕 수상'이다. 영화 시작 전 김보라 감독과의 인터뷰가 있었는데, 진행자인 이상협 아나운서가 '59관왕 수상'과 함께 "기념비적 역사를 써 내려가는 독립영화"라고 소개한 것. 단 20분이나 진행된 감독 인터뷰는 이례적인데, 영화감상에 오히려 방해가 될 수도 있다. 선입견을 갖고 볼 수 있다는 점에서다.

이를테면 역대급 소문이 난 그 값을 한 영화인지 실감하거나 확인하기 위해 '벌새'를 애써 본 셈이다. '벌새'는 대학(동국대)에서 영화영상학을 전공하고 미국 유학까지 다녀온 김보라 감독의 장편영화 데뷔작이다. 9살 소녀 은희 이야기인 단편영화 '리코더 시험'을 장편 '벌새'로 만들었다는 게 KBS '독립영화관' 인터뷰에서 밝힌 김 감독 설명이다.

'벌새'는 1994년 서울에 사는 중2 은희(박지후)가 겪는 성장통의 일상 이야기다. 아들 편애에 젖은 아빠, 곧잘 자신을 때리는 오빠, 남친을 몰래 집으로 데려오는 언니 등 가족과 자신의 맘을 알아주는 한문학원 선생, 친구, 후배, 남친들과 함께 하는 은희의 일상이 월드컵 출전소식, 김일성 사망 뉴스, 성수대교 붕괴사고 등과 함께 나온다.

일단 보통 수십억, 100억 원대 대작도 즐비한 상황에서 고작 3억 원으로 완성도 높은 영화를 만들고 수많은 상까지 받은 게 신기하고 장하지만, 그러나 결론부터 말하면 '벌새'가 너무 과대 평가된 느낌이다. 독립영화치고 꽤 긴 138분 러닝타임이 다소 지루하게 느껴질 만큼 가슴이 먹먹하거나 콧등을 시큰하게 만드는 그런 영화가 아니어서다.

▲빅터뉴스, 2019. 9. 6.

물론 국내 개봉 전 해외영화제에서 이미 25관왕을 달성하는 등 수많은 수상에 토를 달 생각은 없다. 상이라는 게 다분히 심사위원 취향이나 관점 등에 의해 좌우되는 것인 만큼 그렇게 봤다면 할 말이 없으니까. 그런 수상이 놀랍긴 하지만, '지슬'(2013) · '한공주'(2014)처럼 세계 영화제에서의 수상과 관객몰이 흥행 등 성공한 독립영화들이 떠오르는 걸 어찌할 수 없다.

영화제라든가 신문리뷰 등은 찬사 일색이지만, '지슬' · '한공주'에서 느끼던 아쉬움을 '벌새'에서도 갖게 되어서다. 영화의 전체적 메시지와 상관없이 뭔가 잘 전달되지 않는 미진함이 그것이다. 가령 후배 유리와 같이 가다가 마주친 남친이 싫다는 듯 도망친 은희가 바로 이어지는 화면에선 그와 마주 보며 누워 있는 장면이 그렇다.

수시로 은희를 쥐패던 오빠가 밥 먹는 식탁에서 난데없이 우는 것도 마찬가지다. 세월호 참사 때 전혀 남인 일반 국민들이 그랬듯 성수대교 붕괴라는 있어선 안 될 인재(人災)에 대한 슬픔이 북받쳐 운 것이라 하더라도 그렇게 이해할 관객이 얼마나 있을지 의문이다. 그렇게 생각할만한 오빠에 대한 어떤 장치나 묘사도 없어서다.

요컨대 저예산 독립영화의 한계를 '벌새'도 피해 가지 못한 것이다. 매끄럽지 못한 편집은 장면전환의 인과적 유기성이 심하게 무시돼 뭐가 뭔지 영화 감상 및 이해에 방해 요인이 되곤 한다. 아무런 맥락도 없이 어떤 상황만 툭 불거져서다. 남친에게 "우리 키스하자"라든가 노래방이며 디스코장 가기 등 여러 장면이 거기에 속한다.

미진한 리얼리티로 인한 박진감 결여도 그렇다. 가령 "오빠가 개 패듯이 때린다"는데, 부모는 "니들 싸우지 좀 말라"고 타이를 뿐이다. 부모의 무관심에 내몰린 은희의 상황을 보여주려 한 것인지 몰라도 관객은 그걸 실감할 수 없다. 폭행 장면이 생략되고 대사 몇 마디로 대신해서다. 관객 입장에서 구체적 장면을 직접 보는 것과 말 몇 마디 듣는 건 하늘과 땅의 차이다.

그것과 좀 다른 문제지만, 1994년 당시 중학교 교사이던 내 기억으론 "2년 연속 회장에 당선되는지 보자"는 아빠의 고교생 오

빠에 대한 기대감을 담은 말 역시 좀 의아하다. 중·고 학생회장
은 한 번 하고 졸업생이 되어서다. 고교생 언니가 남친을 부모와
함께 사는 집에 몰래 데리고 들어와 잠을 자고 가는 장면도 너무
나간 것이지 싶다.

　은희에게 '상식만천하 지심능기인'(얼굴 알고 지내는 사람은 천
하에 가득하나, 내 마음 알아주는 사람은 그 몇이리오?)을 강의하
고 "너 이제 맞지마. 누구라도 때리면 절대로 참지말라"고 일깨워
준 한문 강사 영지(김새벽)가 성수대교 붕괴로 죽어 슬퍼하는 것
말고 김일성 주석 사망 같은 시대상황이 중2 은희와 어떤 긴밀한
상관이 있는 지도 의문이다.

〈2020. 10. 4.〉

82년생 김지영

'도가니'(2011) · '완득이'(2011) · '은교'(2012) · '두근두근 내 인생'(2014) · '고산자, 대동여지도'(2016) · '7년의 밤' 영화의 공통점은? 너무 어려운 문제라고? 그렇다면 2019년 10월 23일 개봉한 '82년생 김지영'(감독 김도영) 한 편을 더 제시하면? 아, 이제 알겠다고. 그렇다. 위에 든 영화들은 모두 원작소설 각색이란 공통점을 갖고 있다.

SBS가 10월 3일 밤 8시 30분부터 2020추석 특선영화로 내보낸 '82년생 김지영'을 본방사수하던 KBS 2TV 주말드라마 '오! 삼광빌라!'를 재방으로 미루고 애써 챙겨본 것은 원작소설 각색 영화여서다. 달리 말하면 100만 부 넘게 팔린 조남주 소설 '82년생 김지영'이 어떤 영화로 만들어졌는지 궁금증을 풀기 위해서 본 것이라 할 수 있다.

베스트셀러 소설을 영화로 만들어도 결과가 같은 것은 아니다. '도가니' · '완득이'처럼 소설 못지않은 대박 영화가 되기도 하지만, 쪽박을 차는 경우도 있다. 가령 '7년의 밤'은 간호사 출신 소설가 정유정이 쓴 50만 부 넘게 팔린 베스트셀러 소설이지만, 장동건 주연의 영화 관객 수는 52만 명 남짓에 불과하다.

제작비 85억 원쯤에 약 250만 명이 손익분기점임을 감안하면 그야말로 쪽딱 망한 영화 '7년의 밤'이라 할 수 있다. '광해, 왕이 된 남자'(2012)로 천만클럽에 들어간 추창민 감독의 차기작인데도 화제성과 관심이 무색할 지경의 결과가 나왔다. 지난 4월 출간된 '한국영화 톺아보기'(해드림출판사)에 실린 나의 평가는 이렇다.

하긴 영화 '7년의 밤'은 소설보다 한참 모자라 보인다. 영화가 원작 그대로일 필요는 없다 해도 그것이 면죄부가 될 수는 없다. 이를테면 50만 부나 팔린 인기의 한 요인이라 할 소설의 문장과 카타르시스 등을 영상으로 온전히 치환해내지 못한 셈이다. 무엇보다도 너무 난삽한 초반 펼침이 중구난방적 이야기 전개로 이어진 탓이 커 보인다. 편집의 정교함과 디테일 묘사를 놓친 결과이기도 하다.

그렇다면 '82년생 김지영'은 어떤가? 정유미(김지영 역)가 열연한 영화 '82년생 김지영'의 관객 수는 367만 9,099명이다. 손익분기점이 160만 명쯤이니 그것의 2배가 넘는 관객 수, 그야말로 대박이다. 개봉 전부터 평점 테러와 악성 댓글, 그 반면 극장에 가지 않아도 티켓을 사는 이른바 '영혼 보내기' 운동 등 배척과 지지의 논란을 헤쳐나온 성적표라 더 의미가 크다.

영화는 소설에 비교적 충실한 모습으로 관객과 만나고 있다. 한 마디로 소설 '82년생 김지영'은 묵직한 울림의 여자 이야기다. 여성 소설가로서 뭔가 작심하고 써 내려간, 남자 작가라면 도저히 쓸 수 없는 "대한민국에서 여자로, 특히 아이가 있는 여자로 산다는 것이 어떤 것인지"를 김지영을 통해 적나라하게 보여주는 경장편소설이다.

대략 며느리의 현주소, 남아선호사상, 산업화시대 딸들의 희생, 학교급식에서의 여성차별, 학교 내 성희롱, 혹사당하는 청춘(대학생), 여성 취업 및 직장 내 차별, 아이 갖기의 어려움, 무시되기 일쑤인 가사노동, 화장실 몰카, 천정부지로 치솟는 집세, '맘충'(어린 애기를 데리고 다니며 남에게 민폐를 끼치는 애 엄마) 등 키워드는 현실감 넘치는 일상적 사건들이다.

▲와칭, 2019. 11. 11.

학교급식에서의 여성차별과 학교 내 성희롱, 혹사당하는 청춘 (대학생)과 천정부지로 치솟는 집세 등에 대한 구체적 사건은 영화에서 빠져있지만, 소설처럼 대한민국이 환자가 되어야 비로소 옳은 말을 콕 집어 내뱉을 수 있는 '여성차별 천국'임은 구현해냈다. 영화가 그려내고 있는 것들이 놀랍게도 여성이기에 자연스럽게 받아들이거나 안아야 했던 현실이라서다.

가령 지영 어머니 오미숙(김미경)만 해도 "돈 벌어서 오빠들 학교 보내야 했으니까. 다 그랬어. 그때 여자들은 다 그러고 살았어."에서 보듯 선생님이 되고자 하는 꿈을 포기해야 했다. 그랬을 망정 엄마는 취직 안 되는 지영에게 "넌 그냥 얌전히 있다 시집이나 가"라는 남편더러 "지금 때가 어느 때인데, 고리타분한 얘기하냐"며 아주 크게 화를 낸다.

지영이 할머니나 어머니가 되어 옳은 얘기를 하는 장면들과 함께 뭔가 뭉클해지게 하는 대목이다. 지영이 가끔 다른 사람이 되는 병에 걸린 걸 알고는 집에 찾아가 얼싸안으며 "금 같은 내 새끼, 옥 같은 내 새끼"라 울부짖는 장면에서도 마찬가지다. 또한 대현(공유)이 "나랑 결혼해서 아픈 것 같다"며 흐느끼는 것도 그렇다.

김지영이 겪었거나 목격했던 온갖 여성차별의 부조리한 사회에 공분(公憤)이 끓어오르면서도 '82년생 김지영'이 보여주는 많이 변한 세상을 보는 건 우울한 일이다. 선남선녀가 사랑하고 결혼하여 아이 낳아 키우는 건 천리(天理)인데, '육아우울증'이란 말까지 생겨난 데다가 지영이 같은 병에 걸릴 지경이니 말이다.

다소 아쉬운 건 여러 회상 장면이 매끄럽지 못한 점이다. 가령 지영의 처녀적 직장생활이 여기저기 혼재되어 좀 삐걱거리거나 튀는 식이다. 회사 몰카 소동 직후 이어진 지영의 여고생 시절 버스 장면도 좀 그렇다. 버스에서 별로 이상한 짓을 하지 않은 남학생이 따라와 말 거는 걸 아주머니 도움으로 피했는데, 그렇게 연관될만한 사건이 아니라서다.

근데 마중 나온 아빠가 오히려 딸의 옷차림을 나무라는 등 남학생 추근대기를 여자 쪽 잘못으로 몰아가고 있다. 아버지의 딸 걱정조차 여성 차별적 포커스에 맞춰 들이민 게 좀 씁쓰름하다. 그렇다고 오해 없기 바란다. 나는 60대 꼰대일망정 저녁밥도 하고, 집안 청소도 하고, 손빨래에 다림질까지 하면서 나름 평등하게 21세기를 살고 있는 저 양반의 후예이니까!

〈2020. 10. 5.〉

신의 한 수-귀수편

　2019년 11월 7일 개봉한 '신의 한 수-귀수편'(감독 리건)은 2014년 극장 관객 356만 명을 동원한 '신의 한 수'(감독 조범구)의 스핀오프, 즉 파생 영화다. 시리즈 2편이나 속편이 아니라 '신의 한 수'에 나오는 내용이나 인물을 따로 가져와 한 편의 영화로 만든 것이다. 바로 주인공 태석(정우성)이 감방 담 사이 노크로 둔 바둑을 한 번도 이기지 못한 귀수 이야기다.

　잠깐 '신의 한 수'의 의미에 대해 살펴보자. '신의 한 수'는 2014년 7월 3일 개봉한 영화다. 세월호 참사가 벌어진 4월 16일 이후 추모 분위기 등 당시 극장가는 속된 말로 죽을 쒔다. 특히 한국영화가 그랬는데, 250만 명쯤인 손익분기점을 훌쩍 넘기는 흥행으로 그런 흐름을 깨거나 바꿔버린 작품이 '신의 한 수'다.

　하반기가 막 시작된 7월 3일 개봉해 356만 명 넘는 관객을 극장으로 불러들인 것이어서 상반기 한국영화의 침체를 털어냄과 동시에 징검다리 영화라는 의미를 더했다. 직후 이어진 최대 성수기 여름 시장에서 무려 1,700만 명으로 지금까지도 역대 오피스 박스 1위를 차지하고 있는 '명량'과 860만 명의 '해적: 바다로 간 산적' 등이 연이어 나왔으니까!

　'신의 한 수'는 프로 바둑기사 태석(정우성)의 바둑 도박판에서 죽게 된 형에 대한 복수 이야기다. 서사구조 자체가 다소 황당하긴 하지만, 소재는 신선하다. 바둑 이야기가 그것이다. 내가 알기로 바둑은 드라마나 영화에서 거의 다루지 않았던 만큼 소재지평의 확대를 이룬 작품이랄 수 있는 '신의 한 수'이다.

그렇다면 '신의 한 수-귀수편'은 어떤가? '신의 한 수-귀수편' 관객 수는 215만 9,081명이다. 개봉 4일 만에 100만 명을 돌파하는 등 230만 명쯤인 손익분기점을 거뜬히 넘길 것이란 예상이 많았지만, 빗나가고 말았다. 11월 13일과 21일 각각 개봉한 '블랙머니'(248만 명)와 '겨울왕국2'(1,374만 명)의 기세라는 직격탄을 맞은 셈이다.

'신의 한 수-귀수편'은 '귀신 같은 수를 둔다'고 해서 이름 붙여진 귀수(권상우)가 황덕용(정인겸) 프로기사에게 성폭행당한 후 자살한 누나의 복수를 하는 이야기다. 복수하는 방식이 바둑을 둬 이기는 것인데, 우선 이것부터가 좀 뜬금없어 보인다. 애호가들이라면 바둑이 그런 복수에 이용된다는 것에 굉장히 거부감 내지 불쾌감을 느꼈을 법하다.

특히 황덕용 딸 선희(스테파니 리)를 납치해 펼치는 바둑 대국의 복수는 경악스럽다. 황덕용이 나쁜 놈이긴 해도 이런 방식의 복수가, 그것도 바둑판에서 펼쳐진다는 게 그렇다. 영화는 영화일 뿐이지만, 바둑의 세계에 그런 이면의 민낯이 있다는 건 문외한들에게 부정적 인식을 심어줄 우려가 있다. 차라리 바둑을 둘 줄 모르는 게 다행이라는 생각이 들 정도다.

전체 흐름을 보면 '바둑의 신'이 부각되고 있는 걸 알 수 있는데, 하필 개인적 복수를 통해서라니 바둑을 모르는 나로선 좀 얼떨떨하기도 하다. 귀수의 복수에 공감이 잘 안 되고 대리만족 같은 걸

느끼지 못하는 것도 그래서이지 싶다. 기독교처럼 잘 모르는 세계가 바둑인데, '변신'에 이어 '신의 한 수-귀수편'을 본 나의 실책이라 할까?

▲공감, 2019. 12. 14.

"바둑은 몰라도 된다. 바둑영화의 탈을 썼지만, 액션이나 무협영화에 가깝다"(조선일보, 2019. 10. 31.)는 리뷰가 있지만, 꼭 그렇지도 않다. 물론 액션 장면이 더러 있긴 하다. 애는 빠져나가도 어른은 통과가 안 되는 좁은 틈에서의 추격전이라든가 소등한 채 귀수에게 불빛을 비치며 벌어지는 화장실 액션 등이다.

섬뜩한 분위기의 외톨이(우도환)가 귀수와 맞장 뜨는 장면도 있지만, 이것은 액션과 상관없이 불필요한 서사 구조로 보인다. 귀수의 스승인 허일도(김성균)와 도박 바둑에서 지자 분신자살한 사람의 아들까지 복수에 나서는 것이 다소 번잡해 보여서다. 바둑을 통한 복수혈전도 그렇지만, 산속에서의 수련 과정이나 철길 대국 역시 이해가 잘 안 된다.

　좀 어색한 구석도 있다. 가령 살벌한 눈빛의 장성 무당(원현준) 캐릭터 구현까지는 그럴듯한데, 그의 전라도 사투리 구사는 "길을 잃으면 죽으니까"에서 보듯 온전치 못해서다. "길을 잃으면 죽으니께"라고 해야 제대로 된 전라도 사투리다. 또 하나 귀수의 천하무적 쌈질도 너무 황당하다. 바둑 훈련 장면과 달리 그럴만한 어떤 과정도 영화에 그려지지 않아서다.

〈2020. 10. 2.〉

찬실이는 복도 많지

    KBS '독립영화관'이 10월 9일 자정을 넘겨 '부산국제영화제 기획'으로 내보낸 '찬실이는 복도 많지'(감독 김초희)는 2020년 3월 5일 개봉한 독립영화다. 지금도 그렇지만 당시는 코로나 19 여파로 많은 영화들이 개봉을 줄줄이 연기했을 때다. 오죽했으면 '찬실이는 복도 많지'를 "씩씩하게 개봉한 영화가 있다"(동아일보, 2020. 3. 12.)라고 했을까.

    그 신문에 따르면 배급사 찬란 관계자는 "지금 이 시기에 개봉하는 것이 맞는지 심사숙고를 거듭했지만 영화제에서 작품을 본 관객들의 평이 좋았고 영화가 가진 힘을 믿었기에 개봉하기로 결정했다"고 말했다. '찬실이는 복도 많지' 극장 관객 수는 2만 7,895명이다. 독립영화 흥행 기준선인 1만 명을 훌쩍 뛰어넘은 수치다.

    배급사의 "영화제에서 작품을 본 관객들의 평이 좋았고"란 말은 다름이 아니다. '찬실이는 복도 많지'는 2019년 부산국제영화제에서 한국영화감독조합상·KBS독립영화상·CGV아트하우스상 3관왕에 오른데 이어 서울독립영화제 관객상을 수상했다. 그뿐이 아니다. 부산국제영화제 상영 당시 표가 매진된 것으로 알려지기도 했다.

    극장 개봉을 기다리는 팬들이 있었다는 얘기다. KBS '독립영화관'이 개봉 7개월 만에 다시 부응한 셈이라 할까. 방송사의 설이나 추석 명절용 특선영화 편성에서도 흔한 일이 되긴 했지만 개봉 7개월밖에 안 된, 신작이나 다름없는 유명 영화를 TV를 통해 거의 공짜로 보는 것은 즐겁기 그지 없다. 또 한 명 여성감독의 힘찬 출발이란 점에서도 '찬실이는 복도 많지'는 반갑다.

'찬실이는 복도 많지'는 김초희 감독의 장편영화 데뷔작이다. 그는 프랑스 파리1대학에서 영화이론을 공부하던 중 홍상수 감독의 '밤과 낮' 연출부에 합류했다. 2007년 일인데, 이후 8년 가까이 홍상수 감독의 프로듀서로 일하게 된다. 그동안 '겨울의 피아니스트'(2011) · '우리 순이'(2013) 등 단편영화를 연출하기도 했다.

프로듀서를 그만두고 영화와 멀어져 있다가 배우 윤여정 제안으로 '그것만이 내 세상'(2018)에서 사투리 담당 일을 맡은 뒤 마침내 김초희 감독은 45살 늦깎이 입봉했다. 늦깎이는 찬실 역의 배우 강말금도 마찬가지다. 1979년생이니까 41살에 처음 장편영화 주연을 맡았고, '찬실이는 복도 많지'로 2020년 제56회 백상예술대상 영화부문 여자 신인연기상을 수상했다.

'찬실이는 복도 많지'는 영화 프로듀서 일을 하던 이찬실이 고사 지낸 날 밤 회식 자리에서 감독이 갑작스럽게 죽어 백수가 된 일상을 그린 영화다. 우선 '벌새'처럼 러닝타임이 길지 않은 96분이라 산뜻하게 볼 수 있다. 독립영화의 한계로 지적해온 매끄럽지 못한 편집을 거의 느끼지 못할 만큼 이야기 펼침도 대체로 쏙 와닿는다.

백수가 된 일상에 놓인 찬실은 동생처럼 지내는 배우 소피(윤승아)의 가사도우미가 되어 민생고를 해결하는 한편 불어선생 김영(배유람)과 귀신 장국영(김영민)을 만나며 고민에 빠져들고 위로를 받기도 한다. 고민은 다름 아닌 내가 '정말 원하는 게 뭔지'다. "왜 그리 일만 하고 살았을까"란 찬실의 탄식에서 보듯 영화 일만 하다 연애 한번 못 해본 후회가 엿보인다.

▲한국강사신문, 2020. 10 .9.

그것은 처음 악수에서 찌릿하는 전기가 온 걸 경험한 5살 연하 김영과의 연애를 추진하는 동력이 되지만, 찬실은 그로부터 "좋은 누나라고 생각한다"는 말을 들을 뿐이다. 쉽게 말해 까인 것이다. 40살에 처음 연애하려다 연하남에게 까여 시내버스 속에서 꺼이꺼이 우는데, 왜 영화 제목이 '찬실이는 복도 많지'인지 의아하다.

아무튼 그런 찬실을 위로해주는 게 장국영이다. 좌절이나 절망 속에서 어떤 희망의 메시지를 보여주는 장치로 남에겐 안 보이는 귀신 캐릭터를 설정한 듯한데, 이건 좀 아니지 싶다. 이삿짐을 머리에 이고 가파른 계단을 오르는 등 지독하게 핍진스러운 찬실의 일상성과 썩 어울리지 않는 판타지 조합이라서다.

크리스토퍼 놀란 감독을 좋아한다는 김영에게 타박을 주는 등 한국영화에 대한 애정이 은근 드러나기도 하지만, 한글을 깨우치고 있는 집주인 할머니(윤여정)는 돋보기를 안 쓰고도 글을 읽을 수 있는지 의문이다. 소피 집에서 처음 만나 밖으로 같이 나온 날 찬실이 다짜고짜 김영에게 "나 좀 안아주면 안 돼요?"하며 안기는 것도 좀 의아스럽다.

가장 아쉬운 건 결말이다. 다시 영화를 하는 쪽으로 끝나는 매듭에 그럴만한 어떤 결정적 계기나 구체적 당위성이 제시되지 않아서다. 서둘러 끝낸 인상이 역력한데, 이럴 경우 해피엔딩보다 엄중한 현실상황 펼침 그대로 끝맺어야 오히려 관객들에게 여운을 남길 수 있지 않나? 아픔이나 슬픔에 대한 공감 등 어떤 아릿한 정서를 전달할 수 있지 않을까 해서다.

〈2020. 10. 10.〉

반도

7월 15일 개봉한 '반도'(감독 연상호)가 14일째인 7월 28일 300만 관객을 돌파했다. 2016년 천만영화가 된 '부산행'의 속편 격인 '반도'인 걸 감안하면 별것 아닌 수치라 생각하는 사람이 있을지 몰라도 그게 아니다. 연달아 개봉한 '강철비2'·'다만 악에서 구하소서'·'오케이 마담' 등 여름 대작 내지 신작들로 인해 400만 명에 이르지 못할 것이란 전망이라도 그렇다.

'반도'의 300만 관객 돌파가 매우 각별한 의미가 있는 건 다름이 아니다. 지난 1월 20일 첫 코로나 19 국내 확진자가 생긴 이래 2월부터 극장이 초토화되다시피한 가운데 거둔 최초의 관객 수라서다. 설 특선영화로 개봉(2020. 1. 22.)해 470만 명 넘게 동원한 '남산의 부장들' 이후 첫 300만 명 넘는 영화이기도 하다.

실제 7월 30일 기준으로 7월 극장 누적 관객 수는 512만 명을 기록, 코로나 19 직격탄을 받은 지난 2월 대비 70% 가까이 회복된 것으로 알려졌다. 2월 관객 수는 737만 명으로 2019년 1,491만 명 대비 66.9%나 감소했다. 2005년 이후 2월 전체 관객 수로는 최저치다. 하긴 4월에는 아예 100만 명 아래로 관객 수가 곤두박질치기까지 했다.

6월 들어 '침입자'·'결백'·'#살아있다' 등 신작 영화들이 개봉했지만, 흥행성공으로 이어진 건 아니다. '#살아있다'의 경우 189

만 명 넘는 관객을 극장으로 불러들였지만, 역시 손익분기점을 넘기지 못한 채 VOD 서비스에 들어간 소식이 전해졌다. 개봉 첫날 35만 명 넘게 극장을 찾았을 때 이미 '반도'의 흥행은 예고되었던 셈이라 할까.

개봉 전 '반도'는 반가운 소식을 전하기도 했다. 코로나 19로 시상식이 취소되긴 했지만, 칸국제영화제 초청작으로 선정되었는가 하면 185개 나라에 선판매되는 쾌거를 이뤘다. 덕분에 190억 원쯤 들어간 대작의 손익분기점이 국내 관객 수 250만 명으로 낮아졌다. 그 정도 총제작비라면 약 500만 명 이상이어야 하는 손익분기점을 반절로 줄인 선판매 실적이다.

그뿐이 아니다. 스포츠서울(2020. 7. 29.)에 따르면 대만·싱가포르·말레이시아·베트남·태국·몽골까지 아시아 7개국 박스오피스 1위를 기록 중인 '반도'다. 8월에도 뉴질랜드·핀란드·스웨덴·노르웨이·북미·호주·러시아·인도·필린핀 등 세계 각지에서 개봉할 예정이다. 국내뿐 아니라 세계 극장가에 활력을 불어넣는 '반도'라 할까.

동아일보(2020. 7. 13.)에 따르면 "최근 크리스토퍼 놀런 감독의 '테넷'이 개봉을 연기하면서 '반도'는 코로나 19 사태 이후 세계 극장에서 개봉하는 첫 영화"다. '기생충'이 세계를 들었다났다 한 기억이 생생한데, 코로나 19 와중에 '반도'가 또 그런 듯하여 대견하다. 한편 '테넷'은 8월 26일 한국과 중국 등 해외에서 북미보다 먼저 개봉하는 것이 확정되었던 보도가 나온 상태다.

연상호 감독 개인적으로도 '반도'의 성공은 감회가 새로웠을 법하다. '부산행' 이후 선보인 '염력'(2018)이 제대로 폭삭 망했고,

'방법' 극본으로 드라마에 참여했다곤 하나 그 후속 영화 '반도'의 흥행 성공이어서다. 참고로 제작비 130억 원을 들인 '염력'은 손익분기점이 410만 명쯤인데, 고작 99만 남짓한 극장 관객을 동원하는데 그쳤다.

▲씨네플레이, 2020. 7. 16.

그는 "'염력'이 대중적으로 실패하면서 극장에서 영화를 본다는 건 무엇일까 고민했고, 플랫폼의 성향을 알고 작업하는 게 맞겠다고 생각했다. '반도'가 그 첫 번째 결과물"(중앙일보, 2020. 7. 20.)이라 말한다. "시나리오부터 20분여 대규모 자동차 추격전 등 시원시원한 '그림'을 먼저 구상하고 캐릭터의 감정선은 나중에 채워나갔다"는 설명이다.

그렇다면 개봉 전날 88.1%에 이어 2일 차에도 86% 넘는 예매율을 보였던 '반도'는 어떤 영화인가? '반도'는 "국가 기능이 한 달 만에 마비된" 반도 즉 한국에서 2,000만 달러가 실린 트럭을

두고 그곳을 찾아간 사람 정석(강동원)과 남겨진 두 부류의 민정(이정현)과 서 대위(구교환) 등이 사투를 벌이는 이야기다. 당연히 사투 끝엔 정석·민정 등 '우리 편'만 살아남는다.

일단 한국을 반도로 표현한 역사인식은 칭찬할만하다. 국민 대부분이 당연한 것처럼 자연스럽게 사용하는 '한반도'가 사실은 일제(日帝)의 우리 민족 얕잡아보기에서 시작된 용어임을 알고 그랬는지 알 수 없긴 하지만 말이다. 왜 하필 한국 땅에만 바이러스가 퍼져 좀비들 천국이 되었는지, 은근히 불쾌한 영화로 느껴지는 건 별개의 문제이긴 하다.

그래서일까. '반도'는 "재난이라는 극한상황과 맞닥뜨린 인간의 모습, 국민안전처라는 정부 부처가 있는데도 거의 손을 못 쓰거나 놓고 있는 국가, 그럼에도 소중한 사람 지키려는 개개인의 사투 등 많은 것들을 생각케 하는"(장세진. 한국영화 톺아보기. 해드림출판사. 2020) '부산행'보다 못한 영화로 보인다. 말할 나위 없이 영화를 보는 동안 그런 느낌이 오지 않아서다.

가령 '부산행'을 보면서는 2014년 세월호 침몰 참사나 2016년 9월 12일 발생한 규모 5.8의 경주 지진 등 우리가 겪으며 아픔을 같이한 재난이 자연스레 떠오르기도 했는데, '반도'엔 그게 없다. 일상 속 우리가 공감할 수 있는 일반적이고 보편적 세계가 아닌, 그래서 마치 총질 난무하는 게임 같은 영화로 다가와서 그런지도 모를 일이다.

물론 시도 때도 없이 달려드는 좀비들과의 사투나 차량 추격전 등 비주얼은 더 다양하고 업그레이드된 것으로 보인다. 준이(이레) 등이 자동차로 좀비들을 유인·퇴치하고, 차 두 대의 문짝을 맞닿게 해 공격을 막거나 트럭 앞창문으로 총쏘기 등 할리우드 블록버스터 저리 가라 할 정도다. 불빛을 활용해 좀비들 공격이 적으로 향하게 하는 기지(機智)도 눈여겨 볼만하다.

김 노인(권해효)의 무전 연락한 당사자 제인이 탄 유엔 구조기가 마침내 이들을 구하러 나타나고, 민정이 딸들이 구조기에 무사히 가도록 하기 위해 자동차 클랙슨을 울려 좀비의 시선을 끄는 장면 등 콧등 시큰해지는 대목도 있긴 하지만, 굳이 디스토피아, "바이러스에 감염된 반도 새끼들"이란 배경 및 상황 설정을 통해 얻으려 한 것이 무엇인지는 의문이다.

그와 다른 의문도 있다. 먼저 2,000만 달러 탈취 미션에 나서는 일행에 대한 의문이다. 정석만 군인(대위) 출신일 뿐 그의 매형 철민(김도윤) 등 다른 사람들은 전직 택시기사이거나 아예 뭐하던 이들인지 알 수 없다. 이 말은 정석을 빼곤 민간인이 어떻게 총기로 무장하고, 실제 쏘기까지 하는지 의아스럽다는 뜻이다. 마치 평범한 민간인들조차 쌈질을 거뜬히 해내곤 하는 할리우드 블록버스터와 닮은 꼴이다.

무엇보다도 강한 의문은 631부대원들이다. 구조의 국제신호를 보내다 응답이 없자 '미친놈들'로 변한 631부대원들인데, 그런 대사 한두 마디로 인간의 극한상황의 임계점에 이른 모습으로 통치기엔 너무 안일해 보이는 각본의 헐거움이다. 특히 철민 등 사람을 잡아 가두고, 좀비들과 맞서게 하는 설정은 견강부회식 엉뚱함만 안겨줄 뿐 어떤 공감도 불러일으키지 않는다.

그 외 정석과 민정이 만나자마자 무슨 까닭으로 말을 튼 사이가 된 채 의기투합하는지, 서 대위는 대위님 하고 부르는 김 이병(김규백)에게 왜 총을 쏴 죽이는지, "제가 있던 세상도 나쁘지 않았어요"라는 준이의 멘트는 무슨 의미인지 모를 장면들이 수두룩하다. 그러고 보면 세계 185개국 선판매라든가 374만 명 넘는(8월 14일 현재) 관객들은 과분한 대접이 아닐까.

〈2020. 8. 14.〉

※ '반도'의 최종 관객 수는 381만 1,860명이다.

강철비2: 정상회담

코로나 19 속에서도 7월 15일 '반도'를 시작으로 여름 대목을 겨냥한 대작들이 속속 개봉했다. 7월 29일과 8월 5일 각각 개봉한 '강철비2: 정상회담'과 '다만 악에서 구하소서'가 이른바 빅3 대작영화다. 그 외 '오케이 마담'·'국제수사'가 8월 12일, 19일 (예정) 각각 개봉하는 등 초토화되다시피한 극장가가 활력을 찾아가는 모습이다.

그런데 이 대진표가 원래 라인업은 아니다. 애초에 여름 대목 선보일 대작들은 제작비 200억 원 대 안팎의 한국형 텐트폴 영화 (많은 제작비와 유명 배우 출연 등으로 큰 흥행을 기대하는 작품) '반도'·'영웅'·'승리호'·'모가디슈' 4편이다. '반도'만 그대로 출격했고, 꿩 대신 닭이랄까 각각 '모가디슈'·'영웅' 대신 '강철비2: 정상회담'·'다만 악에서 구하소서'가 등판했다.

'강철비2: 정상회담'(감독 양우석)은 4월 예정이었던 개봉을 코로나 19 확산에 따라 추석 연휴때로 잠정 연기했던 영화다. 투자 배급사 결정으로 코로나 19 속 여름 대목에 선보인 두 번째 대작 영화가 된 '강철비2: 정상회담'인 셈이다. 일단 이런 개봉 전략은 흥행 부진이란 결과 면에서 악수(惡手)로 보인다.

'강철비2: 정상회담'은 천만영화 '변호인'(2013)을 연출한 양우석 감독이 '강철비'(2017) 이후 2년 7개월 만에 선보인 영화이기도 하다. 먼저 '강철비' 얘기부터 좀 해보자. '강철비' 관객 수는 445만 2,850명이다. "해외판매가 호조를 보이며 손익분기점이 400만 명으로 하향 조정"된 '강철비'라 흥행 성공한 셈이다.

내가 주말 요금을 내면서까지 '강철비'를 본 것은 금방 간판이 내려갈 듯한 걱정 때문이었다. 실제로 자주 이용하는 동네 상영관에선 이미 간판을 내린 상태였지만, 그러나 시내 극장을 가니 웬걸 만석이었다. 뭔가 속은 듯한 기분이라 할까. 아무튼 맨앞 줄 딱 하나 빈 자리 표를 구해 영화를 보았다. 아마 수십 년 만에 처음이지 싶은 경험을 한 '강철비' 관람이라 할 수 있다.

한 해 쏟아지는 개봉 영화가 1,200여 편이란다. 마구 쏟아지는 신작들에 밀려 관객이 있는데도 서둘러 퇴출당하는 살벌한 영화 시장을 본의 아니게 체험한 셈이 된 '강철비'였는데, '강철비2: 정상회담' 역시 그런 처지다. '반도'와 '다만 악에서 구하소서' 사이에서 고전을 면치 못하고 있어서다. '강철비2'는 총제작비 154억 원으로 손익분기점이 395만 명쯤 되는 대작이다.

하지만 8월 15일 현재 극장을 찾은 관객 수는 168만 명 남짓에 불과하다. 평일 하루 관객이 1~2만 명이니 이대로라면 200만 돌파도 힘겨워 보인다. '강철비'나 '반도'처럼 해외 선판매 소식이 전해진 것도 아니어서 손익분기점을 낮춰 잡을 수 없는 처지다. '강철비2: 정상회담'은 흥행 실패작으로 남을 가능성이 거의 백프로다.

따라서 '거침 없는 흥행 질주!', '흥행도 재미도 터졌다!' 같은 MBC뉴스데스크 · 시네마틱 드라마 'SF8-간호중' · SBS '접속 무비월드' 등 선전 문구는 허위 광고에 속한다. 개봉 초기 시작한 거라면 중지하거나 고쳐야 맞다. 롯데시네마 극장 차원에서 7천원 할인 이벤트(오전 12시 이전 관람에 한해)도 진행하는 것으로 전해졌는데, 원래 조조영화는 그 금액에 볼 수 있지 않나?

▲씨네플레이, 2020. 7. 16.

아무튼 나도 굳이 극장까지 가서 볼 필요가 있나 하는 생각이었다. 그런 망설임에도 불구하고 다음으로 미루지 않고 극장을 찾은 것은 옛날이 생각나서다. 미국 직배영화에 밀려 숨조차 쉬기 어렵던 시절 나는 극장에 가서 보는 것이 한국영화 살리기라고 주창했고, 몸소 실천했다. 이를테면 '강철비2: 정상회담'을 응원하기 위해 굳이 극장 가서 영화를 본 셈이다.

'강철비2: 정상회담'은 한국 대통령 한경재(정우성)가 북한 위원장 조선사(유연석), 미국 대통령 스무트(앵거스 맥페이든)와 비핵화 평화회담을 하다 호위총국장 박진우(곽도원)가 일으킨 쿠데타로 핵잠수함 백두호에 연금되어 벌어지는 이야기다. 초반 전개가 '강철비'처럼 난삽하진 않지만, 한국을 둘러싸고 있는 국제 정세의 심각하면서도 묵직한 이야기가 펼쳐진다.

그런 묵직함을 덜어내려는 여러 디테일-방귀를 뀌고 흡연으로 티격태격하고, "엿 먹어라" 따위 비속어를 주고받는 세 지도자의 자잘한 에피소드라든가 한 대통령의 일상 모습 등이 있지만, 북한의 비핵화를 정면에서 다룬 한국형 블록버스터답게 미국·일본·중국의 자국 이익을 추구하는 틈바구니에서 남북통일은 요원한 판타지일 수 있다는 메시지가 찌릿하게 다가온다.

물론 영화는 비핵화를 담보한 평화협정이 체결되는 해피엔딩으로 끝난다. 영화가 끝나고 자막이 올라가는 가운데 보여주는 북 위원장의 서울 답방 쿠키영상은 남북관계가 경색된 답답한 현실에 대한 돌파구로 나름 의미가 있어 보인다. 다만, '강철비'에서처럼 '그래 바로 그거야' 하는 공감이나 뭔가 쿵하는 울림이 없긴 하다.

아무리 영화라지만, 3명의 국가 최고 지도자를 묘사하는데 따른 위험부담이랄까 모험적 도전도 흥미롭다. 결론은 이렇다. 한국 대통령은 관용과 포용 설파, 잠수함 탈출에 따른 양보 등 미덕으로 일관한 듯 보인다. 반면 미국 대통령과 북 위원장에 대해선 앞에서 잠깐 말한 대로다. 특히 미국 대통령에 대한 풍자가 북한 위원장보다 강해 남북 우리의 문제임을 강조하는 듯하다.

사실은 우리 국민에게 가장 관심이 쩌는 생존과 안보 문제인데도 대중일반의 호응을 못 받은 건 의아한 일이다. 그런 무게감이 피서를 겸한 여름 대목 영화 보기에 맞지 않아 관객 외면으로 이어진 게 아닐까. 혹 일본을 향한 핵공격 좌절과 함께 평화 협정 체결로 이어지는 서사구조가 팬들을 실망시킨 게 아닐까.

무슨 말이냐고? 김진명 장편소설 '무궁화꽃이 피었습니다'(1995

년)를 들어본 적이 있는지 모르겠다. 엄청 대박난 장편소설이다. 길게 얘기할 짬은 안 되고, 500만 부쯤 팔려나간 이 소설에서 남북한이 합동으로 일본을 향해 핵무기 공격을 한다. 논픽션으로는 존재하기 힘든 일본 핵공격이 짜릿한 대리만족을 안겨 준 생각이 나서 해본 말이다.

그게 아니면 북한이 개성 연락사무소를 폭파하는 등 잔뜩 경색된 남북관계에 국민들도 냉담해져서 그런 것일지도 모른다. 영화 내적으로는 쿠데타를 앞에 배치하여 잔뜩 긴장감을 조성한 다음 이야기를 풀어 나가는 전개였으면 어쨌을까 하는 아쉬움이 들기까지 한다. 꽤 공을 들여 한국영화로선 모처럼 선보인 잠수함 액션이 흥미를 끌지 못한 점도 아쉽다.

알려진 바에 의하면 20억 원쯤 들여 잠수함 내부는 정교하게 세트로 제작되었다. 심해 속 어뢰 공격 등 잠수함 액션은 모두 컴퓨터 그래픽으로 만든 것인데, 전혀 어설퍼 보이지 않는다. 박진감과 함께 서늘한 긴장감을 안겨주는 잠수함 액션인데 좀비 퇴치의 카체이싱('반도')이나 '하드보일드 추격액션'('다만 악에서 구하소서')에 맥을 못춰 씁쓰름한 여운을 남긴다.

그와 별도로 다른 의문도 있다. 영부인(염정아)이 수학선생인 것도 그렇지만, '나가리'니 '쏘리' 따위 대사 장면이 꼭 필요했는지 의문이다. 영부인이 대통령 엉덩이를 치는 장면도 그렇다. 집무실 의자에 기대 낮잠 자는 등 일상 속 친근한 대통령 모습을 보여주려 한 의도인지 모르겠으나 좀 덜어내 러닝타임을 줄였더라면 꽉 차는 느낌의 영화가 되지 않았을까 싶다.

〈2020. 8. 15.〉

다만 악에서 구하소서

"황정민·이정재, 숨 막히는 액션 하모니… 침체된 극장가 구했다"

위는 문화일보(인터넷판 2020. 8. 12.)가 영화 '다만 악에서 구하소서'(감독 홍원찬)를 보도한 기사의 헤드 카피다. 이 기사에 따르면 '다만 악에서 구하소서'는 일주일 중 가장 관객 수가 적은 월요일(8월 10일)에도 하루 20만 3,382명을 끌어모으며 누적 관객 222만 8,427명을 기록했다.

개봉 5일 만의 200만 관객 돌파는 올해 최다 관객 동원작이자 코로나 19 이전에 개봉했던 '남산의 부장들'에 이어 두 번째 기록이다. 7월 15일 개봉한 '반도'가 200만 관객을 넘어선 시점보다 이틀 빠르다. 이 추세라면 손익분기점 약 350만 명을 돌파하는 것도 시간문제로 보인다. 아니나다를까 이로부터 나흘만인 8월 16일 '다만 악에서 구하소서'는 350만 명을 돌파했다.

이미 개봉(8월 5일) 첫날 34만 명 넘는 관객이 들었을 때 관련 보도가 쏟아지기도 했다. 개봉 첫날 34만 명은 '반도'의 35만 3,015명보다는 못하지만, 올해 최다 관객 동원 영화 '남산의 부장들'(475만 208명)의 오프닝 관객 수인 25만 2,058명을 훌쩍 뛰어넘은 수치다. 코로나 19 와중에 일궈낸 성적이라 놀라운 일이다.

그뿐이 아니다. OSEN(2020. 8. 6.)에 따르면 범죄 액션 최고 홍행작 '범죄도시'(2017, 최종 관객 수 688만 명)의 개봉 첫날 관객 수인 16만 4,399명, 하드보일드 액션의 대명사 '아저씨'(2010, 최종 관객 수 617만 명)의 13만 766명을 무려 2~2.5배 가량 뛰어 넘은 기록이다. 황정민 · 이정재 공동 주연의 영화 '신세계'(2013, 최종 관객 수 468만 명)의 오프닝 관객 수 16만 8,935명을 무려 2배 이상 뛰어넘은 오프닝 기록이기도 하다.

또 '다만 악에서 구하소서'는 역대 8월 흥행작 중 황정민의 전작 '공작'(2018, 오프닝 스코어 33만 3,316명)말고도 '청년경찰'(2017, 오프닝 스코어 30만 8,298명), '해적: 바다로 간 산적'(2014, 오프닝 스코어 27만 3,445명), '덕혜옹주'(2016, 오프닝 스코어 26만 7,112명)의 개봉 첫날 관객 수 기록을 모두 뛰어 넘는 위용을 보여줬다.

그런데 개봉일부터 13일간 한 번도 10만 명 이하로 떨어진 적 없었던 '다만 악에서 구하소서' 관객 수가 8월 18일부터 다르게 나타났다. 주말에도 10만 명 대 회복을 못했지만, 8월 22일 69,684명으로 누적 관객 400만 명을 돌파했다. '반도'의 379만 2,818명을 앞지른 수치이고, 이후 스코어가 변할 확률은 제로다. 그 수치로 박스오피스 1위인 것만 봐도 알 수 있다.

갑자기 10만 명 이하로 떨어지는 등 '다만 악에서 구하소서' 관객 수가 주춤해진 것은 무슨 신작 개봉으로 밀린 때문이 아니다. 코로나19 확산에 따라 당국이 내린 사회적 거리두기 2단계로의 강화 조치 영향이 크다. 실제로 8월 19일 선보일 예정이던 '국제수사'는 코로나19 확산 여파로 무기한 개봉을 연기했다.

그뿐이 아니다. 정부가 내수 진작을 위해 8월 14일부터 풀기 시작한 6천 원 할인권 배포도 잠정 중단되었다. '반도'·'다만 악에서 구하소서' 등으로 활기를 되찾는가 싶던 극장가에 코로나 19가 다시 재를 뿌린 것이라 할 수 있다. 이런 추세가 이어진다면 올해 최다 관객을 동원한 '남산의 부장들'의 475만 명을 넘어설지 장담할 수 없다.

그러나 이미 손익분기점을 넘긴 만큼 '다만 악에서 구하소서'는 이를테면 '반도'에 이어 2020년 두 번째 흥행영화인 셈이다. 아, '다만 악에서 구하소서'는 미국·독일·대만·홍콩·일본 등 56개국에 선판매되었고, 8월 12일 대만 개봉을 시작으로 다른 나라에서도 일정을 조율하고 있다는 보도가 나왔다.

▲한국일보, 2020. 7. 30.

그렇다면 영화는 어떤가? 먼저 '다만 악에서 구하소서'는 '황해'·'추격자'·'나는 살인범이다' 각색에 이어 처음 연출한 '오피스'(2015)로 칸국제영화제 미드나잇 스크리닝에 초청받은 저력을 보여준 홍원찬 감독의 두 번째 영화다. '오피스'가 44만 명 남짓한 관객에 머물렀던 걸 떠올려 보면 또 한 명의 흥행감독이 배출된 셈이다.

'다만 악에서 구하소서'는 살인청부업자 인남(황정민)이 전혀 몰랐던 9살 딸 유민(박소이)의 유괴 소식을 듣고 방콕으로 가는데, 인간 백정으로 불리는 레이(이정재)가 그를 뒤따라가 쌈질하는 이야기다. 결국 둘은 인남이 안전장치를 푼 수류탄 폭발과 함께 죽는데, 제작사 측이 제공한 포스터에 따르면 '하드보일드 추격 액션' 영화다.

마지막 암살 후 파나마로 떠나려던 인남은 딸을 유괴한 인신매매단을 쫓는다. 레이가 인남을 쫓는 건 자신의 형을 죽인 자여서다. 그야말로 '멈출 수 없는 두 남자의 추격'이다. 방콕 인신매매 아지트에서 마침내 인남과 레이가 조우한다. 칼쌈에 이은 맨몸의 주먹 대결, 그리고 총기(기관총과 수류탄 포함) 발사까지 그야말로 원없이 액션이 펼쳐진다.

'신세계(2013) 이후 7년 만에 만난 황정민과 이정재 조합으로 관심을 끌기도 한 액션 신은 '스톱모션 기법'으로 촬영되어 더 사실적인 쾌감을 선사한다. 스톱모션 기법은 "배우들이 미세하게 움직이는 모습을 정지된 상태에서 여러 번 찍은 뒤, 이미지를 연속으로 이어 붙이는 기법"이다. 요컨대 주먹이 직접 상대의 얼굴에 닿는 관계로 타격감이 살아 있다는 것이다.

통상 배우들의 합과 카메라 각도를 조절해 때리고 맞은 것처럼 표현하는 액션 장면과 다른 영상이라 할 수 있다. 그 외 '신세계'의 명장면으로 회자되는 엘리베이터와 좁은 계단, 자동차 핸들을 잡은 가운데 펼쳐지는 액션이 찜통더위를 확 날려줌은 물론 갑자기 급증세를 보이고 있는 코로나 19에 대한 근심도 잠깐일망정 잊게 해 준다.

다만, 15세 관람가 등급을 고려했음인지 사실감 넘치는 액션에 비해 잔인한 폭력성은 최소화한 느낌이다. 가령 손가락 자르기나 목 찌르는 장면을 시늉만 내는 식이다. 유민 유괴범 부부가 사전 작업은 생략된 채 의자에 묶여 있거나 레이에게 죽음을 당한 인남 지인들이 시체로만 나오는 식이기도 하다. 디테일이나 리얼리티가 미흡하거나 부진해 보이는 이유다.

아무튼 그렇듯 액션에 방점을 찍은 탓인지 감성을 파고드는 어떤 뭉클함은 없다. 서사에 빠져드는 시큰하고 먹먹함도 없다. "유민을 찾고 나서 처음으로 살고 싶다는 생각을 한" 인남이고, 왜 죽이려 하냐는 란(비데야 판스링감)의 질문에 "기억도 안 나네. 이유가 중요한 건 아냐"라고 말하는 레이의 싸움이라 그런 지도 모른다.

또한 액션에만 치중해서인지 좀 의아하거나 아쉬운 대목도 있어 보인다. 가령 레이의 기관총 난사로 차의 유리창이 다 깨졌는데도 아주 멀쩡한 인남이 그렇다. 유민을 왕진 온 의사에게 10분만 봐달라고 부탁했는데. 그런 장면이 없는 것도 마찬가지다. 레이와의 사투 속에서 유이(박정민)가 인남을 너무 가볍게 구해내는 장면도 좀 아니지 싶다.

일단 박정민의 여장(女裝) 연기 변신이 새롭게 다가오긴 한다. 인남을 돕는 유이는 영화의 하드보일드(1920년대부터 미국문학에 나타난 창작태도. 현실의 냉혹하고 비정한 일을 감상에 빠지지 않고 간결한 문체로 묘사하는 수법)적 분위기를 식혀주는 결정적 인물이기도 하다. 인남의 주변 인물들이 레이에게 모두 죽임을 당하지만, 유이는 살아남는다. 유민을 돌보는 보호자가 되어 인남이 가고자 했던 파나마로 간다.

그러나 '다만 악에서 구하소서'는 '신세계'처럼 사람을 홀리긴 할망정 결코 좋은 영화는 아니다. 무조건 주먹질하고 총질해대는 걸 재미있게 보며 그놈의 스트레스를 개나 줘버려 한다면 더 이상 할 말이 없지만, 앞에서 잠깐 말했듯 뭔가 가슴에 확 와닿게 하는 것이 없어서다. '다만 악에서 구하소서'는 액션을 좋아하는 대중일반의 속성을 또 한 번 확인시켜준 오락영화 그 이상도 이하도 아니다.

〈2020. 8. 23.〉

※ '다만 악에서 구하소서'의 최종 관객 수는 435만 7,163명이다.

무관객 제21회전주국제영화제

　'표현의 해방구'로 불리우는 전주국제영화제가 어느새 출범 21년을 맞았다. 돌이켜보면 전주국제영화제 기간 여기저기 신문사에서 원고청탁을 해와 대상 영화들을 부지런히 보러 다니곤 했다. 가령 전북도민일보의 경우 3년 연속 해마다 3~4편 영화평을 실은 바 있다. 고교 교사라는 멀쩡한 직업이 있음에도 그만큼 전주국제영화제와 함께 한 세월이라 할까.

　거의 매일 영화제 현장을 누비던 그 시절 밤새워 영화를 보느라('전주 불면의 밤') 막 동이 트는 아침녘에야 잠에 빠져든 적도 있다. 마침 10시인가, 정확한 기억은 안 나지만 오전에 고교졸업 30주년 기념행사가 모교에서 있었다. 이미 특별회비를 내고 참석하리라 회장에게 다짐하듯 약속도 했는데, 맙소사! 잠에서 깨어나니 점심시간도 지나간 후였다.

　이를테면 눈썹 휘날리던 전주국제영화제 즐기기인 셈이다. 뜬금없이 그런 추억을 떠올리는 것은 다름이 아니다. 원래 4월 30일 개막 예정이었던 제21회전주국제영화제가 코로나 19로 한 차례 연기 끝에 지난 달 28일 열렸고, 무관객·온라인상영 영화제로 열흘간 일정을 마쳐서다. 국내외를 막론, 세계 최초의 무관객·온라인상영 영화제다.

　그렇다. 사회적 거리두기에서 생활 속 거리두기로 완화된 가운데 서울 이태원 클럽발 확진자 증가로 재확산하자 제21회전주국제영화제도 모든 사람들로 하여금 사상 처음의 일들을 겪게 하는 등 인류의 일상을 바꿔놓은 코로나 19를 피해가지 못했다. 요컨대 그런 추억을 만들고 싶어도 그럴 수 없는 제21회전주국제영화제가 되어버린 것이다.

한국일보(2020. 4. 30.)에 따르면 예산을 대고 있는 "전주시 측은 코로나 19 확산 계기가 될 수 있다"며 "영화제 취소나 행사 대폭 축소를 지속적으로 요구한" 모양이다. 그래서인지 제21회전주국제영화제는 재차 연기나 아예 취소가 아닌 무관객 영화제를 택했다. 어이가 없는, 그러면서도 아주 낯선 무관객 제21회전주국제영화제다.

그럴망정 영화제의 맥이 끊어지지 않게 한 점과 함께 "시상으로 신진 감독을 격려하고, 신작 개발을 지원하는 산업 관련 행사만 치르는 고육책"이란 측면에서 일단 의미 있는 제21회전주국제영화제라 할 수 있다. 배우 이승준과 김규리 사회로 진행된 개막식 역시 한국전통문화의 전당에서 간소하게 열린 것으로 전해졌다. 영화제 조직위 관계자와 심사위원 등만 참석한 개막식이 열린 것.

예년과 다르게 유명 배우들이나 해외 게스트, 그리고 일반 관객들 없이 영화제 조직위 관계자와 심사위원 등만 참석해 열린 게 또 있다. 극장에서 상영된 국제경쟁·한국경쟁·한국단편경쟁 부문 영화 25편을 그들만 본 것이다. 말할 나위 없이 시상을 위한 심사 차원의 관람이다. 심사위원들은 "우위를 가리기가 쉽지 않았지만, 그 가운데서도 전주영화제의 정체성에 부합하면서 감독이 끝까지 뚝심을 밀고 나간 작품을 선정했다"고 밝혔다.

6월 1일 밤 CGV 전주고사점 1관에서 시상식이 열렸는데, 주요 수상작은 다음과 같다. '습한 계절'(감독 가오 밍) 국제경쟁 부문 대상, '바람아 안개를 걷어가다오'(감독 신동민)와 '갈매기'(감독 김미조) 한국경쟁 부문 대상, '우주의 끝'(감독 한병아) 한국단편경쟁 부문 대상 등이다. 한국경쟁 부문 배우상은 오정세('파견; 나는 나를 해고하지 않는다')와 염혜란('빛과 철')이 받았다.

▲시상식 참석자들-전북일보, 2020. 6. 8.

영화제 조직위가 밝힌 제21회전주국제영화제 상영작은 전 세계 38개국 영화 180편(장편 115편 · 단편 65편)이다. 지난해 53개국 275편(장편 201편 · 단편 74편)에 비해 현저히 줄어든 규모다. 이들 영화 중 97편(장편 58편 · 단편 39편)만 국내 실시간동영상서비스(OTT) 웨이브를 통한 관람이 이루어졌다. 사상 최초로 온라인 상영의 제21회전주국제영화제가 된 것이다.

새로 취임해 처음 치르는 영화제에 난데 없는 코로나 19 직격탄을 맞아 황망했을 집행위원장이나 프로그래머 등 집행부의 노고는 정당하게 평가받아야 한다. 다만, 최종 집계 결과 웨이브를 통한 제21회전주국제영화제 유료 티켓 구입자는 7,048명인 것으로 알려졌다. 지난해 유료 관객 수 8만 5,900명의 10분지 1도 안되는 수준이다. 과연 무관객·온라인상영 영화제가 최선이었는지 되돌아봐야 할 대목이다.

한편 조직위가 당초 밝힌 6월 9일부터 9월 20일까지의 '장기상영회'도 잠정 연기된 상태다. 장기상영회에서는 전체 출품작 180편 중 174편 상영과 '관객과의 대화(GV)'가 예정돼 있었다. 늦게나마 예전처럼 극장에서 국제영화제를 즐길 기회마저 영 사라져 버리는 건지, 코로나 19가 빚어낸 제21회전주국제영화제의 참 씁쓸한 풍경이다.

〈전북도민일보(2020. 6. 15.)에 실린 글의 원본임〉

2019 설 특선영화들

　이번 설(2월 5일)에도 연휴 기간 많은 영화들이 전파를 탔다. '7번방의 선물'·'명량'·'겨울왕국'(이상 EBS)·'신과 함께: 죄와 벌'(SBS)처럼 천만 넘는 관객의 대박영화가 있는가 하면 흥행 실패작들도 있다. 개중엔 '골든 슬럼버'(tvN)·'궁합'(SBS) 같은 1년 전 영화를 비롯 '허스토리'(KBS)·'명당'(JTBC) 등 극장 개봉 6~7개월밖에 안된 흥행 실패작들도 있다. '너의 결혼식'(SBS)같이 개봉 6~7개월밖에 안된 흥행 성공작도 있다.

　케이블의 전문채널 빼고 지상파 종편방송을 통틀어 SBS가 가장 많은 한국영화를 편성한 것으로 보인다. 아예 외국영화는 한 편도 없이 한국영화에 올인한 편성이다. 설 대목을 겨냥해 개봉한 '극한직업'이 천만영화가 되는 이변이 연출되고 있지만, 사실 극장을 가지 않고 집에서 거의 공짜로 영화 보는 일은 또 다른 즐거움이라 할만하다. 따로 돈을 들이지 않아도 생기는 쏠쏠한 재미라 할까.

　이를테면 시청자 입장에선 그만큼 선택폭이 커져 즐거운 비명이라도 질러야 할 설 명절 특선영화인 셈이다. 여기선 2019 설 특선 한국영화 4편을 방송 날짜가 빠른 순서로 만나본다. 서운하게 생각할 독자가 있을지 모르니 대박을 일군 할리우드 애니메이션 '주토피아'도 만나본다.

1. 골든 슬럼버

'골든 슬럼버'(감독 노동석)는 2018 설(2월 16일) 특선으로 같은 해 2월 14일 개봉했다. tvN이 개봉 1년도 안된 2월 1일 밤 방송했는데, 사실상 2019 설 연휴 첫 TV 특선영화다. OCN이 2일 낮 방송하기도 했지만, 그렇게 두 방송사가 경쟁적으로 연달아 내보낼 정도의 영화인지는 의문이다. 손익분기점 절반 정도인 138만 남짓한 관객에 그친 흥행 실패 영화여서다.

'골든 슬럼버'는 일본 작가 이사카 코타로의 동명 소설을 각색한 영화다. 2010년 동명의 일본 영화가 국내 개봉하기도 했다. 강동원이 원작을 읽고 영화화를 제안한 것으로 알려졌지만, 당시 큰 반향이 없었는데도 왜 다시 한국영화로 만들었는지 의아스럽다. 하긴 일본의 만화나 소설 작품을 원작으로 한 영화나 드라마들이 꽤 있다.

그중 크게 성공한 영화는 '미녀는 괴로워'(2006)·'럭키'(2016) 정도다. '올드보이'(2003)부터 '화차'(2012)·'리틀 포레스트'·'지금 만나러 갑니다'(이상 2018) 등도 일본 작품을 원작으로 성공한 영화지만, 좀 생각해볼 점이 있지 싶다. 관객들이야 영화 보기에서 국적을 가리지 않지만, 독도라든가 위안부 문제와 축구의 한일전이 떠올라서다.

특히 '파랑주의보'(2005)·'백야행'(2009)·'너는 펫'(2011)·'용의자 X'·'하울링'·'남쪽으로 튀어'(이상 2012) 등 흥행 실패 영화들을 보면 그런 생각이 더 확고해진다. 이제 '골든 슬럼버'가 '인랑'(2018)과 함께 흥행 실패작에 이름을 올리게 되었다. 공교롭게도 두 작품 모두 강동원·한효주가 출연해 눈길을 끈다.

'골든 슬럼버'는 영국의 전설적인 밴드 비틀스의 노래 이름이기도 하다. 한국일보(2018. 2. 8.)에 따르면 비틀스의 노래가 한국영화에 합법적으로 사용되기는 이번이 처음이다. 제작사는 '골든 슬럼버' 음악 사용료로 2억 원 이상을 쓴 것으로 알려졌다. 앞의 한국일보에 따르면 "비틀스의 노래는 사용 허가가 잘 나지 않을 뿐더러 음악 사용료가 높기로 유명하다"는데, 영화가 그 값어치를 했는지는 의문이다.

▲싱글리스트, 2018. 2. 8.

'골든 슬럼버'는 택배기사 김건우(강동원)가 어느날 대통령선거 유력 후보 암살범이 되어 쫓기는 이야기다. 108분이란 러닝타임에 일종의 스릴러 전개인데, 전반적으로 좀 뜨악한 느낌을 준다. 마치 물과 기름처럼 잘 섞이거나 녹아들지 못한 낯섦이라 할까. 소시민의 대선후보 암살범 누명을 통해 얻고자 한 것이 고작 우정이라니, 이건 좀 아니지 싶다.

"아이, 저 인간 중독성 있네"라는 민씨(김의성) 말처럼 착한 인간성의 김건우 캐릭터 구현이 나름 의미있어 보이긴 한다. "손해 보면서 살면 좀 어때요. 착하게 사는 게 죄인가요?"라는 건우 반문을 통한 나쁜 세상 까발리기도 그렇다. 문제는 그것들이 좀체로 확 와닿지 않는다는 점이다. 오히려 138만 넘는 관객이 과분할 정도의 '골든 슬럼버'라 할까.

2. 궁합

'궁합'(감독 홍창표)은 2018년 2월 28일 개봉했다. 설날이 2월 16일이었으니 특선영화는 아니다. 그래서 그런지 설 대목 특수(特需)와 거리가 멀었다. 134만 명 남짓한 관객에 그치고 말았으니까. 순제작비 63억 원에 손익분기점이 230만 명쯤이니 흥행 실패작이다. 이를테면 SBS가 흥행 실패작 '궁합'을 개봉 1년도 안돼 2019 설 특선 영화로 방송한 셈이다.

'궁합'은 '관상'(2013) · '명당'(2018)과 함께 이른바 역학 3부작 중 2번째 영화다. '관상'이 913만 5,806명을 동원하며 대박 날 때만 해도 후속작 '궁합' · '명당'에 대한 궁금증과 함께 기대가 컸다. 그런데 막상 두 영화가 다 개봉한 지금 그런 것들은 실망감으로 바뀌었다. '명당' 역시 흥행 실패한 한국형 블록버스터로 남게 되어서다.

우선 생각해볼 것이 타이밍이다. '궁합'은 '관상' 이후 관객과 만나는데 무려 5년이 걸렸다. '관상'의 흥행 열기를 잇겠다는 의도인지 말겠다는 것인지 의아한 대목이다. 거꾸로 '명당'은 '궁합'이 대박을 친 것도 아닌데, 불과 7개월 만인 2018년 9월 19일 개봉했다. 이런 개봉 역시 무슨 일인지 선뜻 이해 안 되는 대목이다.

더구나 '명당'은 100억 원 넘는 돈을 들인 한국형 블록버스터로 제작되었다. 결과적으로 흥행 실패의 부담을 더 크고 깊게 떠안는 역학 3부작 종결편이 되고 말았다. 역학 3부작 제작사 주피터필름 대표가 흥행 순수익의 50%를 공익재단 '아름다운 재단'에 기부하기로 협약한 것이 밝혀져 화제를 모은 바 있는데, 그래서인지 '궁합' · '명당' 실패가 더 씁쓰름하게 다가온다.

그런데 '궁합'은 2015년 9월 촬영을 시작해 12월 마친 것으로 전해졌다. 후속작업을 감안하더라도 2018년 2월 말은 완전 지각 개봉이라 할 수 있다. 서울신문(2018. 2. 27.)에 따르면 주연배우 이승기(서도윤 역)의 제대를 기다리느라 개봉이 늦어졌다. 일단 '관상'의 흥행 열기를 이어가지 못한 지각 개봉이 패인(敗因)의 하나로 작용하지 않았나 싶다.

'궁합'은 조선 영조 29년 송화옹주(심은경)의 혼인을 둘러싼 이야기다. 역술에 능한 사헌부 감찰 서도윤과 송화옹주의 사랑이 이야기 축이다. 경빈(박선영)의 사주를 받아 송화옹주와 정략 결혼하려는 서도윤 동료 윤시경(연우진)의 음모와 야망이 또 다른 이야기 축이다. 역학 시리즈답게 송화옹주 혼인은 지독한 가뭄 해소의 기우제 성격의 정책으로 실시된다.

일개 옹주(후궁이 낳은 딸. 중전이 낳은 딸은 공주다.) 혼인에 그런 음모가 있다는 설정이 우선 놀랍다. 원자의 쇠한 기를 살리기 위해 옹주와 상극인 사주의 부마를 얻으려 하는데 일조한 서도윤이 마침내 양심선언을 해 영화는 해피엔딩으로 끝난다. "어디서 어리석게 사랑 타령을 하는 것이냐" 질책하던 임금(김상경)

이 귀양 가던 서도윤을 사면하고 송화옹주와 만나게 한 것.

신랑감을 직접 보고자 하는 송화옹주의 궁밖 출입은 이해되지만, 좀 뜬금없어 보이기도 한다. 가령 "그래도 움직여야 변하지 않겠습니까?"라든가 "어디론가 멀리 떠나 자유롭게 살고 싶습니다"라 말하는 송화옹주가 그렇다. 무슨 당대 관습의 혁파라든가 시대적 저항의 캐릭터와 거리가 먼 송화옹주가 맥락 없이 꺼내 든 말이어서다.

▲서울경제, 2019. 2. 2.

서두 가뭄 해소를 위한 혼인에 맞춰 비가 흠씬 내리는 결말 등 전체적 구성은 그럴듯하지만, 뭔가 좀 헐거워 보이는 것도 아쉽다. 관객도 모르게 영화에 몰입하게 만드는 드라마의 힘 같은 게 없다. '깨끄시(깨끗이)'를 "깨끄치 비우셨습니다"라는 어느 궁녀라든가 이개시(조복래)의 '관상깜(관상감)' 따위 잘못 발음한 대사들도 그렇다.

배우들에 대한 아쉬움도 있다. 당시 갓 20살 심은경은 2014년 작 '수상한 그녀'에서 70대 노인 연기를 너무 자연스럽게 소화해 낸다. 865만 관객으로 대박을 일군 일등공신이라 해도 될, 영화에 완전 녹아든 연기였다. 그런데 '궁합'에선 그 '수상한 그녀'와 좀 다른 포스를 보여준다. 좀 헐겁거나 꽉 조이는 한복을 입은 듯한 모습이라 할까.

사극 분장이나 연기가 잘 어울리지 않는 배우들이 있는데, 심은경외 아이돌 출신 배우들도 그래 보인다. 강휘 역의 강민혁(시엔블루)과 서도윤 동생 가윤 역 최민호(샤이니)가 그들이다. 그나마 최민호의 경우 멀쩡하게 눈 뜬 장님 캐릭터다. 그들이 맡은 단역조차 오디션을 통해 뽑은 것으로 알려졌는데, 이건 좀 아니지 싶다. 연기돌 스타들을 너무 함부로 소비하지 않았나 해서다.

그 정도 배역과 연기로 아이돌 스타가 달고 다니는 소녀팬들을 얼마나 극장으로 유인했을지도 의문이다. 주 · 조연은 물론 단역까지의 출연이 연기 경력에 도움이 될 것이라 생각할 수도 있겠지만, 달리 말해 그들 아이돌 배우들은 출연하지 않음만 못했다는 것이 개인적 생각이다. 어쨌든 왜 '궁합'이 실패한 영화가 되었는지 대략은 논의해본 셈이다.

3. 허스토리

KBS 1TV가 설날 밤에 방송한 '허스토리'(감독 민규동)는 2018년 6월 27일 개봉한 영화다. 그러니까 극장 개봉 7개월밖에 안 된 최신작을 KBS가 2019 설 특선영화로 방송한 것이다. '내부자들: 디 오리지널' · '캡틴 아메리카: 시빌 워' · '주토피아' · '덕구'·'비정규직 특수요원' 등 KBS가 설 연휴 방송한 어떤 영화보다 의미 있어 보이는 '허스토리'다.

다 알다시피 설 연휴 직전 이른바 위안부 피해자로 TV나 신문 뉴스에도 자주 나오던 김복동 할머니가 세상을 떴다. 이로써 정부가 위안부 피해 생존자 등록을 받기 시작한 1993년 이후 명단에 오른 240명 중 이제 23명 할머니만 남게 되었다. 그야말로 시간이 없는데도 일본의 아베 정권은 진정성 있는 사과 없이 요지부동이다.

위안부 피해 할머니들을 소재 내지 주인공으로 한 영화가 계속 나오는 건 그래서인지도 모른다. 아니 그래서라고 해야 맞다. '소리굽쇠'(2014)·'귀향'(2016)·'귀향, 끝나지 않은 이야기'(2017)·'아이 캔 스피크'(2017)·'허스토리'(2018) 등이 위안부 피해 할머니들을 주인공으로 한 영화들이다. KBS가 2015년 3·1절 특집으로 방송한 드라마 '눈길'도 있다.

그중 300만 넘는 관객의 열렬한 지지를 받아 대박 난 영화는 '귀향'과 '아이 캔 스피크'다. '소리굽쇠'는 아예 그런 영화가 있는지조차 모를 만큼 대중의 관심 밖이었다. '귀향, 끝나지 않은 이야기'도 전편 '귀향' 흥행이 무색할 정도로 독립영화 수준의 관객에 머물렀다. '허스토리'의 경우 극장 관객은 33만 명 남짓에 그쳤다. 25억 원의 비교적 적은 제작비라지만, 흥행 실패다.

그나마 다행은 한국일보(2018. 7. 19.)가 전한 팬덤 소식이다. 기사에 따르면 "'허스토리' 상영관을 찾아 헤매던 관객들이 팬덤으로 결집해" 극장 대관 상영회 등 관람 열기가 한동안 이어졌다. KBS의 '허스토리' 설 특선영화 방송이 의미 있는 일로 다가오는 이유다. 방송시간이 겹친 tvN의 흥행 성공작 '탐정: 리턴즈'를 포기하고 '허스토리'를 애써 본 이유이기도 하다.

'허스토리'는 1992년부터 1998년까지 6년에 걸쳐 진행된 위안부 피해 할머니들의 '관부재판' 실화를 바탕으로 한 영화다. 대한여행사 문정숙(김희애) 대표가 나서길 주저하던 위안부 및 근로정신대 피해 할머니들을 설득해 재판에 나선다. 실제론 10명이지만 영화는 배정길(김해숙)·박순녀(예수정)·서귀순(문숙)·이옥주(이용녀) 할머니들을 중심으로 펼쳐진다.

부산과 일본 시모노세키를 23번이나 오간 재판 결과 일부 승소 판결을 받아낸다. 위안부 피해 할머니들에게 각 300만 원의 배상금 지불 판결이 그것이다. 근로정신대 피해 할머니들은 해당되지 않고, 공식 사과도 없는 판결이다. 그래서 일부 승소 판결인데, 지금까지 나 몰라라 하는 일본의 태도에 비춰볼 때 역사적 의미를 부여할 수 있다.

가장 가슴을 먹먹하게 하는 것은 "젊어서는 원해서 몸 팔아놓고… 박정희 때 한번 뜯어갔으면 됐지" 따위 일본의 인식이다. 양심적 일본인들도 많이 있지만, 현재 아베 정권의 기본 인식과 궤를 같이 하는 것이라 그렇다. "해방된 지가 언제인데, 이제와서" 운운하며 위안부 피해 할머니들에 대한 폄하를 서슴지 않는 한국인 택시기사로 대변되는 국내 여론도 마찬가지다.

그러나 영화 전체적으로 '귀향'과 '아이 캔 스피크'처럼 뭔가 쿵 하며 와닿진 않는다. 비극적 내용과 딴판으로 너무 밋밋하거나 건조한 느낌이라 할까. 배우들의 피해 할머니들 고통에 감정이입한 열연과 상관없이 좀 재미있게 영화를 만들어낼 수 없었을까 하는 아쉬움이 남는다. 당연히 여기서 '재미있게'는 무슨 코미디를 통한 박장대소 따위를 의미하는 게 아니다.

▲스포츠W, 2018. 9. 11.

관객들이 자신도 모르게 영화에 몰입하게 되고 어느새 그 고통과 동화되지 않는 것과 별도로 아쉬움이 또 있다. 먼저 유기성(有機性)이 결여된 장면 전환 등 매끄럽지 못한 편집이다. 별도 자막 없이 구사되는 부산 사투리로 인해 알아듣기 힘든 대사들도 그렇다. 숫제 남의 일로 치부해대던 정숙이 위안부 피해 할머니들 편에 서는 계기 역시 박진감이 미흡해 보여 아쉽다.

4. 너의 결혼식

'너의 결혼식'(감독 이석근)은 SBS가 인기드라마 '황후의 품격' 결방을 무릅쓴 채 내보낸 설 특선영화다. '너의 결혼식'은 2018년 8월 22일 개봉, 282만 넘는 관객을 극장으로 불러 모았다. 150만 명쯤인 손익분기점을 훌쩍 넘겼으니 흥행 성공한 영화다. 이를테면 SBS가 개봉 6개월도 안된 최신 흥행작을 설 특선영화로 편성한 셈이다.

우선 '너의 결혼식'은 2018 한국영화의 부침(浮沈)중 하나를 고스란히 보여준다. 알다시피 2018 한국영화는 100억 원 이상 제작비를 쏟아부은 한국형 블록버스터의 몰락을 겪었다. 2018년 개봉된 한국형 블록버스터는 '염력'·'조선명탐정: 흡혈괴마의 비밀'·'사라진 밤'·'독전'·'인랑'·'신과 함께: 인과 연'('신과 함께2')·'공작'·'안시성'·'명당'·'협상'·'물괴'·'창궐'·'마약왕'·'스윙키즈'·'PMC: 더 벙커' 등 15편에 이른다.

그중 '인랑'·'신과 함께2'·'안시성'은 200억 원 이상 제작비를 쏟아부은 한국형 블록버스터다. 어느 해보다도 많은 한국형 블록버스터 행진이라 할 수 있겠다. 그런데도 '신과 함께2'만 천만 관객(1,227만 5,843명)으로 한국형 블록버스터, 즉 대작 그 이름값을 했을 뿐이다. 제작비를 겨우 회수한 영화도 '독전'·'공작'·'안시성' 정도다.

반면 제작비 수십 억 원 대 영화들이 대박을 일구었다. 50~80억 원 가량의 제작비가 들어간 '탐정: 리턴즈'·'그것만이 내 세상'·'완벽한 타인'·'마녀'·'암수살인'·'국가부도의 날' 등이 그렇다. 이들은 이른바 '중박영화'(관객 300~500만 명의 영화)에 속하지만, '완벽한 타인'의 경우 완전 대박이다. 총제작비 58억 원에 손익분기점이 약 180만 명인데, 528만 명 넘는 사람을 극장으로 불러 모았으니까.

그밖에 비교적 적은 제작비에 비해 200만 명 이상 관객을 동원, 쏠쏠한 재미를 본 영화들도 있다. '너의 결혼식'·'곤지암' 등이 대표적이다. 특히 총제작비 22억 원의 '곤지암'은 손익분기점 70만 명의 3배가 넘는 267만 명을 동원, 완전 대박영화로 우뚝 섰다. '너의 결혼식'은 30억 원 순제작비에 282만 명 남짓한 관객을 동원했으니 역시 남부러울 것 없는 흥행 성적이다.

제작비 투자 받기에 어려움을 겪은 것으로 알려진 '너의 결혼식' 흥행엔 남다른 의미가 있다. "최근 몇 년간 한국영화가 다뤄온 사회 이슈와 역사 같은 거시적 주제에 피로감을 느낀 관객들에게 로맨스 영화가 오히려 희소성 있는 장르로 신선하게 다가간 것 같다"(한국일보, 2018. 8. 31.)는 제작사(필름케이) 김정민 대표의 말에서 그 시사점을 찾을 수 있다.

뒤집어 말하면 기본적으로 로맨스 영화는 대중의 관심을 끌지 못한다. 그래서 투자받기도 어렵다. 그런데 '너의 결혼식'이 덜컥 흥행했다는 말이다. '너의 결혼식'은 첫사랑 신드롬을 불러 일으키며 411만 넘는 관객을 동원한 '건축학개론'(2012년 3월 22일 개봉)보다 200만 돌파 시점이 4일이나 빠른 개봉 13일 만이어서 한껏 기대를 모으기도 했다.

그러나 사실은 왜 이런 영화에 282만 명 넘는 관객이 호응했는지 개인적으론 의문이다. 고3 때 만난 첫사랑 환승희(박보영)를 위해 온갖 '짓'을 다해온 황우연(김영광)이다. 가령 부모가 비웃을 만큼 공부와 시멘트 담을 쌓은 우연이 재수하여 승희 다니는 대학에 들어간다. 또 대학 졸업반 때 우연은 승희를 구하려다 부상을 당해 교원 임용에 실패하기도 한다.

그런데도 정작 승희의 결혼은 우연이 아닌 다른 남자와 하는 새드 엔딩이다. 좀 낯선 결말이라 할 수 있는데, 사랑을 위해 아무나 할 수 없는 일을 해낸 우연이 다른 남자와 결혼하는 승희를 쿨하게 지켜보기에 많은 미혼 여성 관객들이 지지를 보낸 것일까. 동병상련 내지 동정심으로 특히 20대 관객의 지지를 많이 받은 것인가?

▲쿠키뉴스, 2018. 8. 21.

가령 경찰서 유치장에선 언제 나왔는지 바로 하숙집 장면으로 이어지는 등 좀 성긴 구성은 또 다른 문제다. 승희가 좋아하는 윤근(송재림)을 흠씬 두들겨 패고 난 다음 그것과 연결되는 후속 묘사가 전혀 없는 것도 그렇다. 친구들 중 왜 구공자(고규필)는 승희 결혼식장에 우연이 가기도 전에 가있는지 맥락이 좀 끊긴 듯한 전개도 아쉽다.

물론 풋풋한 20대 청춘의 사랑이 리얼하게 펼쳐져 유쾌하고 맥없이 흐뭇하기도 하다. 우연이 키스하고 싶어 하니 승희가 "빨리

안 하고 뭐하냐"며 안기는 장면이라든가 환자복 키스신 등 발랄함과 생동감이 미소를 짓게도 한다. 특히 28살 박보영과 31세 김영광이 각각 아역 없이 소화해낸 고교생 모습도 전혀 어색하지 않아 영화에 빠져들게 한다.

5. 주토피아

영화평론가라 해서 모든 영화를 다 보진 않는다. 일단 그 양이 워낙 방대해 물리적으로 불가능한 일이다. 또 다른 이유는 호불호가 엄연해서다. 나는 가령 애니메이션은 보지 않는다. 어린이용 영화를 보며 속없이 키득거릴 이유가 없다. 애니메이션 최초로 천만클럽에 가입한 '겨울왕국'조차 애써 참아가며 억지로 본 기억이 있다.

KBS 2TV가 2019 설 특선으로 방송한 할리우드 월트 디즈니사의 애니메이션을 애써 챙겨본 것은 '주토피아'(감독 바이론 하워드, 리치무어)가 극장으로 불러들인 수많은 관객 때문이다. 그러니까 '겨울왕국'이 그랬듯 대박 난 영화란 사실을 그냥 지나치기 어려워 애니메이션이어도 애써 본 것이다. 극장 개봉 때 더빙판도 있었는지 확실히 알지 못하지만, 단 자막 없이 한국어 대사로 번역된 버전이다.

우선 '주토피아'는 역주행 흥행을 일군 영화다. 당시 신문들, 가령 조선일보(2016. 4. 14.) 기사를 보자. "큰 주목을 받지 못한 채 개봉한 애니메이션 '주토피아'가 8주 차가 되도록 박스오피스 상위권(2위-인용자)에 머물러 있다. 지금까지 본 관객만 394만 명. 올해 개봉작 중 3위이다. '주토피아'와 같은 흥행 양상은 찾아보기 힘들다"가 그것이다.

나아가 조선일보는 역주행 흥행에 대해 "애니메이션의 경우, 스타 배우나 국내 관객을 유인할 만한 화제가 없어서 초반에 주목을 받지 못한다. 작품성과 재미가 있다는 것이 확인된 뒤에야 관객 동원이 시작된다. 대신 어린이와 성인 관객을 모두 끌어모을 수 있어 다른 작품보다 흥행이 오래 지속된다. '주토피아'가 이런 경우에 해당한다"는 분석을 내놓고 있다.

2016년 2월 17일 개봉한 '주토피아' 관객 수는 470만 6,158명이다. '겨울왕국'(2014)·'쿵푸팬더2'(2011)·'인 사이드 아웃'(2015)에 이어 애니메이션 흥행 역대 4위 기록이다. '쿵푸팬더2'·'인 사이드 아웃' 두 작품은 보지 않아 말할 게 없지만, '어벤져스' 시리즈처럼 애니메이션 역시 한국인이 사랑하는 할리우드 영화임을 확인하게 된다.

'주토피아'는 1923년 미국 성우 겸 영화감독 월트 디즈니(1901~1966)가 형과 함께 디즈니 브라더스 스튜디오란 간판으로 처음 시작한 이래 오늘날 명실상부 세계 최대 지식재산권(프랜차이즈 캐릭터)을 보유한 엔터테인먼트 제국으로 우뚝 선 월트 디즈니의 만화영화다. 96년이란 전통도 놀랍지만, '겨울왕국' 같은 애니메이션을 천만영화로 탄생시킨 저력도 그 못지않다.

서울신문(2018. 12. 11.)에 따르면 디즈니는 대표 캐릭터인 미키마우스에서 도널드 덕·곰돌이 푸 그리고 백설공주·신데렐라·인어공주·엘사·모아나 등 '프린세스 브랜드'뿐 아니라 어벤져스 등 마블 시네마틱 유니버스의 히어로 시리즈와 스타워즈 시리즈, 엑스맨 판권까지 모두 거머쥔 전무후무한 기업이 됐다.

또 서울신문은 "올해 글로벌 톱10 흥행 영화에서도 '블랙팬서'·'어벤져스: 인피니티 워'·'인크레더블2' 등 디즈니 작품이 5개로 절반을 점유하고 있다. 디즈니는 현재까지 메이저 스튜디오 가운데 10억 달러가 넘는 흥행 기록을 세운 영화 14편을 보유한, 깨기 어려운 기록도 갖고 있다"고 전한다. 이제 애니메이션 하면 떠오르는 월트 디즈니가 아닌 그 이상의 영화제작사가 된 것이다.

▲bnt뉴스, 2016. 3. 2.

'주토피아'는 최초의 토끼 경찰 주디 순경이 여우 닉과 함께 연쇄 실종사건을 해결하는 이야기다. 우선 각종 동물 캐릭터가 의인화되어 살아 움직이는 것이 재미있다. 나무늘보 등장에선 웃음이 터져 나오기도 한다. 주토피아 주민의 90%인 초식동물과 포식자가 어울려 평화롭게 사는 모습도 제법 그럴듯하다. 가령 가젤이 노래하는데, 호랑이 4마리가 백댄서인 공연 무대가 그렇다.

특히 주디의 동료가 된 포식동물 여우를 토끼와 함께 정의구현 선봉장으로 내세운 설정이 눈에 띈다. 어린 시절 왕따에 교활하고 믿지 못할 동물로 인식되어온 여우의 환골탈태를 통해 공존 · 상생 · 화합의 이미지를 구현해내고 있어서다. 주디의 수세식 변기를 통한 탈출 등도 애니메이션이라 가능한 통쾌한 장면이지 싶다.

그러나 이 정도 만화영화에 왜 그렇듯 많은 관객이 호응했는지 개인적으론 여전히 의문이다. 나만 그런지 모르겠으나 작은 체구에 비해 눈이 너무 큰 주인공 토끼 모습은 좀 우스꽝스러워 보인다. 애니메이션에 웬 실제 차량(승용차)이 다니는지(주디 납치 시) 의아하다. 동물들이 사는 주토피아에선 선거 등 아무런 과정 없이 부시장도 아니고 일개 보좌관이 궐위된 시장직을 잇는지, 그것 또한 의문이다.

〈'표현' 제71호, 2019. 4. 25.〉

표현의 해방구 전주국제영화제

영화평론가이기도 한 필자는 1998년 가을 전주시청에서 열린 '전주피아골영화제' 개최를 위한 첫 간담회에 참석한 바 있다. 그 자리에서 필자는 반대 의견을 냈다. "이 좁은 땅덩어리에서 또 무슨 국제영화제냐, 할려거든 다른 것들과 확 차별화시켜 포르노 영화제나 하자", 뭐 대략 그런 얘기였다. 1년 전 전주와 무주리조트에서 개최된 대종상영화제의 참혹한 실패를 목격한 데다가 부산과 부천국제영화제를 의식하며 과연 성공할 수 있겠느냐는 우려 때문이었다.

순식간에 좌중은 웃음바다가 되어버렸지만, 그러나 필자가 참석자들을 웃기려고 포르노 영화제를 꺼내 든 것은 아니었다. 나름 진지한 발상이었다. 말할 나위 없이 기존 영화제와 차별화된 전략이 필요해서였지만, 그러나 그것은 소수의견일 뿐이었다. 그후 진행상황에 더 이상 참여하지 않았고, '전주피아골영화제'는 '전주국제영화제'란 이름으로 마침내 2000년 4월 28일 '새로움'과 '다름'이란 슬로건을 내건 채 닻을 올리게 된다.

그 전주국제영화제가 어느새 20년, 성년을 맞았다. 2019년 5월 2일부터 11일까지 제20회전주국제영화제가 열린 것. 제20회전주국제영화제는 열흘간 53개국 275편(장편 201편, 단편 74편)의 작품을 상영, 관객 수 8만 5,900명을 기록했다. 지난해 8만 244명을 뛰어넘은 관객 수다. 제1회 관객 수가 12만여 명이었지만, 이후 3회 4만 5천 명, 4회 6만여 명 등 감소된 수치의 지난 대회들을 감안하면 장족의 발전이라 할만하다.

전북도민일보(2019. 5. 12.) 김미진기자의 보도에 따르면 제20회 전주국제영화제가 선보인 275편 중에서 일반 상영작은 총 559회차 중 299회차, VR 시네마 특별전은 138회차 중 91회차가 매진된 것으로 집계됐다. 이는 기존 최고 매진 기록인 19회 때의 284회를 경신한 것이다. 특히 영화제 공간을 확장해 특별 전시를 선보인 팔복예술공장에는 영화제 기간에만 1만여 명의 관람객이 방문해 새로운 프로그램에 대한 관심을 이끌어 냈다.

한국 영화계와 언론의 전주국제영화제에 대한 홀대, 가령 제3회 때와 같은 전주시의회의 영화제 예산 삭감, '그들만의 축제'로 불릴 만큼 전주시민의 저조한 참여 등 '악재'가 수두룩하지만, 누가 뭐라 해도 이제 거역할 수 없는 전주국제영화제로 우뚝 선 것이라 할 수 있다.

뭐니 뭐니 해도 전주국제영화제의 미덕은 평소 일반 극장에서 쉽게 볼 수 없는 세계 각국의 다양한 영화들을 오리지널 버전으로 만날 수 있다는 점이다. 특히 대안·독립·디지털 영화 등 비주류영화들을 주요 메뉴로 하는 전주국제영화제여서 신선한 충격을 넘어 발칙한 상상력의 '변태영화'들을 만날 수 있게 한다.

2014년 '다이빙벨' 상영 문제로 촉발된 부산국제영화제 파행 사태가 한동안 이어지면서 전주국제영화제는 표현의 해방구로 회자되기도 한다. 2017년 제18회 개막식에서 조직위원장인 김승수 전주시장은 "전주국제영화제는 지난 17년간 시민과 관객, 영화인 앞에서는 겸손했고 그 어떤 자본과 권력, 사회적 통념 앞에서는 당당했다"면서 "이것이 '영화 표현의 해방구'라는 이번 영화제의 슬로건을 감히 말할 수 있는 근거이자 우리들의 자부심"이라고 축하인사를 건넸다.

이를테면 '새로움'과 '다름'의 즐거움을 관객들에게 안겨주는 전주국제영화제로서의 위상을 한껏 보여준 개최도시 지자체장의 자부심인 셈이다. 여기선 '새로움'과 '다름'에 값하거나 정권에 굴하지 않음으로써 가히 표현의 해방구라 할만한 몇 편의 영화, '로망스'(제1회)·'죽어도 좋아'(제3회)·'켄 파크'(제4회)·'천안함 프로젝트'(제14회)와의 구체적 만남을 통해 20년 전주국제영화제의 위상이랄까 그 의미와 가치를 부분적이나마 되새겨보고자 한다.

로망스 – 신선한 충격, 무삭제판의 짜릿함

전주국제영화제 개최에 반대 의견을 냈던 필자는 제1회 대회에 참여하면서 적잖이 놀랐다. 프랑스 영화 '로망스'(감독 카트린 브레이야) 때문이다. 1999년 몬트리올 국제영화제 상영작이기도 한 '로망스'는 전주국제영화제 덕을 톡톡히 본 아주 새로운 영화다. '로망스'는 한국적 상황에 맞지 않는 여러 장면들을 거느리고 있다. '로망스'는 전주국제영화제 기간 동안 매진된 영화 중 가장 눈길을 끌었던 문제작이었다. '로망스'가 대중의 눈길을 가장 크게 끈 데에는 그만한 까닭이 있다. 여성 감독이 연출한 '로망스'가 포르노는 아니어도 포르노적인 영화로 소문이 났던 것이다.

동거하는 애인 폴(시가모르 스테브넹)로부터 섹스를 거부당한 마리(캐롤린 뒤시)는 "가지지 않고서는 있을 수 없다"는 신념으로 짐짓 많은 남자와 성적(性的) 경험에 빠져든다. 카페 · 자동차 · 계단 · 연구실 등 곳곳이 그녀의 성적 본능을 수시로 드러낼수 있는 열린 공간들이다. 여기까지는 '애마부인'류인데, 그 과정에서의 표현 수위가 영상물등급위원회의 칼질에 익숙한 관객 눈에는 아찔하게 느껴질 정도다.

어쩌다 실수가 아닌, 아예 깊은 숲인 여자 음모는 기본이다. 남자 성기에 대한 오럴 섹스, 여자 성기에서 나온 자연산 분비물을 찍어낸 남자의 손과 클로즈업된 자궁 속에서 태아를 끄집어내는 장면 등이 옵션으로 펼쳐진다. 대표적 성애영화라 할 '엠마누엘' · '차털리부인의 사랑' · '폴라 X' · '샤만카' · '거짓말' · '감각의 제국' · '룰루' 등 어떤 극장 개봉영화에서도 볼 수 없던 아찔한장면들이다.

그러나 일반 극장에선 그런 장면들이 모자이크 처리된 채 개봉(2000. 11. 11. 서울 기준)되었다. 유럽에선 외설보다 예술 쪽으로 인정해주는 분위기지만, 특히 대만에선 포르노로 판정받아 수입사가 상영을 포기했다는 소식이 전해지기도 했다. 그러니까 무삭제판 오리지널 영화를 볼 수 있는 '새로움'과 '다름'의 전주국제영화제인 것이다. 전주국제영화제에서 '로망스'를 본 시민이라면 덩달아 국제영화제 개최 도시에 사는 기쁨을 제대로 누린 셈이다. 외지에서 온 마니아들 역시 전주국제영화제의 위상에 대해만족했을 것이다.

한편 그런 장면들이 작품의 완성도와 긴밀하게 유기적 관계를맺고 있는 것처럼 보이진 않는다. 감독이 "포르노적인 이미지를통해 의미를 전달하면서 예술적인 성취를 꾀한 것"이라는 의도를 밝힌 바 있지만, 그렇다. 가령 교장이 마리를 밧줄로 묶는 등의 가학적 행위와 그로 인해 그녀가 느끼는 마조히즘의 희열 묘사 따위는 오히려 여자의 원초적인 성적 본능을 빙자한 테러로 보인다.

이른바 여성해방에 대한 심화된 애곡으로 보이기까지 한다. 특히 마리가 아이를 가진 후 폴을 죽이는 결말 장면은 여자의 원초적 본능 묘사 과정에서의 진지하고 솔직한 모든 노력을 무위(無爲)로 만드는, 도무지 이해되지 않는 대목이다. 그렇듯 모성 본능이 결론적 지향점이라면 너무 작위적이다. 98분 러닝타임 내내 늘어놓는 성적 담론 역시 의미가 없는 말장난일 뿐이다.

죽어도 좋아 -발칙한 상상력이 돋보이는 건강한 변태영화

'죽어도 좋아'·'육체의 향연'(트리플섹스)·'개같은 나날'(난교)·'천국에서 추방되다'(나체촌)·'도쿄 X 에로티카'(항문체위) 등은 새로움과 다름을 안겨준 제3회 화제작들이다. 그중에서도 단연 압권은 '죽어도 좋아'이다. 방송사 PD 출신인 박진표 감독의 데뷔작 '죽어도 좋아'는 우선 총 5편 중 개봉작을 3편이나 초청하여 국제영화제로서의 스타일을 구겨버린 '한국영화의 흐름' 부분의 초라함을 일거에 잊게 하기도 한다. 70대 노인들의 '이층집'을 통한 인생의 활력 찾기가 그것이다.

그야말로 발칙한 상상력이 돋보이는 '죽어도 좋아'는 박치규(73세), 이순예(71세) 노인의 실화를 다큐형식으로 담아낸 영화다. 검버섯 핀 얼굴, 축 처진 젖가슴, 원 없이 늘어진 뱃살 등 70대 노인의 '자연산' 그대로다. 그 때문 극적 긴장감이 덜해 보이지만, 틀니 청소의 상징성으로 일단 관객의 호기심에 불을 당긴다. 오럴섹스에다가 "아이, 잘 들어왔다", "아이, 좋다" 등 박치규의 '이층집'을 고무하는 이순예의 교성(嬌聲)에서 재미가 절정에 달한다.

또한 "자기가 최고예요", "늙은 영감밖에 더 있겠냐" 따위 대사들이 유머러스한 영화적 분위기를 자아내는가 하면 실제 사용 장면은 없지만, 크리넥스(알다시피 이층집 때 필수품이다.) 같은 디테일 묘사도 제법 리얼하다. 무엇보다 육장 '그짓'만 해대지 않는 점이 미더워 보인다. 소리와 한글을 주거니 받거니 배우고, 이순예의 무단외출(?)에 토라진 박치규, 그로 인한 다툼은 차라리 앙증맞다.

닭을 삶아 보신케 하려는 박치규의 지극정성과, 다소 과장되어 보이긴 하지만 시장통을 헤매며 수소문하는 장면 등도 마찬가지다. 요컨대 노인들의 일상생활 속에 이층집이 자연스럽게 녹아 있는 것이다. 꽤 리얼한 섹스신이라든가 혼욕(混浴) 장면들이 그냥 평범하게, 그러니까 말초신경을 자극시키지 않는 이유가 거기에 있다.

그러나 아쉬운 점도 있다. 벤치에서 딱 한 번, 그것도 진지한 대화가 없었는데 이순예가 짐 싸들고 박치규에게 온 점, 서너 차례 실연(實演)의 섹스가 있지만 왜 그래야 하는지(물론 본능이긴 하다.) 구체적 당위성이 생략된 점이 그렇다. 70대가 되도록 양쪽 모두 자식들은 없는지, 그렇다면 일용할 양식은 어디서 나오는지 등의 일상 묘사가 전혀 없는 점도 마찬가지다. 일상적 주변 묘사의 리얼리티는 어떤 이즘(-ism)이나 카메라 워크 등의 요소와 함께 예술과 외설영화의 경계를 가름하는 중요한 잣대임을 명심할 일이다.

어쨌거나 그 정도면 '죽어도 좋아'는 매우 건강한 변태영화로 보이는데, 일반 극장 개봉을 위한 영상물등급위원회(위원장 김수용) 심의에서 '제한상영가' 판정을 받았다. 여기서 잠깐 필자가 그 무렵 쓴 칼럼 '죽어도 좋아, 등급 부여하라'(전북일보, 2002. 7. 29.)를 들여다보는 것이 유익할 듯하다. 영상물등급위원회(영등위)의 제한상영가 판정은 2002년 5월 심의를 받은 북한영화 '동물의 쌍불기'에 이어 '죽어도 좋아'가 두 번째다. 제한상영가 등급이 신설된 것은 2001년 8월 말 영등위의 '등급분류보류'가 위헌 판정을 받았기 때문이다.

▲한겨레, 2018. 11. 7.

이를테면 영화에 대한 검열을 금지하고 표현의 자유를 보장하기 위해 마련한 제도인 셈이지만, 제한상영가 영화는 사실상 상영할 수 없다. 제한상영가 영화를 상영할 전용극장이 없어서다. 그뿐 아니라 비디오 출시 등도 못하게 되어 있어 일반관객들의 '볼 권리'가 그야말로 원천봉쇄 되어버린 셈이다. 제작사는 "극장 상영을 위해 필름을 자를 생각은 전혀 없다"는 박 감독의 뜻을 존중하여 재심을 신청할 것으로 알려졌다. 감독의 소신 있는 용기에 박수를 보낸다.

영화등급분류소위원회(위원장 유수열)가 문제삼은 것은 "7분간의 롱테이크 섹스신 가운데 구강성교 대목과 성기노출 장면 등이 정서에 맞지 않는다"는 점이다. 그런 판단은, 그러나 전문성 미흡 내지 전체적 영화 읽기의 안목 부족으로밖에 볼 수 없다. 문제로 삼은 장면들이 성적 수치심이나 말초적 흥분, 또는 미풍양속 저해 따위와 거리가 먼, 그야말로 주제 구현을 위한 필수적 장치로 기능하기 때문이다.

만약 문제로 삼은 부분이 삭제·개봉된다면 마치 키스만 해도 임신을 하는 식의 어설픈 영화가 되고 말 것이다. 심의위원들에게 한번 묻자. 그대들은 이성(異性)과 입만 맞추고도 아이를 낳을 수 있는가? 더 심각한 문제는 그로 인한 감독들의 위축이고, 결국 다양성 추구의 한국영화 발전에 치명적 후유증을 남길 수 있다는 점이다. 말도 안 되는 코미디와 폭력물의 아류영화들이나 만들라고 부추기는 꼴이 아니고 무엇인가!

또 하나 영상물등급위원회는 매우 높아진 관객의 영화읽기 수준을 간과하고 있다. 그런 장면에서 관객들의 웃음과 함께 일종의 연민을 자아냈던 전주국제영화제때 상영관의 분위기를 참고로 전한다. 한편 '죽어도 좋아'는 5월 열린 프랑스 칸 국제영화제의 비평가주간에 초청되어 호평을 받았다. 또한 영화진흥위원회 자막 번역 및 프린트 제작비 지원과 디지털 장편영화 배급지원 대상작으로 선정된 바 있다.

'죽어도 좋아'의 주인공은 다름 아닌 70대 노인들이다. 그리고 그 누구도 표현하지 못한 참신함이 전편에 걸쳐 묻어나는 영화이다. 재심에서도 제한상영가 판정으로 좋은 작품을 '죽이는' 잘못을 저지르지 말기 바란다. 무엇보다도 국내외 호평과 지원 속에 제작된 '죽어도 좋아'가 재심에서도 제한상영가 판정을 받아 극장 개봉이 봉쇄된다면 한국영화의 위상에 망신살이 뻗칠 것은 자명하다. 영등위는 경직된 자세에서 벗어나 '죽어도 좋아'에 등급을 부여하기 바란다.

켄 파크 - 그야말로 쇼킹 그 자체

전주국제영화제는 제4회부터 영화제 기간을 10일로 늘리고 슬로건을 대안 · 독립 · 디지털에서 자유 · 독립 · 소통으로 바꾸었다. 그렇다고 '새로움'과 '다름'의 기본 콘셉트를 포기한 것은 아니다. 다양한 비주류, 그리하여 '변태영화'를 만나는 설레임과 즐거움은 여전하다. '켄 파크'(감독 래리클락 · 에드워드라흐만)는 170여 상영작중 가장 먼저 눈길을 끈 영화다. '로망스'(1회) · '이쿠'(2회) · '죽어도 좋아'(3회)의 맥을 잇는, 국제영화제가 아니면 볼 수 없는 오리지널 필름의 변태영화인 것.

할리우드 블록버스터나 한국식 조폭영화(또는 코미디)에 익숙해 있는 관객들 입장에서 '켄 파크'는, 상영관을 나오던 어느 젊은 이들 말처럼 정리가 잘 안 되는 영화이기도 하다. 정리가 잘 안 되는 것은, 우선 노골적인 카메라 앵글 때문이다. 약간 어리버리한 10대 소년 켄 파크가 권총으로 머리를 쏴 자살한 후 화면은 그의 친구들 삶의 거칠고 메마른 풍경을 완만한 속도로 넘나든다.

여자 친구 엄마와 섹스를 하고, 할아버지·할머니를 칼로 찔러 죽이고, 아들이 의붓아버지에게 성추행당하고(차라리 강간이라 할), 딸은 친아버지와 결혼서약식을 하기도 한다. 그것도 모자랐는지 소년 둘(숀과 클라우드)과 소녀(피치스)는 비교적 진한 롱테이크의 트리플 섹스를 벌인다. 공통점은 그들이 결손가정 자녀들이고, 그러한 반사회적 행동에 대부분 기성세대(어른)가 일조하고 있다는 사실이다.

예컨대 클라우드의 의붓아버지는 잘 노는 아들의 보드를 부숴버리고 음주운전을 하며 친구와 함께 여자에게 추파를 던지는가 하면 소변을 보면서도 맥주를 마신다. 한나 어머니는 자기 딸의 남자친구인 숀을 불러들여 아주 자세하게 섹스를 유도 내지 리드하며 스스로 '즐거운 비명'을 질러댄다.

그뿐이 아니다. 구체적 묘사는 없지만, 존속 살해범이 되는 테이트의 경우 부모는 어디로 갔는지 조부모와 함께 산다. 테이트는 일을 방해한다며 할머니에게 '쌍년아'를 연발하고, 할아버지를 "전쟁 이야기나 하는 사기꾼"이라 폄하한다. 결국 테이트는 할아버지에 이어 할머니까지 칼로 찔러 죽인다.

남자 친구와의 변태 체위에 이어 숀, 클라우드 들과 트리플 섹스에 빠져드는 피치스의 아버지도 막상막하이다. 죽은 아내에 대한 집착이 너무 심한 데다가 피치스를 '착한 애'로만 알고 있다.

그러다가 피치스의 '음탕한' 행위를 목격하고는 엉뚱하게도 친딸과 결혼서약식까지 저지르는 편집광적 증세를 드러낸다. 한 마디로 정상이 아닌 변태의 어른들인 것이다.

그 과정에서 드러나는, 여느 영화들이 흉내내기 힘든 장면들은 그야말로 쇼킹 그 자체다. 잦은 성기 노출에다가 오럴 섹스, 자위행위와 항문체위 등의 액션에 더해 "애를 낳아 휴지에 싸서 쓰레기통에 버렸네" 따위 아이들 고무줄놀이의 동요(?)까지. 특히 테니스 치는 여자 선수를 TV에서 보며 벌이는 자위행위는 가히 '압권'이라 할 만하다. 자신의 목을 끈으로 죈데다가 사정(射精)한 정액이 성기 주위에 묻어 있는 장면을 어느 영화에서도 아직 본 적이 없어서다. 국제영화제에서만 볼 수 있는 오리지널 필름의 쇼킹한 장면이라 할 수 있다.

사람에 따라 구토증세마저 보일(실제로 관람 도중 처녀로 보이는 여성관객은 구토증세를 느껴 나가려다가 통로에 넘어져 잠깐 실신하기도 했다.) 이런 장면들은 미국 캘리포니아의 어느 작은 마을 2002년 상황이지만, 그러나 그것을 알기가 그리 쉬운 일은 아니다. 특히 시나리오나 신문 리뷰 등을 전혀 읽어보지 않은 채 바로 영화부터 관람한 관객이라면 더욱 그럴 것이다.

또 정리가 안 되는 것은 10대들의 일탈 행위에 대한 '끈끈한' 리얼리티가 없기 때문이다. 영화 속에서 보여주는 장면들만으로도 뭔가 얘기하려는 감독의 의도가 읽히는 것과 별도로 영화내적 리얼리티는 취약해 보인다. 예컨대 트리플 섹스장면은 너무 급작스럽다. 마침내 집에서 가출한 클라우드의 경우는 그런 대로 봐줄 만하지만, 숀과 피치스는 아니다. 각각 여자친구네 집에서 단란한 식사를 하고, 아버지와 결혼서약식을 한 뒤 바로 이어지는 화면이기에 너무 급작스럽고, 황당하다.

동기나 배경이 묘사되지 않는 액션은 보여주기에 불과할 뿐이다. 나아가 '이층집' 액션의 경우 그냥 외설일 수 있다. 오리지널 필름의 변태영화라는 점만으로도 전주국제영화제에 쏠쏠한 의미가 부여되긴 하지만, 문제는 완성도다. 딱히 작가주의 영화를 고집하는 것이 아니다. 기왕이면 다홍치마라고 완성도 높은 변태영화라야 전주국제영화제의 위상 제고와 함께 설렘과 즐거움을 거느리게 될 것 같아서 하는 말이다.

그럼에도 불구하고 '켄 파크'에 관객이 몰리더니 마침내 매진을 기록한 것은 시사하는 바가 크다. 바로 변태영화에 대한 설렘과 즐거움이 그것이다. 이제 정리해보자. 그것이 과연 미국만의 현상이요 일인지? 그러고 보면 '켄 파크'는 아이러니컬하게도 전 세계 부모들의 자식 교육 내지 10대 청소년의 정체에 대해 진지한 질문과 심각한 고민을 갖게 하는 변태영화이다.

천안함 프로젝트 −정권 쪽에서 보면 꽤 발칙한

2013년 4월 27일 제14회 전주국제영화제에서 다큐영화 '천안함 프로젝트'(감독 백승우)가 처음으로 상영되었다. 2010년 3월 26일 장병 46명이 사망한 천안함 침몰사고가 일어났다. 정부는 북한 어뢰 공격으로 인한 폭침이라고 발표했다. '천안함 프로젝트'는 그런 정부 발표에 의문을 제기한 다큐영화다. 감독은 백승우지만, '천안함 프로젝트' 산파의 주역은 정지영 감독이다. '남영동 1985'·'부러진 화살' 등 뒤틀린 사회 현실을 고발해온 노장 정지영 감독이 기획 제작한 영화이기 때문이다.

연출 역시 정지영 감독이 백승우 감독에게 먼저 제안하여 맡은 것으로 알려졌다. 아니나다를까 '천안함 프로젝트'는 군과 천안함 유가족협회로부터 상영금지 가처분신청을 당했다. "영화의 내용이 사실을 왜곡하고 당사자들의 명예를 훼손했다"며 낸 상영금지 가처분신청은, 그러나 기각당했다. "천안함 민군합동조사단의 보고서와 다른 의견이나 주장을 표현한 것으로, 허위 사실을 적시해 신청인들의 명예를 훼손했다고 보기 어렵다"고 한 것.

마침내 '천안함 프로젝트'는 2013년 9월 5일 일반 극장 개봉에 들어갔다. 그런데 이게 웬 일? 개봉 3일 만에 상영이 중지되는 사상 초유의 일이 벌어졌다. 전국 26개 개봉관에서 상영 중이던 메가박스 측이 "보수단체 항의와 시위가 우려된다"며 '천안함 프로젝트'의 간판을 내려버린 것. 응당 반발이 이어졌다. '천안함 프로젝트' 제작자 정지영 감독은 "군사정권 시절에도 이런 일은 없었"(경향신문, 2013. 9. 9.)다며 강력 항의했다.

'천안함 프로젝트 상영중단 영화인진상규명위원회'가 발족되기도 했다. '천안함 프로젝트' 제작진을 비롯해 영화인회의 · 한국영화감독조합 한국영화제작가협회 · 한국영화프로듀서조합 등 12개 영화단체가 참여했다. 이들 단체는 성명에서 "메가박스는 상영을 중단하라고 협박한 보수단체 이름을 밝히고 이들을 당국에 고발할 것" 등을 요구했다.

2006년 스크린쿼터 사수운동 이후 처음으로 많은 영화인들이 결집한 '천안함 프로젝트' 상영중단 사태였던 것. 그 때문인지 논란이나 언론 조명에 비해 관객 수는 21,316명에 불과하다. 상영

중단을 협박한 보수단체가 어디인지 자세히 듣지는 못했지만, '천안함 프로젝트'의 그런 소동엔 삼척동자도 알만한 분명한 사실이 있다. 이 땅이 분단국가이구나 하는 점이 그것이다. 유신헌법의 박정희 때와 다를 바 없는 표현의 자유 시대인 것이다.

▲한겨레, 2018. 11. 7.

달라진 것이 있다면 그 교묘함이다. 그런 사달이 날 만큼 '천안함 프로젝트'는 정권 쪽에서 보면 꽤 발칙한 영화이다. 정부가 북한 공격에 의한 폭침이라고 발표했는데, 아무래도 믿지 못하겠다는 메시지가 은연중 드러나고 있어서다. 픽션이나 팩션도 아니고, 다큐멘터리이니 그 사실성에 지레 겁을 먹은 형국이라고 할까.

정지영 감독은 전주국제영화제 상영 후 가진 관객과의 대화에서 "누구라도 이 사건에 대해 속 시원한 결론을 내렸다면 영화로 만들지 않았을 것이"(전북일보, 2013. 4. 29.)라고 말했다. 그리고 이 땅에 미만해 있는 소통 부재의 문제를 제기하기 위한 것이라고도 말했다.

설마 지금도 과거처럼 안보를 이용해 정권을 잡거나 유지하려는 세력이 있을까. 그렇게 생각하는 국민들을 배반한 '천안함 프로젝트'라 해도 무방할 것 같다. 정부 발표를 곧이곧대로 믿지 않으면 바로 '종북주의자'로 몰려 못매 맞는 일이 백주대낮에도 수시로 일어났던 대한민국이니 말이다.

앞에서 살펴보았듯 전주국제영화제는 '로망스'·'죽어도 좋아'·'켄 파크' 상영은 물론 '천안함 프로젝트'라든가 매진으로 현장에서조차 표를 구할 수 없었던 'MB의 추억'(제13회)을 선보이기도 했다. 출범 20년을 맞은 전주국제영화제를 표현의 해방구라 말하는 이유다.

〈'한국미래문화' 제30집, 2019. 12. 6.〉

제4부

진짜로
대통령 잘 뽑아야

장세진 산문집

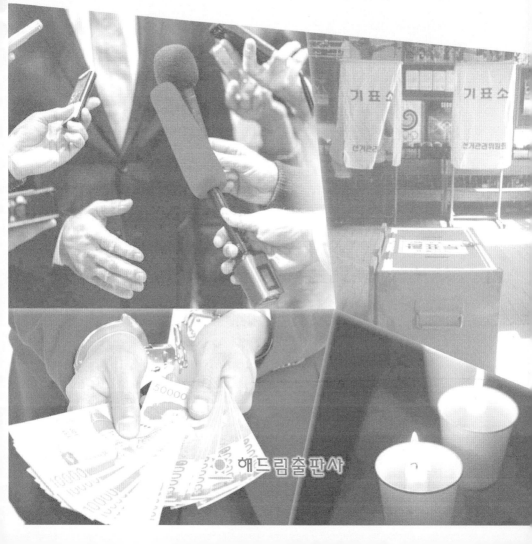

해드림출판사

위대한 개츠비

미국 소설가 F. 스콧 피츠제럴드(1896~1940)의 장편소설 '위대한 개츠비'가 발표된 것은 1925년이다. '나무위키'에 따르면 2만 부 가량을 초판으로 냈지만, 피츠제럴드가 받은 인세는 100달러가 안 됐을 정도로 안 팔린 책이다. 1930년대가 돼서야 간신히 초판을 소화하고 2쇄를 찍었는데, 1쇄 때보다 더 안 팔려서 창고에 쌓였다.

소설 '위대한 개츠비'가 큰 관심을 끈 것은 1940년 피츠제럴드 죽음과 함께 전기가 나오면서부터다. 사후 더 판매가 이루어지는 건 동서고금 막론하고 다 같은 모양이다. 아무튼 그 덕택으로 "유색인종과 백인간의 긴장감, 대공황 이전의 물질적 풍요에 찌들어서 살던 미국인들의 삶을 적나라하게 보여주는 작품"이라는 '위대한 개츠비'에 대한 재평가가 이뤄진다.

미군이 제2차 세계대전 당시 진중문고(국군의 부대 도서관 혹은 도서실이나 생활관의 책꽂이에 비치하는 책)로 15만 부나 사들여 비치한 게 세간의 평가에 한몫한 것으로 알려지기도 했다. 결국 '위대한 개츠비'는 21세기에도 1년에 30만 부씩 팔려나가는 미국의 고전이 된다. 또한 그런 신드롬으로 인해 개츠비스크(Gatsbyesque)란 말도 유행한다.

개츠비스크는 "뭔가 요란하면서 과장된 스타일을 가리키거나 환상적인 힘으로 인생을 긍정하는 현상을 가리키는 말"이다. 대체로 전자의 의미로 쓰인다. '20세기 최고의 미국소설'로 꼽히며 밀리언셀러이기도 한 '위대한 개츠비'이니만큼 영화·드라마·연극·오페라 등 수많은 콘텐츠로 리메이크되는 건 당연한 수순이겠다. 영화의 경우 1926년 무성영화로 만들어진 후 1949·1974·2000·2013년에 각각 리메이크되었다. 단, 2000년 '위대한 개츠비'는 케이블방송 영화로 미국과 영국 합작품이다. 1974년 제작된 '위대한 개츠비'의 국내 개봉은 1976년 12월 31일 이루어졌다. 레오나르도 디카프리오가 개츠비로 나온 2013년 개봉(5월 16일)작은 144만 명 넘게 극장을 찾았다.

7월 26일 EBS '일요시네마'로 방송된 '위대한 개츠비'(감독 잭 클레이턴)는 1974년작이다. 사실은 2013년작인 줄 알고 TV를 켰는데, 꼼꼼히 살펴보지 못해 난데없는 44년(국내 개봉 기준) 전 영화를 보게 된 셈이다. 그나마 위안은 "1974년작이 원작소설의 의도를 가장 잘 살린 작품으로 꼽힌다"(한국강사신문 2020. 7. 26.)는 평가도 있다는 점이다.

'안나 카레니나'에서 이미 말했듯 영화가 원작소설과 반드시 같아야 할 이유나 필요는 없다. 원작소설과 다른 엉뚱한 영화를 만났을 때 실망할 수는 있지만, 그건 문학을 기준으로 한 경우다. 영화는 그냥 영화로 봐주면 된다. 판단은 어차피 관객 몫이니까. 그 지점에서 보면 영화는 원작소설이 뿜어내는 아우라를 다 살리지 못한 느낌이다.

영화로만 보자면 '위대한 개츠비'는 명시적으로 1920년대라는 시대 배경이 제시되지 않은 채 닉(샘 워터스톤)을 화자로 내세워 그냥 개츠비(로버트 레드포드)와 데이지(미아 패로), 톰(브루스 던)과 머틀(캐런 블랙)의 불륜에 방점이 찍힌 모양새다. 붕어들이 노니는 수영장 물에 개츠비와 데이지 키스 장면이 비치는 등 아주 노골적이면서도 리얼한 불륜 묘사다.

▲한국강사신문 2020. 7. 26.

물론 대사를 통해 전쟁 이야기가 나오고 "이러다가는 백인과 흑인이 결혼하겠어" 같은 제도나 관습 비판이 있긴 하지만, 그것만으로 전후(戰後) 미국 사회의 불안이나 계층간 인종간 갈등과 대립이 드러나 보이진 않는다. 빈번한 파티 및 댄스 장면도 그렇다. 다소 의아한 것은 개츠비와 톰이 그렇듯 입씨름만 하는 등 신사적일 수 있는가 하는 점이다.

다만 "부자 아가씨는 가난한 총각과 결혼하지 않는다"는 일종의 룰 때문 데이지가 개츠비를 기다리지 않고 톰과 결혼했다는 건 나름 시사점을 준다. 전쟁통에 벼락부자가 된 개츠비가 옛 사랑에 쩔어하다가 머틀을 차로 치어 죽게 한 데이지 대신 그녀 남편 조지(스콧 윌슨) 총에 맞아 죽는 것도 마찬가지다.

그러고 보니 죽은 자는 개츠비·머틀·조지 등 신흥부자이거나 서민군상들이다. 결과적으로 세 사람을 죽게 한 '나쁜 년'이자 대대로 부자 집안 데이지는 바람났던 남편과 딸의 손을 잡고 새 출발하는 멀쩡한 모습이다. 닉은 그런 개죽음과 데이지의 가정 복귀에 환멸을 느껴 고향으로 돌아가고 있다. 그런 파국이 좀 아프게 다가온다.

〈2020. 7. 27.〉

인크레더블 헐크

　최근 할리우드 블록버스터들이 죽을 쓰고 있다. 영화관객 2억 명을 돌파한 2013년만 하더라도 흥행 톱10에 든 할리우드 블록 버스터는 '아이언맨3'과 '월드워Z' 두 편뿐이다. 할리우드 블록버 스터의 수난시대라 할까! 뭐 어쨌든 그 이전부터 유독 외면당한 할리우드 블록버스터들이 있다. '헐크'도 그중 하나이다.

　헐크는 할리우드 블록버스터 산실의 양대 만화사중 하나인 마 블 코믹스의 캐릭터다. 그외 마블 코믹스 캐릭터로 엑스맨 · 스 파이더맨 · 아이언맨 · 판타스틱4 · 데어데블 등이 있다. 아이언 맨만 이 땅에서 열광적 환영을 받은 캐릭터다. '아이언맨'(2008) 430만, '아이언맨2'(2010) 442만, '아이언맨3'(2013) 900만 1,309명 동원이 그걸 말해준다.

　그보단 못하지만, 스파이더맨의 인기도 괜찮은 편이다. 2002 년 개봉한 '스파이더맨'은 서울 기준 114만 2,123명을 동원했다. 외화흥행 3위(조선일보, 2002. 12. 27.)였다. 2004년 개봉한 '스 파이더맨2'는 150만 6,199명으로 부진했지만, 2007년 '스파이더 맨3'은 459만 2,309명, 2012년 '어메이징 스파이더맨'은 485만 3,123명을 각각 동원했다. 2014년 '어메이징 스파이더맨2'는 416 만 4,563명이다.

　그런 흥행을 염두에 뒀을 테지만, 2003년 개봉한 '헐크'는 뜻같지 않았다. 당시 시사주간지 타임은 "10대 시절에 끝냈어야 할 프로이드적 방황을 위한 이안이 너무 많은 돈(제작비 1억 3,700만 달러, 약 1,400억 원)을 써버렸다"(조선일보, 2008. 6. 13.)고 비판한 바 있다. 필자 역시 '장세진의 미국영화 째려보기'에서 "할리우드 블록버스터로서의 '헐크'(감독 리안)는 다소 뜬금없다"고 쓴 바 있다.

마블 코믹스 캐릭터 헐크는 먼저 TV 시리즈 '두 얼굴의 사나이 헐크'로 세상과 만났다. 만화가 1962년, TV 시리즈는 1977년 처음 나왔으니 2003년 영화로 만들어진 것이 뜬금없다는 것이다. 그나마 할리우드에서 성공한 대만 출신 이안 감독이 블록버스터 '헐크'를 연출한다니 뜬금없다는 것이었다.

2008년 6월 12일 전 세계 동시 개봉한 '인크레더블 헐크'(감독 루이스 리테리어)는, 이를테면 '헐크'의 흥행실패 후 제작사(마블 엔터테인먼트)가 절치부심하며 5년 만에 내놓은 할리우드 블록버스터인 셈이다. 감독과 주연배우들을 대거 물갈이하여 돌아왔지만, 국내의 경우 100만 명도 동원하지 못했다. 99만 1,417명이다.

'인크레더블 헐크'는 '헐크'의 속편은 아니지만, 원작만화에 기대서인지 스토리 라인은 전편과 비슷하다. 감마선에 노출되면 헐크로 변신하는 브루스 배너(에드워드 노튼)와 그걸 무기화하려는 선더볼트 장군(윌리엄 허트)의 쫓기고 쫓는 이야기다. 거기에 배너의 애인 베티(리브 타일러)와 일부러 감마선에 중독된 어보미네이션(짝퉁 헐크)가 끼어든다.

철학적이거나 사유적(思惟的) 흔적은 많이 지워냈다 해도 영화는 어정쩡한 지적에 머물러 있다. 괴수영화라든가 블록버스터다운 '위용'이 확실하게 느껴지지 않는 것. 예컨대 50분 동안 딱 한 번 헐크로 변신하는 것이 그렇다. 후반부에 이르러 짝퉁 헐크와의 대결은 영화의 지향점이 무엇인지 다소 헷갈리게 한다.

▲동아일보, 2008. 6. 10.

할리우드 블록버스터의 강점은 누가 뭐라 해도 마구 때려 부수는 것이다. 그 강도가 세면 셀수록 인간의 잠재적 파괴본능은 되살아난다. 말도 안 되지만, 평범한 일상인이 해낼 수 없는 걸 할리우드 블록버스터 주인공들이 해내기에 열광한다. 황당한 줄 모르는 게 아니면서도 애써 본전 생각을 하지 않는 이유도 거기에 있다.

'인크레더블 헐크'의 또 다른 약점은 이런저런 할리우드 블록버스터들을 떠올리게 한다는 점이다. 가령 짝퉁 헐크는 '스파이더맨 3'의 '샌드맨'이나 '어메이징 스파이더맨'의 짝퉁 스파이더맨 리자드맨을 연상시킨다. 베티에게 고분고분해지는 헐크의 모습에선 '킹콩'이 떠오른다. 물론 '어메이징 스파이더맨' 제작연도가 훨씬 뒤이긴 하다.

어디서 많이 본 듯한 장면은 영화의 기획 부재를 고스란히 드러낸다. 초반부 브라질 빈민가 주택 옥상에서의 추격 신은 '본 얼티메이텀'의 한 장면을 스쳐가게 한다. '병에 안 걸리는 인간도 만들 수 있는' 가공할 과학 기술이 인류 재앙의 부메랑으로 돌아온다는 경고 메시지조차 느끼게 해주지 못하는, '인크레더블 헐크'는 그저 그런 영화이다.

〈2014. 2. 2.〉

작전명 발키리

필자는 '역사적 책임감 없는 일본을 어찌할꼬'(전북도민일보, 2012. 9. 21.)라는 칼럼에서 일본과의 단교(斷交)를 주장한 바 있다. 그것이 말처럼 쉽거나 간단한 일이 아닌 줄 알면서도 단교 운운한 것은 물론 그만한 이유가 있다. 이미 칼럼 제목에서 짐작되듯 일본이 너무 '싸가지 없는' 나라이기 때문이다.

그로부터 1년 6개월쯤 지난 지금 일본의 후안무치, 적반하장 행태는 더 심화된 양상이다. 일일이 거론할 것도 없다. 국가수반 총리란 자가 전범들이 합사된 야스꾸니 신사를 당당하게 참배할 정도이다. 일본의 그런 망동은 급기야 중국의 강한 반발과 함께 미국마저 준엄한 충고를 하기에 이르게 되었다.

전쟁의 망령에서 아직도 벗어나지 못한 일본을 볼 때면 자연스럽게 독일이 떠오른다. 제국주의 일본보다 더했으면 더한 나치즘의 독일은 지금 아무런 문제가 없다. 기회 있을 때마다 끊임없이 전쟁은 나쁘고 잘못된 것이었음을 천명하면서 사과해온 덕분이다.

시절 자체가 제국주의 시대였던 걸 탓할 21세기인은 없다. 또한 사람은 그 누구도 실수나 잘못으로부터 자유로울 수 없는 동물이다. 문제는 그 실수나 잘못을 인정하지 않는데 있다. 진짜로 아베 정권의 일본은 제국주의의 부활을 자행하려는 것인가? 타국의 여자들을 끌어다가 자위대의 성 노리개로 쓰고, 자연재해로 피명진

영토를 살기 좋은 땅으로 넓히려는 것인가?

영화 이야기에서 웬 변죽이냐고? 글쎄, '작전명 발키리'(감독 브라이언 싱어)를 보고 나니 그런 생각이 절로 일어나니 참으로 모를 일이다. 2009년 1월 22일 개봉한 '작전명 발키리'는 히틀러 암살사건을 다룬 영화이다. 통합전산망 집계에 따르면 178만 4,165명이 극장을 찾았다.

뭐, 히틀러 암살사건이라고? 그렇다. 필자 역시 실화를 바탕으로 한 '작전명 발키리'를 통해 알게 되었다. 2차세계대전 끝무렵 자살해 죽은 히틀러이지만, 그에 대한 암살사건은 무려 15차례나 있었다는 것이 역사적 사실이다. 그중 가장 성공할 뻔했던 슈타펜버그 대령(톰 크루즈)의 히틀러 암살 미수 사건을 극화한 것이 '작전명 발키리'다.

발키리는 북유럽 신화에 등장하는 주신(酒神) 오딘의 시녀이다. 거인족과의 싸움에서 전사한 영웅들을 천상에 있는 오딘의 전당 '발할라'로 안내하는 전령 역할을 한 것으로 알려졌다. 또한 발키리는 히틀러가 자신의 죽음에 대비해 세워둔 비상대책이기도 하다. 즉 유고시 예비군 동원으로 베를린을 장악하여 나치 체제를 유지한다는 것.

영화는 그 계획을 역이용하여 히틀러를 암살하는 것이다. 그만큼 긴박감이 손에 땀을 쥐게 하지만. 어쩐지 박진감은 느껴지지 않는다. 브라이언 싱어 감독의 "영화 '타이타닉'처럼 결말은 뻔히 알지만, 등장인물들의 운명을 알 수 없기 때문에 서스펜스를 만들 수 있었다"(동아일보, 2009. 1. 20.)는 말이 공허하게 들리는 이유이다.

오히려 '엑스맨'의 브라이언 싱어 감독이 '작전명 발키리' 같은 영화도 연출할 수 있구나 하는 점이 놀랍다. 충역(忠逆)이 갈리는 절체절명의 위기, 어느 편에 서야 하는지 좌고우면하는 군인들의 줄서기 모습도 제법 메시지를 안겨준다. 모름지기 군인은 조국과 국민의 편이거나 충성해야 하는 것 아닌가.

▲오마이뉴스, 2019. 7. 21.

무엇보다도 '작전명 발키리'의 가치는 오늘의 독일을 깨닫게 하는데 있다. 전쟁 중에도 히틀러를 원흉으로 보는 독일인이 있었다는 것, 그것이 무려 15차례의 암살시도로 이어졌다는 것은 지금 독일 전쟁범죄 시인 및 사과로 구현된 원천이었음을 '작전명 발키리'는 일깨우고 있다. 다만, 독일 아닌 미국영화라는 것이 아쉽긴 하다.

〈2014. 2. 10.〉

스타트렉: 더 비기닝

2013년 5월 30일 개봉한 '스타트렉 다크니스'는 160만 5,279명을 동원했다. 여름 흥행 대목을 노리고 상륙한 할리우드 블록버스터치곤 저조한 성적이다. '더 울버린'(107만 5,290명)이나 '엘리시움'(120만 6,265명)이 있어 최하위는 면했지만, 그 명성에 비하면 초라한 결과라 할 수 있다.

이미 '영화, 사람을 홀리다'에서 살펴보았듯 '스타트렉 다크니스'는 북미지역 700만 달러를 포함, 개봉 주말에만 1억 6,400만 달러(약 1,526억 원)의 수익을 내는 등 흥행영화이다. 전편인 '스타트렉: 더 비기닝'은 전 세계에서 3억 568만 달러(약 4,092억)를 벌어들인 것으로 알려지기도 했다.

이를테면 이 땅에서만 유독 관객의 외면을 받는 할리우드 블록버스터 '스타트렉 다크니스'인 셈이다. 한국에서의 푸대접은 '스타트렉: 더 비기닝'도 예외가 아니다. 한국영화의 위세가 워낙 강해 기를 못 펴는 경향도 있지만, 유난히 부진한 할리우드 블록버스터들이 있다. 예컨대 '엑스맨'이나 '레지던트 이블' 시리즈가 그렇다.

2009년 5월 7일 국내 개봉한 '스타트렉: 더 비기닝'(감독 J J 에이브럼스)은 시리즈 11번째 영화이다. 1966년 TV시리즈물로 첫선을 보인 이래 '트레키'('스타트렉'의 열혈팬)를 거느릴 정도로

SF영화의 고전이 되었다. TV시리즈 5개, 애니메이션 1개, 영화 12편이 만들어졌다. 영화는 또 만들어질 전망이다.

그런 유명세 때문인지 언론(신문)의 소개도 꽤 요란뻑적지근했다. 오히려 싸늘한 관객 반응이 머쓱할 정도라고 할까. 일종의 미스터리인 한국 관객의 미지근한 반응이라 해도 될 것 같다. 분명한 사실은 '스타트렉: 더 비기닝'이 너무 먼 미래에 전개되는 좀 난해한 이야기가 아닐까 하는 점이다.

차라리 단순명료하면서도 막 깨부수는 할리우드 블록버스터라야 그 재미로 극장을 찾을 텐데, 왠지 골치가 지끈거린다. 요컨대 할리우드 블록버스터에서 철학적 사유(思惟)는 금물인 것이다. 그 간단하면서도 쉬운 원칙을 배신했거나 깬 데 따른 응징 인지도 모를 일이다.

때는 2233년. 우주선 케빈호가 공격당할 때 한 아이가 태어난다. 아이의 아버지는 죽으며 800명을 살려낸다. 25년이 흘러 2258년. 아이는 제임스 커크(크리스 파인)가 되어 우주선 엔터프라이즈호에 탄다. 25년 전과 똑같이 네로(에릭 바나)의 공격을 당하지만 커크는 스팍(재커리 퀸토)과 함께 악당을 물리친다.

그나마 볼거리는 장엄한 우주공간이다. 블랙홀에 빨려 들어가는 행성과 초신성 폭발, 우주공간에서의 낙하라든가 우주선간 전투장면 등이 그것이다. 1억 4,000만 달러의 제작비를 쏟아부은 '돈값'은 어느 정도 해내고 있는 셈이다. 전작 영화들을 보지 않았어도 감상이 가능한 독립된 시나리오 역시 괜찮아 보인다.

그러나 이맛살을 찌푸리게 하는 것들도 있다. 12세 관람가인 점을 염두에 두면 아주 억지스런 장면이지 싶다. 스팍과 우후라(조이 살다나)의 로맨스도 전체 극의 흐름에 튀는 설정으로 보여 보기가 편치 않다.

▲노타모, 2016. 8. 22.

커크의 어린 시절 하필 운전하는 것도 불편하다. 2240년쯤엔 그렇게 애들이 차를 몰아도 되는 세상이란 말인가? 커크의 문제아 내지 악동 기질을 의도한 듯한데, 12세 관람가 영화로는 부적절한 장면이다. 하긴 129년의 미래에서 스팍이 오는 등 현재와 미래의 혼재 따위를 초등학교 저학년 학생들이 쉽게 이해할 리 없다.

〈2014. 1. 25.〉

닌자 어쌔신

가수 비(본명 정지훈)는 군 복무중 공무상 외출에서 탤런트 김태희와 몰래 데이트를 했다. 그 일로 구설에 올랐던 비가 제대 후 6집 앨범 '레인 이펙트'를 발표하며 컴백했다. 신인 그룹 엑소의 '으르렁'이 100만 장 팔리는 시장이다. 과연 서른을 넘긴 그의 컴백이 예전의 인기를 가져올지….

2002년 데뷔한 비는 이름 그 자체가 하나의 브랜드였다. 2008년 베이징올림픽에서 메인 무대공연을 가질 만큼 국제적 스타이기도 했다. 국제적 위상은 할리우드 진출로 이어지는 발판이 됐다. '스피드 레이서'와 '닌자 어쌔신'에 잇따라 출연하면서 가수 비의 위상은 절정을 이루었다.

하지만 거기까지였다. 두 영화 모두 큰 성공을 거두지 못했다. 게다가 벌여놓은 사업과 관련하여 민·형사소송에 휘말리기까지 했다. 마음만은 편한 현역병 시절이어야 할 텐데 그러질 못했다. 그러는 가운데 서른두 살이 되었고, 본업인 가수로 컴백했다. 차고 넘쳐나는 아이돌 그룹들을 딛고 일어설지 지켜볼 일이다.

다만 "대중은 나의 부모님이에요. 날 낳아줬고 먹고살게 해줬으니, 자식을 질타할 수 있는 거죠. 언론의 집중 포화 맞은 거 억울하고, 마음도 닳고 닳았지만, 지금이 새로운 시작이라고 생각해요."(조선일보, 2014. 1. 2.)라는 각오를 새겨두며 그쯤 해두자. 영화 이야기를 해야 하니까.

'닌자 어쌔신'(감독 워쇼스키 형제)은 2009년 11월 26일 개봉했다. 조연에 불과했던 '스피드 레이서'와 달리 비가 주연한 할리우드 진출작에다가 '매트릭스'로 유명세를 탄 워쇼스키 형제 감독 등 대중의 큰 관심을 끌만했지만, 그러지 못했다. 126만 명 관객동원에 그치고 만 것.

이는 이병헌이 조연으로 출연, '닌자 어쌔신'보다 3개월 빨리 개봉했던 '지.아이.조: 전쟁의 서막'이 동원한 266만 명에 훨씬 못미치는 초라한 성적이다. 물론 제작비 대비 등 흥행여부를 따지려면 구체적 데이터가 필요하지만, 월드스타 비의 인기나 감독의 명성에 비해 126만 명은 큰 성공이 아닌 게 분명하다.

그것은 영화 내용에 일차적 원인이 있는지도 모른다. '오즈누'라는, 1000년 동안 지속되어온 일본의 암살집단 '닌자'에 관한 이야기이기 때문이다. 실제로 영화 속엔 구한말 '민비시해사건'도 나온다. 할리우드 원산지에서 다시는 더 꺼내놓고 싶지 않은 우리의 역사가 꿈틀거린다는 게 한편 반가우면서도 오싹 소름 끼치는 대목이기도 하다.

그러나 그것은 단편적일 뿐이다. 라이조(비)는 오즈누로 키워지지만, 악의 소굴을 벗어난다. 배신자 처단이란 이름으로 잔혹한 살인을 일삼는 집단이 오즈누의 정체란 걸 깨닫게 되고 나서다. 유로폴이 가세하여 결국 일망타진하지만, 그 과정에서 라이조의 액션이 볼거리를 제공한다.

드라마 없이 그냥 팝콘무비쯤으로 보면 월드스타 비의 근육질 몸이라든가 웃음기 없는 표정, 체인 따위 연장을 자유자재로 다

루며 벌이는 활극만으로도 본전 생각은 달아날 법하다. 총알을
압도하는 닌자식 공격 등도 마찬가지다. 그렇듯 잔혹한 폭력성
때문 19금 영화 등급인 듯한데, 그것도 관객 동원에 걸림돌로 작
용했을 성싶다.

▲뉴스엔, 2009. 10. 29.

비록 오즈누 보스가 내지른 것이긴 하지만, 그럴듯하게 와닿는
말이 있다. "애들은 실망만 주지. 키우는 보람이 없단 말야"가 그
것이다. 애써 키워주면 저 스스로 큰 줄 아는 애들이 좀 많은가?
그래서 애들이라 할망정 그것이 인간의 도리가 아닌 것만큼은 명
백하다.

〈2014. 1. 2.〉

엽문2

2013년 6월 16일부터 5일간 '2013 중국영화제'가 서울 CGV 여의도와 부산 CGV 센텀시티에서 열렸다. 중국영화제는 2006년 한중문화 교류를 목적으로 처음 개최되었다. 매년 중국 내 한국영화제, 한국 내 중국영화제를 연다. 그러니까 격년으로 중국 영화제가 한국에서 열리는 것이다.

2013 중국영화제 개막식에는 중국뿐 아니라 한국의 스타들도 대거 참석한 것으로 알려졌다. 왕자웨이 감독을 비롯 량차오웨이 · 장쯔이 · 천정명과 한국 배우 장동건 · 정우성 · 지성 · 송혜교 · 박신혜 등이다. 개막작은 왕자웨이 감독의 신작 '일대종사'였다. 송혜고가 출연, 관심을 끌기도 한 영화다.

'일대 종사'는 리샤오룽(이소룡)의 스승이자 영춘권의 대가인 엽문을 주인공으로 한 영화이다. 2013 베를린 국제영화제 개막작으로 상영되었고, 국내에선 8월 22일 개봉했다. 왕자웨이(왕가위) 감독의 명성에다가 송혜교(엽문의 아내 역) 출연 등 화제를 모았지만, 관객은 10만 1,568명에 그쳤다.

'일대종사'는 리메이크 영화이다. 왕 감독은 "기존의 영화가 액션에 치중했다면 이 영화는 무림의 세계와 철학에 중점을 뒀다"(동아일보, 2013. 6. 17.)고 말했다. 왕 감독이 말한 기존의 영화는 '엽문' 시리즈다. 그중 '엽문2'(감독 엽위신)는 2010년 6월 6

일 개봉, 5만 8,928명을 불러 모았다.

때는 1950년 홍콩. 엽문(견자단)은 도장을 열고 제자 키우기에 들어간다. 1편에서 중일전쟁 이후 일본군의 핍박을 피해 홍콩으로 건너간 이후 행적이 이어진 것이다. 터줏대감 홍진남(홍금보)의 견제로 대립하지만, 그 점은 영국 복싱선수와의 대결을 통해 해소된다. 결국 엽문은 권투 경기에서 죽은 홍진남을 위해 대결에 나서고, 승리한다.

거기서 다가오는 건 동병상련이다. 국기 게양뿐 딱히 영국이란 표현은 없지만, 외세에 맞서는 중국인들의 동병상련은 일제 침략을 겪는 우리에게도 마찬가지다. 중국 무술 수호를 통한 민족주의는 현지 경찰 비파(정칙사)의 고발 및 협조를 통해서도 은근히 구현되는 듯 보인다.

그러나 이 영화의 미덕은 뭐니 뭐니 해도 맨몸 액션이다. 한때 극장가를 주름잡던 중국 무술영화가 사라진 지 오래여서 그런지도 모를 일이다. 1980년대 성룡, 원표와 함께 코믹 쿵후 3인방이었던 홍금보의 크게 나이 먹은 표(몸집은 예외지만) 나지 않는 액션도 볼거리 중 하나이다.

특히 원형 탁자에서의 엽문과 홍진남이 펼치는 무술 연기는 압권이다. 많은 부분을 상반신 위주로 보여주긴 하지만, 원형 탁자가 반절로 쪼개지고도 거기서 둘 다 떨어지지 않는 고수들은 중국 무술영화가 아직도 살아 있음을 일깨운다. 그 무술에는, 엽문에 의하면 "수련의 의미 외에도 중국의 정신이 깃들어 있다."

서양 권투선수의 "무슨 팬터마임인가요?" 따위 중국 무술 깔아 뭉개기나 나름 '홍가권'의 고수인 홍진남이 쉽게 나가떨어져 사

망에 이르기까지 한 묘사 역시 예사로 보이지 않는다. 승자가 된
엽문의 "신분은 각자 달라도 인간의 존엄성은 같다"는 인터뷰 내
용도 마찬가지다.

▲서울경제, 2010. 6. 17.

그런대로 볼만했는데, 리얼리티 면에서 옥에 티랄까 좀 의아한
대목도 있다. 예컨대 수업료를 받는데, 체크도 하지 않은 것이다.
권투 선수와의 경기에선 어찌 된 일인지 도전자인 엽문 소개가
없다. "제가 할 말을 그겁니다" 따위 자막 오류도 발견된다. 단, 통
역에선 "제가 할 말은 그겁니다"로 맞게 자막이 떴다.

〈2014. 6. 5.〉

레지던트 이블4: 끝나지 않은 전쟁

2002년 첫 선을 보인 '레지던트 이블' 시리즈는 유독 한국시장에서 별 볼 일 없는 할리우드 블록버스터다. 영화진흥위원회 통합전산망에 따르면 2편 36만 3,273명(2004), 3편 53만 4,877명(2007), 4편 119만 8명(2010), 5편 55만 8,433명(2012) 등이다. 1편은 통합전산망 가동 전이라 정확한 집계가 없지만, 외화흥행 톱10에 들지 못했다.

그래서일까, 4편 개봉 무렵 영화홍보차 기자회견은 일본 도쿄에서 열린 바 있다. 주인공 앨리스 역의 밀라 요보비치는 "만화나 영화에 나오는 슈퍼우먼이 되는 어릴 적부터의 꿈을 영화에서나마 이뤘다"며 "앤절리나 졸리와 비교되는 게 무척 영광이"라고 말했다. 한겨레(2010. 9. 6.)신문이 도쿄발로 전한 소식이다.

글쎄, 관객 반응이 별로인 할리우드 블록버스터를 왜 일본 현지까지 날아가 취재했는지 알 수 없지만 분명한 사실이 있다. '레지던트 이블4: 끝나지 않은 전쟁'(이하 '레지던트 이블4')의 국내 성적이 시리즈 5편중 가장 좋다는 사실이다. '영화, 사람을 홀리다'에서 5편을 이미 만났는데도 굳이 '레지던트 이블4'를 자세히 살펴보는 이유이다.

2010년 9월 16일 개봉한 '레지던트 이블4'는 역대(3편까지) 최고 제작비인 6,000만 달러(약 71억 원)를 들인 3D 영화이다. 2~3년 꼴로 만들어진 셈이다. 그만큼 된다는 반증인데 '레지던트 이블4'의 경우 2억 9,000만 달러(약 3,269억 원)를 벌어들인 것으로 알려졌다. 물론 한국 관객은 그런 돈벌이에 크게 기여하지 않았다.

　주인공은 전편에서처럼 우크라이나 모델 출신 밀라 요보비치가 맡았다. 5편까지도 그렇다. '레지던트 이블'은 밀라 요보비치의, 밀라 요보비치에 의한, 밀라 요보비치를 위한 영화라 해도 틀린 말이 아니게 되었다. 흥미로운 것은 폴 W. S. 앤더슨 감독이다. 정확히 말하면 감독이 아니라 밀라 요보비치와의 관계이다.

　앤더슨 감독은 시리즈 1편의 각본과 연출을 맡았다. 2~3편은 시나리오만 쓴 채 한 발 물러나 있었다. 4편에선 다시 감독으로 나섰다. 밀라 요보비치와 부부가 된 채였다. 다시 말해 감독과 주연 여배우가 부부가 되어 만든 첫 작품이 '레지던트 이블4'인 것이다. 거기에 흥행성공으로 돈까지 엄청 벌었으니 그들에겐 겹경사라고나 할까.

　시리즈가 상영되는 동안 줄거리는 웬만큼 알려졌을 것으로 보인다. T바이러스 유출로 인간은 거의 씨가 마른다. 대신 좀비들이 설쳐댄다. 앨리스는 생존자를 찾아 '아카디아'로 향한다. 클레어(알리 라터)를 만나고, 미국 LA 고층 건물의 생존자 크리스(웬트워스 밀러) 등과 합류한다.

　마침내 찾아간 아카디아는, 그러나 엄브렐러사 회장 웨스커(숀 로버츠)가 파놓은 함정이다. 웨스커를 물리치고 실험용 냉동실에 있던 생존자들을 구출하지만, 영화는 그들에 대한 공격으로 끝난다. 5편을 예고한 끝맺음이다. 어디까지나 애써 줄거리를 간추린 '레지던트 이블4'의 내용이다.

　케이블 방송 '슈퍼액션'의 '밀라 요보비치의 스타일리시 액션'이란 수식에서 보듯 초능력을 상실한 평범한 인간 앨리스는 칼 두 자루와 표창으로 마구 총질 해대는 적들을 물리친다. 그러니까 아무 생각

없이 그냥 시간 죽이기 용으로 봐주면 '인셉션'이나 '매트릭스' 시리
즈에서 보던 '한 액션'은 그럴듯하다.

▲한국경제, 2010. 9. 21.

그런데 뭔가 좀 이상하다. 좀비와의 전쟁같이 보여서다. 인류 멸망
의 원인을 제공한 제약회사의 웨스커가 주적인데, 애먼 좀비들이 스
타일리시 액션에 죽어나가는 경우라 할까. 아무리 애들 게임 '바이오
하자드'를 원작으로 한 영화라지만, 너무 황당무쌍한 것이 '레지던트
이블4'의 특징이다.

이 영화의 최대 강점은 96분이라는 짧은 상영시간이다. 5편도 90

분인데, 시리즈가 다 그렇다. 가장 큰 의문점은 왜 청소년 관람불가 인가 하는 것이다. 선정성은 아예 없다. 폭력성도 다른 할리우드 블록버스터들에 비해 아주 '쎈' 건 없어 보인다. 혹 10대들이 아예 볼 수 없어 그렇듯 미미한 성적인가?

〈2014. 1. 25.〉

검우강호

세계일보(2010. 12. 24.)는 '영화계 2010년 10대 뉴스'의 하나로 '배우, 해외진출러시'를 뽑았다. 일별하면 전지현은 웨인 왕 감독의 '설화와 비밀의 부채' 여주인공으로 낙점되었다. 정지훈(가수 비)도 '닌자 어쌔신', 장동건은 '워리어스 웨이'로 각각 미국 관객을 만났다. 정우성은 양쯔충(양자경)과 함께 오우삼 감독의 '검우강호'에 출연했다.

그러나 가수 비가 주연으로 출연한 '닌자 어쌔신'은 2009년 11월 26일 개봉작이다. 2008년 '시피드 레이서'에 이어 두 번째 해외진출작인 건 맞지만, 그것이 왜 2010년 10대 뉴스가 되었는지 고개를 갸웃하게 만든다. 2010년 우리 배우들이 출연, 개봉한 영화는 장동건의 '워리어스 웨이'와 정우성의 '검우강호'이다.

톱스타들의 해외진출작이라 단연 화제가 되었지만, 흥행성적은 저조하다 못해 참담했다. '워리어스 웨이'는 43만 2,072명, '검우강호'는 31만 2,283명이었다. 오죽했으면 5,200만 달러를 쏟아부었다는 '워리어스 웨이'의 경우 "아무리 봐도 장동건이 아까운 영화다"(동아일보, 2010. 11. 23.)라는 탄식이 터져 나왔을까.

여기서는 2010년 10월 14일 개봉한 '검우강호'(감독 우위썬: 오우삼, 이하 오우삼으로 표기)를 좀 자세히 만나본다. 우선 오우삼 감독이다. 오우삼 감독은 1975년 데뷔해 주로 B급 코미디와 무협물을 만들었다. '영웅본색'(1986)은 오늘날 오우삼 감독을 회자되게 한 출세작이다. '첩혈쌍웅'(1989) · '페이스 오프'(1997) · '적벽대전'(2008) 등이 대표작이다.

1993년 장 클로드 반담 주연의 '하드타깃' 연출로 할리우드에 입성, 활동하기 시작한 오우삼 감독이 노익장을 과시해 2010년 내놓은 영화가 '검우강호'이다. '검우강호'는 그해 베니스국제영화제 '오우삼 감독 회고전'에서 월드 프리미어(세계 최초 상영)로 상영되었다. 베니스 영화제 평생공로상에 이어 회고전이 마련될 정도의 오우삼 감독인 것이다.

강아생(사실은 장인봉) 역의 정우성은 2008년작 '좋은 놈 나쁜 놈 이상한 놈'에서의 호연을 눈여겨 본 오우삼 감독에 의해 캐스팅된 것으로 알려졌다. 1996년 유덕화, 고 장국영 주연의 '상해탄'에 특별출연한 적은 있지만, 정우성의 본격 해외진출작은 '검우강호'라 할 수 있다.

흥미로운 것은 서극 감독의 '적인걸: 측천무후의 비밀'(이하 '적인걸')과의 대결이다. '적인걸'의 서극 감독은 '황비홍' 등으로 '아시아의 스필버그'로 불린다. 오우삼 감독이 연출한 '영웅본색'의 제작을 맡아 동시에 이름을 알렸다. 그런 서극 감독의 '적인걸'은 '검우강호'보다 1주일 앞서 개봉, 대결을 펼치게 되었다. '적인걸' 관객 수는 45만 9,876명이다.

그럴망정 우리의 관심은 단연 정우성 주연의 '검우강호'에 쏠린다. 수차오핑 감독과 공동 연출작인 '검우강호'의 배경은 명나라 때다. 인도에서 온 교수 달마의 무술비법을 차지하기 위한 대결이 이야기 축이다. 흑수파의 세우(임회로)가 증정(양자경)으로 얼굴을 고치고 살다 강아생으로 변신한 장인봉과 결혼하기에 이른다.

▲국민일보, 2010. 10. 8.

현란한 칼쌈 액션에 멜로라인이 부각된 '검우강호'인 셈이다. 결국 장인봉은 자기 아버질 죽인 원수와의 삶을 선택한다. 글쎄, 이 21세기에 불구대천의 원수가 좀 어울리지 않을지 몰라도 그건 아니지 싶다. 아마 둘 다 얼굴을 다른 사람이 되게 뜯어고친 것도 그런 결말과 무관치 않아 보인다.

전체적으로 생기는 쓴웃음도 있다. 목숨을 건 달마의 유해 차지가 내시를 벗어나기 위한 데서 시작된 것이라는 서사구조가 그렇다. 사형수를 살려 흑수파 자객으로 거듭난 엽탄청(서희원)의 육탄 공세 역시 뜬금없다. 아무리 소집령을 받았더라도 섹스하던 남자를 죽이고 떠나는 것도 마찬가지다.

가장 아쉬운 건 역시 정우성의 존재감이다. 정우성은 3분의 2가다 가도록 편지 배달꾼일 뿐이다. 후반부에서 뭔가 일을 저지를 것 같은 아무 암시도 없이 오직 증정 사랑에만 몰두할 뿐이다. 정우성의 '한 액션'에 잔뜩 기대를 가졌을 관객들에겐 실망이 컸을 법하다. 결정적으로, 왜 오우삼 감독인지 의문이 생긴다.

〈2014. 2. 16.〉

워리어스 웨이

이병헌 · 장동건 · 정지훈(가수 비) · 정우성의 공통점은? 정우성을 뺀 공통점은 할리우드에 진출한 배우라는 점이다. 정우성까지 포함시켜 말하면 외국영화에 진출한 이 땅의 남자배우들이라는 공통점이 있다. 그중 가장 많은 관객 수를 기록한 배우는 '레드: 더 레전드'에 출연한 이병헌이다. 2013년 7월 18일 개봉한 '레드: 더 레전드'의 관객 수는 285만 4,355명이다.

사실은 무시하려 했다. 아니 무시했다. '워리어스 웨이'(감독 이승무) 개봉 (2010. 12. 1.) 이후 두 권의 영화평론집을 펴냈으면서도 거기에 '워리어스 웨이'가 없는 것은 그 때문이다. 맙소사, 43만 2,072명이라니! 명색 할리우드 블록버스터인데, 그 '쪽팔리는' 수치만으론 만나볼 용기가 생기지 않았다.

다 늦게 '워리어스 웨이'에 각별한 시선이 쏠린 것은 장동건 덕분이라 해야 옳다. 장동건은 2008년 '좋은 놈 나쁜 놈 이상한 놈' 이후 출연한 영화들에서 브랜드 가치가 빛을 잃은 바 있다. '워리어스 웨이' · '마이웨이'(2011) · '위험한 관계'(2012) 등이다. 그것들은 흥행과는 거리가 먼 영화로 기록되었다.

다만 장동건의 중국영화 진출작이기도 한 '위험한 관계'(감독 허진호)의 경우는 좀 다르다. 국내 반응은 별로였지만, 2011년 9월 27일 개봉한 중국에선 박스오피스 1위를 차지했다. 중국의 최

대 성수기로 꼽히는 국경절 연휴에 경쟁작인 블록버스터 '태극'
과 '동작대'를 따돌리고, 스크린 점유율 20%를 기록한 것으로 알
려져서다.

그런데 흥미로운 사실이 있다. 장동건이 주연한 두 외화의 연출
자가 한국 감독인 점이다. 이를테면 외국 자본이지만, 한국 감독
이 연출한 영화에 장동건이 주연으로 출연해 흥행의 쓴 맛을 보
게된 것, 뭐 그런 결론이 도출된 셈이다. 그것도 2년 연속으로.

좀 자세히 살펴보자. '워리어스 웨이'는 한국과 미국이 공동 기
획했다. 미국과 인도 등 다국적 자본이 투입되고, 한국 감독과 배
우가 참여한 글로벌 프로젝트라 할 수 있다. '반지의 제왕', '매트
릭스'의 배리 오스본이 제작자다. 2010년 부산국제영화제에 참석
한 오스본은 "이승무 감독이 직접 쓴 시나리오를 읽자마자 '이야
기의 매력'에 끌렸다"(동아일보, 2010. 11. 23.)고 말한 바 있다.

이야기는 단순하다. 인류역사상 가장 위대한 검객이 되는 게 목
표인 전사(워리어) '텅빈눈' 양(장동건)은 적들을 몰살시킨다. 차
마 눈망을 초롱초롱한 아이는 죽이지 못한다. 아이를 데리고 바
다 건너 미국 서부에 도착한 양은 린(케이트 보즈워스)을 만나 사
랑에 빠진다. 린의 가족을 죽인 대령(대니 휴스턴) 일당의 기습을
받지만, 물리치고 다시 길을 떠난다.

이상한 것은 다국적 프로젝트일망정 일본은 제작과정 어디에
도 낀 적이 없는데 일본색이 짙다는 점이다. 아이를 살린 양이 조
직에선 배신으로 몰려 그들의 추격을 받고, 마침내 혈전이 펼쳐
진다. 장동건이 전한 바에 따르면 할리우드에선 "닌자는 칼 잘 쓰
는 동양무사로 알고 있어요"(중앙일보, 2010. 10. 24.)라는데, 허

탈하다해야 할까!

▲아시아경제, 2010. 12. 13.

한 편의 게임같다는 인상을 잠시 접어두어도 동ㆍ서양 문화가 혼재한 칼과 총의 대결이 킬링타임용 재미로 다가오진 않는다. 특히 할리우드 블록버스터로서의 면모도 부족해 보인다. 그럴망정 그렇게 형편없는 건 아니다. 아마 정체성 모호한 '잡탕' 같은 인상에 방점을 둔 선입관이 '워리어스 웨이'를 멀리한 이유가 아닐까?

가장 큰 장점은 짧은 상영시간(100분)이다. "생명을 자라게 하는 것이 목숨을 뺏는 것보다 더 소중하다"는 깨우침도 건질만하다. 관객 동원 면에서 체면을 구기게 되었지만, 장동건의 톱 연기는 손색없어 보인다.

⟨2014. 2. 22.⟩

세 얼간이

새삼스러운 말이지만, 세계 영화시장은 미국 할리우드가 꽉 잡고 있다. 그런 사실을 아예 무색하게 하는 곳이 인구 12억 명의 인도다. 9년 연속 자국영화 점유율이 50%를 넘었다며 대견해하는 한국이 있지만, 인도에 비하면 새 발의 피다. 제법 되긴 했지만, 인도에서 "할리우드 영화의 점유율은 10% 선으로 인도 국내 영화 점유율(70%)에 턱없이 못 미친다"(조선일보, 2016. 10. 29.)는 기사를 볼 수 있어서다.

그렇게 할리우드 영화가 맥을 못 추는 시장 인도를 상징하는 말이 발리우드다. 발리우드는 뭄바이의 과거 지명인 봄베이와 미국 영화 중심지 할리우드를 합성한 말이다. 뭄바이를 중심으로 한 영화 산업 또는 그 집결지를 의미하는 말이기도 하다. 1913년 첫 장편영화가 만들어진 이래 인재와 자본이 몰리면서 인도 영화 산업을 상징하는 곳이 되었다.

앞의 조선일보에 기대 좀 더 살펴보면 인도의 연간 제작 영화 편수는 1,900편 전후로 미국(800편)의 2.4배나 된다. 연간 영화표 판매도 미국(약 13억 장)의 배 이상인 27억 장에 달한다. 배우수닐 소니에 따르면 "영화 한 편이면 적은 돈으로 2~3시간 즐길 수 있다. 영화는 인도 서민들의 국민 문화 활동이라 할 수 있다"는 것이다.

발리우드란 별칭까지 얻은 인도영화지만, 국내 일반 극장 개봉이 활발하진 않아 보인다. 할리우드 블록버스터를 뺀 여타 외국영화들의 전반적 상황이긴 하다. 그런 가운데 2012년부터 부산에서 시작한 '인도영화제'가 지난해 8회에 이어 올해 9회 개최를 앞두고 있다. 또한 전주국제영화제 등에서 인도영화가 소개되기도 했다.

가령 2013년에 열린 제14회 전주국제영화제는 인도영화의 색다른 매력을 경험할 수 있는 프로그램 '비욘드 발리우드: 인도영화 특별전'을 선보였다. 총 9편이 소개되었는데, 고석만 집행위원장은 "인도영화특별전에 주목해줬으면 좋겠다. 영화제 프로그래머가 인도 곳곳을 누비며 현지에서 찾아온 영화들이"(전북일보, 2013. 4. 25.)라며 '특별히 권할만한 영화'로 소개했다.

전북도민일보와 전라일보가 큼지막한 박스 기사를 내보내는 등 '비욘드 발리우드: 인도영화 특별전'에 대한 언론의 관심도 뜨거웠다. 실제로 '미스 러블리'를 보러 갔을 때 형수를 비롯 지인 여러 사람을 극장에서 만났다. 그만큼 인도영화의 인기가 높았다. 또 다른 인도영화 '비.에이.패스'는 보고 싶었지만, 매진되어 발길을 돌려야 했다.

2015년 3월엔 전북도와 전주영상위원회가 전북대학교에서 '2015인도영화제'를 개최한 바 있다. 같은 해 9월엔 제20회 부산국제영화제가 개막작으로 '주바안'을 상영하기도 했지만, 인도영화를 일반 극장에서 보는 것은 결코 쉬운 일이 아니다. 그런 가운데 일반 극장에서 개봉하여 인기를 끈 인도영화로 '세 얼간이'가 있다.

'세 얼간이'(감독 라지쿠마르 히라니)는 극장 개봉된 인도영화 중 가장 많이 사랑받은 발리우드 작품이 아닐까 한다. 2010년 부천국제판타스틱영화제에서 처음 상영되었고, 2011년 8월 17일 개봉에 이어 2016년 11월 9일 재개봉되었다. 이후 TV에서 특선 영화 또는 '세계의 명화'로 여러 차례 방송되기도 했다. 극장 관객 수는 45만 9,836명이다.

▲한국강사신문, 2020. 6. 20.

별것 아닌 것 같지만, 그렇지 않다. 그때만 해도 할리우드 대작 외에 소규모로 개봉하는 다양성 외국 영화의 수입 가격 평균액이 1억~1억 5,000만 원인 점을 감안하면 완전 대박이다. 오죽 했으면 '세 얼간이'보다 5개월 먼저 개봉, 38만 명 남짓한 관객을 모은 또 다른 인도영화 '내 이름은 칸'이 대박 났다고 했을까.

'세 얼간이'의 인도 및 세계에서의 흥행은 그야말로 요란뻑적지근하다. 인도 개봉 첫 주 190억 원, 총 흥행 수익 811억 원으로 인도 역대 흥행 순위 1위에 올랐다. 전 세계 수익에서도 1위 기록을 세웠다. 체탄 바갓의 원작소설 '세 얼간이'(2004년)를 영화로 만든 것인데, 인도에서 영어로 쓰여진 책 중 가장 많이 팔린 것으로 알려지기도 했다

그렇다면 '세 얼간이'는 어떤 영화인가? '세 얼간이'는 인도 최고의 명문 임페리얼 공과대학생 란초(아미르 칸)가 비루 총장(보만 이라니)의 주입식 암기 위주, 즉 성적지상주의의 교육방식과 다른 방법으로 성취를 일구어낸 이야기다. 거기에 파르한(마드하반)·라주(셔먼 조쉬)와의 남부러울 것 없는 우정, 피아(카리나 카푸르)와의 극적인 사랑이 곁들여진다.

가장 큰 울림은 역시 주입식 교육제도(암기 위주의 성적지상주의) 비판이다. 선진국에선 별로 공감되지 않을 수도 있겠으나 한국 등 주입식 암기 위주 입시가 횡행하는 나라의 관객들에겐 공감과 함께 인상적인 시사점을 준다는 점에서다. 다만, 란초가 10년 후 특허를 400개나 딴 과학자, 미팅 잡는데 1년씩이나 걸리는 그런 사람이 된 건 리얼리티를 반감시켜 좀 그렇다.

그럴망정 '세 얼간이'는 튼실한 서사, 물 흐르듯 한 편집, 억지스럽지 않은 유머, 싱크로율 100%의 연기 등이 어우러져 관객들로 하여금 영화에 몰입하게 한다. 결국 재미가 감동으로 이어진다. 좋은 영화란 어떠해야 하는지를 보여준, 발리우드의 저력을 확인시켜준 '세 얼간이'인 셈이라 할까.

특히 라주의 정학 등 솔직한 답변에도 면접을 통과하여 합격하는 장면에선 뭔가 찡한 게 생겨난다. 란초와 파르한이 훔쳐온 시험지(비루 총장이 불합격시킬 목적으로 낸 것)를 구겨서 던져버

리는 라주의 변신이 짜릿하기까지 하다. 가장 현실적인 이유로 비루 총장의 교육방식을 따르는 모범생 차투르(오미 베이디아)와 함께 했던 라주라서다.

그것은 콧수염 밀기 약속을 지키는 비루 총장의 모습과 콘트라스트를 이루는데서 오는 감명이기도 하다. 주입식 암기 위주의 성적지상주의란 비루 총장의 신념이 박살난 것이고, 란초가 주창한 본인이 하고 싶은 일의 승리라서다. 콧수염을 미니 권위가 서지 않는 것 같다며 분통을 터뜨리는 비루 총장 모습이 억지스럽지 않은 유머로 다가오는 대목이기도 하다.

그런 유머는 곳곳에서 빛을 발한다. 비루의 "결혼은 자네 부모님들이 안 했어야지. 자네들 같은 얼간이가 안 태어나게"란 비아냥도 그렇다. 송곳으로 이마를 찔러도 피 한 방울 나지 않을 것 같은 비루가 한 말이어서다. 위중한 아버지를 스쿠터에 태우고 병원 응급실에 간 걸 나무라는 라주에게 란초가 한 말 "그럼 소포로 보낼까?"도 마찬가지다.

"분만의 달인 나왔네요"라든가 "거봐, 키스해도 코는 안부딪치잖아"도 억지스럽지 않은 유머다. 특히 두 번째 대사에 대해선 설명이 더 필요하다. 이는 결혼식 하다가 라주에게 이끌려 란초를 만나게 된 피아가 포옹과 함께 키스한 후 한 말이다. 영화적 설정에 불과하지만, 그들의 키스에 박수를 보내게 된다. 바로 '세 얼간이'의 힘이다.

그렇다고 100% 만족스러운 영화냐 하면 그렇지 않다. 주제의식 구현에 아주 충실한 반동인물 비루의 총장 재직이 32년이라니, 그게 '인도식'인지 의아하다. 교수가 수업 중인 강의실에 무단으로 들어가 분위기를 깨버리는 총장 모습도 낯설게 다가온다. 심야에 총장 집을 월담하여 피아에게 고백하는 장면 역시 시종 견지해온 리얼한 흐름을 깨버린 것이라 좀 아쉽다.

피아 언니 출산을 돕는 란초의 기지와 실력은 사건 전환(비루 총장이 은사로부터 받은 만년필 전해주기)의 중요한 계기가 되지만, 그러기 전 생각해볼 게 있다. 임산부 양수가 터질 즈음이면 병원에 입원해 있어야 하는 것 아닌가? '알 이즈 웰'을 연호해 갓난 아일 울게 하는 극적 장치와 별도로 이후 아무런 보호 조치가 없는 것도 좀 이상하지 않은가?

글을 마무리하려니 빼먹은 것이 하나 있음을 깨닫게 된다. 바로 제목 이야기다. '세 얼간이'는 영화를 보고 나니 완전 반어법을 구사한 제목임이 드러난다. 그걸 알기 전 '세 얼간이'란 제목은 좀 모자란 3명의 주인공이 좌충우돌 웃기는 코미디 영화로 인식되기 십상이다. 개봉 당시 이 영화가 내 관심권 밖에 있었던 것도 그 때문이지 싶다.

〈2020. 6. 22.〉

컨테이젼

　주춤하던 코로나 19가 서울 이태원 클럽발 집단 감염으로 재확산하자 다시 불안한 나날이 이어지고 있다. 정부의 전 국민을 대상으로 한 긴급재난지원금 등 사상 처음인 일들을 겪고 있는 데서도 알 수 있듯 코로나 19는 우리의 일상을 바꿔 놓은 괴물이다. 보이지 않는 적인 데다가 백신이나 치료제가 아직 없어 방역 수칙을 지키며 조심, 또 조심하는 수밖에 없다.

　코로나 19가 바꿔 놓은 것은 극장가도 마찬가지다. 신작들의 줄줄이 개봉 연기는 물론 오래전 개봉되었던 재난영화를 소환해 내고 있다. 일례로 '컨테이젼'은 영화진흥위원회 주문형비디오(VOD) 주간 박스오피스 최신 집계(2월 17~23일)에서 이용건수 4만 2,034건으로 4위에 올랐다. '감기'도 같은 집계에서 17위를 차지했다.

　2013년 8월 14일 개봉한 '감기'는 바이러스 감염을 소재로 한 재난영화다. '감기'의 최종 관객은 311만 7,859명인데, 이 영화를 볼 때만 해도 바이러스 감염이 그렇게 무서운 질병인 줄 몰랐다. 그저 여름철 더위를 싹 가시게 하는 상업적 오락영화의 하나로 즐기는 정도였다고 할까. 다만, 닭·오리·돼지처럼 사람도 '살처분'될 수 있음에 오싹했던 기억이 살아나긴 한다.

　'컨테이젼'(감독 스티븐 소더버그)은 2011년 9월 22일 개봉한 영화다. 극장 관객 수는 22만 8,899명이다. '감기'보다 2년 앞서 개봉했는데, 거의 관심을 받지 못한 재난영화임을 알 수 있다. 2009년 신종플루 난리를 한바탕 겪었는데도 대중일반이 바이러스 감염병에 따른 공포감을 심각하게 받아들이긴커녕 거의 의식하지 않은 '컨테이젼' 관객 수라 할까.

단, '컨테이젼'은 6,000만 달러 제작비로 그 두 배 이상인 1억 3,545만 달러를 벌어들인 것으로 알려졌다. 그 '컨테이젼'을 SBS가 정규 프로인 '더 킹: 영원의 군주'를 결방한 채 지난 29일 밤 특선영화로 방송했다. SBS측은 "코로나 19 확산으로 인해 한순간에 일상이 급변하고 불안과 공포가 전 세계를 위협하고 있다. 이 영화를 통해 바이러스에 대처하는 인류의 모습을 조명하고 경각심을 환기하고자 마련했다"고 밝혔다.

배우와 제작 관계자들조차도 보도를 통해 결방 사실을 알게 되는 등 "시청률에 목멘 SBS의 '꼼수'가 아니냐"는 구설에 오른 '더 킹: 영원의 군주' 결방이지만, '컨테이젼'이 나름 의미 있는 특선영화이긴 하다. 물론 '더 킹: 영원의 군주'를 본방사수하던 시청자 입장에서다. 어떤 제약이나 조건 없이 뉴스 보듯 볼 수 있는 지상파 방송 최초의 '컨테이젼'이라서다.

그러나 '컨테이젼' 시청률은 닐슨코리아 전국 기준 4.4%(2부)로 나타났다. '더 킹: 영원의 군주'보다 낮은 시청률이다. 난데 없는 '더 킹: 영원의 군주' 결방으로 구설에 오르기까지 하며 내보낸 특선영화치곤 실망스러운 결과라 할 수 있다. 흥미로운 것은 전국 기준보다 높은 수도권 시청률 5.2%다. 원래 다른 프로들도 수도권 시청률이 더 높게 나오긴 하지만, 그곳이 코로나 19 재확산

지역인 점을 감안하면 그럴듯해 보이는 조사 결과다.

▲한국일보, 2020. 3. 11.

 '컨테이젼'은 홍콩 출장을 다녀온 베스(기네스 팰트로)가 아들과 함께 연달아 죽는 걸 토마스(맷 데이먼)가 겪는 등 코로나 19보다 더 심각한 바이러스 감염에 노출된 세계 각지의 상황을 보여준다. 미국은 물론 중국·영국·일본·홍콩의 도시들에서 사람들은 그야말로 어찌해볼 수조차 없이 죽어 나간다. 최일선에선 질병관리센터는 바쁘게 움직이면서도 주의를 줄 뿐이다.

 그 주의는 지금의 코로나 19에 대응하는 방역 당국의 소리와 같다. 예컨대 사람과 접촉하거나 말하지도 말라는 식이다. 코로나 19 사태를 겪는 와중에 본 '컨테이젼'이라 그런지 영화의 장점이 두드러진다. 박쥐와 돼지가 옮긴 과정의 시뮬레이션 등 뉴스를 통해 단편적이거나 피상적으로 알 뿐인 바이러스 감염병에 대한 것들을 비교적 세세하게 보여준다는 점이 그것이다.

우리나라에선 그런 일이 일어나지 않았지만, 선량한 시민들의 마트 점거, 차량 약탈이라든가 치료제와 맞바꾸기 위한 오랑테스 박사 납치 등도 오싹한 느낌을 준다. 극한 상황과 맞닥뜨린 인간의 생존을 위한 처절한 모습으로 다가와서다. 신종플루에 대한 과잉 대응이라든가 누군 죽어 나가고 누구는 떼돈을 버는 상황 묘사도 예사롭지 않아 보인다.

코로나 19와 다른 것은 치료제가 만들어져 안정을 찾는 점이다. 또 전 세계적으로 감염자가 8백만 명에 이르는 감염병인데, 대통령은 지하벙커로 피신하는(실제 그런 장면은 없다.) 등 미국을 비롯한 각국의 미온적이거나 무능한 정부 대응도 코로나 19와 다른 점이라 할 수 있다. 오랑테스(마리옹 꼬띠아르) · 치버(로렌스 피시번) · 미어스(케이트 윈슬렛) 박사 등 의료진들을 중심으로 한 전개도 그렇다.

'컨테이젼'은 비교적 스피디한 전개로 바이러스 감염병에 대한 경고 내지 환기를 하고 있지만, 아쉬운 점도 있다. 가령 베스의 사체 해부 중 뇌 속을 들여다본 의사가 조수에게 다들 들어오라고 했는데, 후속 장면이 이어지지 않는 등 다소 성긴 구성이 그렇다. 결말에서 감염 경로가 밝혀지는 것도 너무 매칼없이 이루어져 싱거운 느낌마저 안겨준다.

〈코로나 19가 불러낸-한교닷컴, 2020. 6. 8.〉

제로 다크 서티

　미국영화에 할리우드 블록버스터만 있는 건 아니다. 할리우드 블록버스터의 수백만 관객 동원에 밀려 빛을 보지 못할 뿐이다. 그 점은 한국영화와도 비슷하다. 대작 상업영화에 밀려 독립영화 등 다양성 영화들이 기를 펴지 못하는 식이다. 미국영화 '제로 다크 서티'(감독 캐스린 비글로)도 그런 영화이다.

　2013년 3월 7일 개봉한 '제로 다크 서티'는 빈 라덴 사살 과정을 그린 영화이다. 우선 놀라운 건 감독이다. 비글로 감독은 2010년 '허트로커'로 아카데미 감독상을 받았다. 여성 최초의 아카데미 감독상이다. 더구나 '제로 다크 서티' 개봉 무렵 비글로는 환갑을 넘긴 62세의 노장 감독이었다.

　노장 여성 감독의 '제로 다크 서티'는 배우 출신 벤 애플렉이 연출한 '아르고'와 비교된다. 2012년 10월 31일 개봉한 '아르고'는 아카데미 작품상까지 받았지만, 국내 관객 반응은 별로였다. 두 영화 모두 CIA 요원의 활약상을 담아냈다는 공통점이 있지만, '제로 다크 서티' 역시 10만 명 남짓 극장을 찾았을 뿐이다. '아르고'의 극장 관객 수는 14만 명 정도다.

　'제로 다크 서티'의 흥행실패에 대해 "빈 라덴 등은 미국인의 관점에선 흥미로운 대상이지만 한국에선 그저 남의 이야기일 뿐"이라거나 "영화적 완성도는 훌륭해도 미국적 가치를 강조하는 내용 때문에 왠지 보기가 꺼려진다"(한국일보, 2013. 3. 27.)는 분석이 있다.

거기엔 한국영화 강세도 한몫한다. 2013년 1~3월 한국영화 점유율은 무려 76.1%에 이른다. 이에 비해 '제로 다크 서티'는 미국에서 9,350만 달러의 수입을 올린 초흥행작(앞의 한국일보)인 것으로 알려졌다. 역사나 문화, 나아가 국민의 차이라고 할 수 있는 대목이다.

그러나 영화적 완성도 때문일까. 필자는 '제로 다크 서티'에 대한 비평을 2편이나 볼 수 있었다. '비글로 감독만의 뛰어난 사실 묘사'(한겨레, 2013. 3. 4.)란 비평을 쓴 평론가 김영진은 "안 보시면 여러 분만 손해다"는 문장으로 글을 맺고 있다. 그냥 신문리뷰도 그렇고, '제로 다크 서티'는 빼어난 작품인 셈이다.

영화는 CIA요원 마야(제시카 차스테인)가 파키스탄 지부로 부임하는 장면부터 시작한다. 더 꼼꼼히 말하면 9 · 11 테러에 관한 대화 녹음이 깜깜한 배경화면을 통해 전달되고난 후이다. 숨 막히는 듯한 긴박감을 예고하는 오프닝 화면은 아니나다를까 고문 장면으로 이어진다.

CIA의 적들에 대한 고문 장면이 미국에서 논란을 일으킨 것으로 보도된 바 있지만, 성과를 쉽게 내진 못한다. 선배는 미국본부 사무직으로 전출하고, 또 다른 요원은 폭탄테러에 의해 죽는다. 지부장마저 본국으로 소환된다. 어느새 10년이 훌쩍 지나지만, 마야의 빈 라덴 추적은 변함없다. 2011년 마침내 빈 라덴 은신처를 특수부대(카나리아부대)원들이 급습, 사살하기에 이른다.

작전 개시 시간은 한밤중, 바로 제로 다크 서티(자정을 넘긴 0시 30분)다. 러닝타임 157분 동안 펼쳐지는 작전에는 군더더기가 없다. 배우들의 연기가 없다면 마치 다큐영화 같다. 가령 선배요원이 폭탄테러로 죽었을 때도 눈물 한 방울 흘리지 않는 마야의 모습은 서늘하다 못해 섬뜩할 정도다.

▲씨네21, 2013. 4. 11.

다시 놀라는 건 여성 감독이란 사실이다. 리얼리즘 구현에 남녀가 따로 없는 게 분명하지만, 그렇듯 '엄혹한' 화면이 여자 감독 솜씨라는 점은 자못 경탄스럽다. 2001년 9·11 테러를 저지른 빈 라덴이 미국뿐 아니라 세계의 주적이란 점에서 '미국적 가치를 강조하는 내용' 운운에도 거부감이 생길 것 같다.

'아르고'에서 이미 한 말을 다시 해야겠다. 그동안 지구를 구한답시고 온갖 말도 안 되는 '짓거리'로 때려 부수는 할리우드 블록버스터에 익숙해진 탓도 있겠다. 그럴망정 이렇듯 '촘촘한' 미국 영화를 보는 것은 흔치 않은 일이다. '제로 다크 서티'는 서사가 튼실하고 작품내적 리얼리티에 충실한 영화이다.

〈2015. 1. 14.〉

안나 카레니나

2013년 3월 21일 개봉한 '안나 카레니나'(감독 조 라이트)는 러시아의 세계적 문호 톨스토이의 동명 장편소설을 영화로 만든 것이다. 그 명성만큼 '안나 카레니나'는 여러 번 영화로 만들어졌다. 가령 그레타 가르보(1935년) · 비비안 리(1948년) · 소피 마르소(1997년) 등 당대 최고 배우들에 이어 2013년 영화에선 키이라 나이틀리가 여주인공 안나 카레니나를 연기했다.

먼저 원작소설부터 잠깐 만나보자. 작품해설서 '세계문학 50선'(장세진, 신아출판사, 1998)에 따르면 '안나 카레니나'는 안나와 카레닌, 오브론스키(안나 오빠)와 도리, 레빈과 키티 3쌍의 부부와 청년 장교 브론스키를 중심인물로 하여 19세기 제정 러시아 사회를 적나라하게 묘파한 장편소설이다. 귀족층 유부녀가 속된 말로 바람날 수밖에 없는 시대상황이 이 소설을 명작 반열에 들게 했다.

시대상황은, 바꿔 말하면 안나의 사실상 불륜에 당위성을 부여하는, 가치관 붕괴와 함께 혼란에 빠져든 사회질서가 모순을 드러낸 19세기 제정 러시아의 귀족사회 모습이다. 그 점은 안나와 브론스키가 주인공인데도 전면적으로 다루지 않고 주변 인물 묘사에 많은 지면을 할애한 데서 확인된다. 말할 나위 없이 소설의 통속성 내지 말초적 흥미를 커버하는 무기와 힘이다.

이를테면 안나의 이른바 사랑에서는 결코 생기지 않는 감동을

갖게해 문학성으로 승화시키는 시대상황인 셈이다. 브론스키만 해
도 그런 시대상황의 전형적 인물형이다. '짜르' 치하의 러시아 귀족
젊은이들이 할 수 있는 일이라곤 육체적 향락을 추구하는 것밖에
없었고, 안나도 그 대상의 하나일 뿐이다. 마치 일제침략기 때 우리
지식인들이 술 마시는 걸 강요받았던 것과 같은 맥락이다.

그렇다면 영화는 어떤가? 우선 1874년 제정 러시아. 아들도 있
는 유부녀 안나가 총각 브론스키(애런 존슨)를 만나 격정적 사랑
에 빠져들고 그의 딸까지 낳지만, 결국 달리는 열차에 뛰어들어
죽는 줄거리는 원작소설을 충실히 따른다. 안나와 브론스키를 둘
러싼 주변 인물들 묘사도 대체적으로 원작소설에 충실한 편이다.

그러나 영화는 소설과 다른 느낌을 준다. 소설을 각색하는 경우
영화는 감독에 의해 재창조되기 마련이다. 영화가 꼭 소설과 같
아야 할 이유나 필요는 없다. 예컨대 미국의 제85회아카데미상에
서 의상상을 받은 배우들의 19세기적 화려한 옷들을 비롯해 무대
가 수시로 바뀌는 등 연극적 기법의 독창적 볼거리는 오롯이 조
라이트 감독의 영화만이 내뿜을 수 있는 광채다.

"화려한 볼거리 덕분에 진부함은 보이지 않는다. 위선과 허영
으로 가득한 당대 러시아 상류층의 삶은 꼭두각시 인형으로, 귀
족부인들의 심리는 부채를 부치는 속도로 보여준다"(경향신문,
2013. 3. 20.)지만, 일반 관객이 그것을 쉽게 알아챌지는 의문이
다. 안나의 자살은 좀 고전적 방식의 파국으로 진부한 귀결이 아
닌가 싶어 아쉽게 느껴진다.

문제는 그런 외피적 모습이 아니다. 남녀의 불륜을 다룬 통속소
설이 아니라는 평가를 받는 작품인데도 영화는 그걸 내세우지 못

했다. 소설에서 안나와 브론스키가 불륜의 심연으로 빠져들 수밖에 없는 구체적 당위성의 시대상황을 걷어내거나 소홀히 해서다. 일단 기차역에서 하층민으로 보이는 사람이 죽은 듯한 모습을 귀족들이 볼 수 없게 얼른 감추는 건 의미심장하다.

▲서울신문, 2013. 3. 26.

또한 지주인 레빈(도널 클리슨)의 소작농과 함께하기, 병든 그의 형 에피소드 등이 있지만, 안나의 불륜에 찍은 진한 방점이 상쇄되진 않는다. 게다가 키티(알리시아 바칸데르)는 병든 레빈 형의 몸을 씻기는, 괴이한 행동을 하고 있다. 뭐, 경우에 따라 시숙을 간병할 수도 있긴 하지만, 그리고 브론스키에 빠져 레빈을 찼던 자신에 대한 환골탈태인지 모르겠으나 보편적이고 일반적이지 않은 모습이다.

원작소설과 떼어내면 영화는 훨씬 그럴듯해진다. 가령 안나는 브론스키 어머니로부터 "사랑을 아예 못해본 것보다는 해보고 후회하는 게 나아요"라는 말을 듣는다. 18살에 짜릿한 사랑없이 카레닌(주드 로)과 결혼하여 8살짜리 아들이 있는 안나로선 치명적 유혹이나 다름없는 말이다. 안나의 불륜을 암시하는 복선으로 기능하고 있음은 물론이다.

"결혼은 등짐을 지는 것과 같다" 역시 은근히 안나의 불륜을 두둔하거나 옹호하는 것처럼 보이는 장치다. 안나의 죽음으로 귀결되긴 하지만, 카레닌의 "죄엔 대가가 따르는 법이오"도 마찬가지다. 그만큼 촘촘한 짜임새가 돋보이는 연출력이라 할까. 다만 안나의 브론스키를 향한 초반 사랑의 감정이나 남편과의 불화한 일상이 밀도감 있어 보이진 않는다.

가령 고작 춤 한 번 췄을 뿐인데, 바로 사랑의 감정을 드러내는 등 초반 심리적 묘사는 좀 아쉽다. 브론스키더러 "타슈겐트로 떠나지 말라"고 말하는데, 그럴만한 간절함이 느껴지지 않기도 한다. 불륜에 빠져들기엔 덜 절실하고 핍진감이 부족해 보인다. 여행 중이던 카레닌이 안나의 아프다는 편지를 거절 표시로 찢어버렸는데, 어떤 결정적 계기도 없이 집으로 돌아온 것도 아니지 싶다.

"이 작품은 19세기 러시아 귀족계급의 결혼 생활을 통해 자신의 욕망과 사회적인 규범 사이에서 갈등하는 한 여성의 고뇌를 그린다"면서도 "안나가 관료적인 남편에게 염증을 느껴 자유로운 사랑을 갈구하는 심리나 후반부에 모든 것을 버리고 선택한 사랑이 식어가는 데 대한 허무함 등이 잘 살아나지 않아 아쉬움을 남긴다"(서울신문, 2013. 3. 26.)는 리뷰는 기억해 둘만하다.

아무튼 이후 육체적 관계를 맺는 장면이 짧지만 여러 번 반복되면서 그들의 사랑은 점점 대담해져간다. 그래서인지 강렬한 인상으로 다가오는 건 역시 안나의 거침없는 외도 행각이다. 가령 안나는 남편에게 "그 이를 사랑한다. 난 그 사람 정부"라 말한다. 나아가 이제 "그 사람 부인이다. 그 사람 아일 가졌다"고 말한다. 심지어 "작별인사하려고 만나긴 싫다"고 남편에게 주저 없이 말한다. 그러니까 브론스키와 헤어지지 못하겠다는 것이다.

글쎄, 바람난 유부녀가 뭐 잘한 것이 있다고 그렇게 당당할까 하는 의문이 들기까지 할 정도다. 세계 명작에서 남편이 있는 유부녀가 다른 남자와 이른바 사랑에 빠져든 경우는 많다. 예컨대 엠마(프랑스의 플로베르 장편소설 '보봐리 부인'의 여주인공), 코니(영국의 D·H 로렌스 장편소설 '채털리 부인의 사랑'의 여주인공)가 그들이다.

두 여주인공 말고도 얼마든지 찾아볼 수 있지만, 19세기 아직 여권 신장이 미진하거나 미숙한 시대를 파괴하고 있는 파격적 여성 캐릭터라는 점에서 안나는 역대급이 아닌가 싶다. 물론 레빈이 자신을 한 번 찼던 키티와 가정을 이루고 소작농들과 함께 함으로써 안나의 사랑은 불륜일 뿐임을 환기시키는 콘트라스트 효과를 간과할 수 없지만 말이다.

간과할 수 없는 게 또 있다. 카레닌은 아내의 외도 소문에도 "앞으로 조심하라"는 시종 점잖은 말만 하는 등 일견 이해 안 되는 남편의 모습을 하고 있다. 귀족으로서 사회적 지위를 지키고 가정의 평화를 위해 짐짓 인간의 본성을 숨기는 가식이다. 그런 카레닌을 통해 위선과 허영으로 가득한 당대 러시아 상류층 모습을 비판하고 있는지도 모른다는 점이다.

〈2020. 6. 29.〉

분노의 질주: 더 맥시멈

2013년 11월 30일 미국 영화배우 폴 워커가 교통사고로 숨졌다. 고작 40세 젊은 나이였다. 팬들이 많을 거라 생각되는 폴 워커는 '분노의 질주' 시리즈 주역 중 한 명이다. 2013년 5월 22일 개봉한 '분노의 질주: 더 맥시멈'(감독 저스틴 린)에서 브라이언 역을 연기했다.

폴 워커의 요절이 더욱 안타까운 것은 샌타클레리타의 공원에서 열린 태풍 '하이옌' 피해 필리핀인돕기 자선행사에 참석하려고 친구와 함께 가던 길이어서다. 워커는 '분노의 질주: 더 맥시멈' 후속편에 출연, 촬영 중이었다. 그 소식이 안타까움을 더해준다.

슬픈 소식부터 전했지만, 2001년 첫 선을 보인 '분노의 질주' 시리즈는 '분노의 질주: 더 맥시멈(이하 '분노의 질주6')'까지 6편이나 나왔다. 그만큼 돈이 됐다는 의미다. 한겨레(2011. 5. 24.)에 따르면 "〈분노의 질주〉 시리즈는 앞선 다섯 편으로 전 세계에서 16억 달러(1조 7,816억 원) 수익을 올리며 '메가 히트클럽(편당 1억 달러 이상, 시리즈 전체 10억 달러 이상 수익)'에 가입한 인기영화"다.

그러나 한국에서의 인기는 별로였다. 가령 '분노의 질주6'은 179만 457명을 극장으로 불렀을 뿐이다. 900만 1,309명의 '아이언맨3'(4월 25일 개봉)의 기세를 피한 상영인 걸 감안하면 그 수치는 너무 약하다. 미국보다 9일이나 앞서 전 세계 최초 개봉한 2011년 5편 '분노의 질주: 언리미티드'는 그보다 적은 162만 1,973명이다.

2009년의 4편 '분노의 질주: 더 오리지널'은 고작 67만 5,213명에 불과하다. 2006년 3편 '패스트 앤 퓨리어스 도쿄 드리프트'는 맙소사, 17만 9,396명이다. 2편 '분노의 질주2'는 통합전산망 가동 전인 2003년 9월, 1편 '분노의 질주'는 2001년 9월 각각 개봉해 정확한 관객 수를 알기 어렵지만, 세계적 명성과 다른 한국상황임은 충분히 읽을 수 있다.

흥미로운 것은 '분노의 질주' 시리즈가 더할수록 관객도 늘어났다는 점이다. '분노의 질주6'이 세운 시리즈사상 최고 관객 수는 빈 디젤(돔 토레토 역), 성강(한 역) 등 출연배우들의 내한 홍보도 한몫한 것으로 보인다. 빈 디젤은 "이번 편이 한국에서 크게 흥행한다면 시리즈 7편에 한국 배우를 캐스팅하겠다"(조선일보, 2013. 5. 14.)고 말하기도 했다.

한국 배우 캐스팅 소식이 없는 걸 보면 크게 흥행한 것은 아니라는 얘기다. 오히려 한국배우는커녕 한국계 미국배우 성강(한국 이름 강성호)마저 7편에선 '퇴출'될 것으로 보인다. 적을 사살하려고 잡았던 손을 뺀 지젤(갤 가돗)에 이어 성강이 연기한 한마저 도쿄에서 죽고 있어서 하는 말이다.

대신 한을 자동차사고로 죽이는 제이슨 스타뎀이 "넌 내가 누군지 모르지"하며 끝나는 걸 보면 그의 7편 합류는 확실하다. 그 반면 귀재라 할 브라이언 역의 폴 워커가 자동차사고로 현실에서 운명했다는 것이 참 아이러니하다. 돔의 여동생 미아(조다나 브류스티)와의 사이에 아들을 두고 있어 워커가 빠진 '분노의 질주 7'이 어떨지 궁금해진다.

그건 그렇고 '분노의 질주6'은 이것저것 생각 없이 볼거리만 챙긴다면 괜찮은 영화이다. 기본 액션에 자동차 경주 등 묘기를 결합시킨 새로운 스타일의 할리우드 블록버스터라 해도 될 듯하다. 이른바 '터널 액션', '탱크 액션', '비행기 액션' 등이 그렇다. 어떻게 촬영했을까, 그 박진감에 혀를 내두르게 된다.

▲씨네21, 2013. 5. 22.

여배우들의 돌려차기 등 액션도 실감난다. 그런 액션에 자동차 레이스 묘기, 비키니 미인들, 절로 어깨가 들썩이는 신나는 댄스 음악 등 볼거리 영화론 딱이다. 그리고 보면 200만 명도 안 되는 관객 수가 오히려 이상할 지경이다. 다만 전작을 안 본 관객이라면 이해가 쉽지 않다는 점, 단 한 번 충격으로 뒤집히는 차 따위 어설픈 구석은 약점이다.

〈2014. 8. 5.〉

일대종사

'엽문2'에서 잠깐 만나봤지만, 그것만으로는 미진하다. 홍콩 출신 왕자웨이(왕가위) 감독 이야기다. 왕 감독은 2013년 한국을 두 번이나 방문했다. 6월 열린 '2013 중국 영화제'와 12월 5일 '동사서독 리덕스'(2008) 개봉과 '중경상림'(1994), '화양연화'(2000) 재개봉을 기념해서다. '동사서독 리덕스'는 1994년작 '동사서독'을 새롭게 편집 · 완성한 것으로 국내 첫 개봉이다.

사실 왕자웨이 바람은 2013 여름 극장가에서 확인되었다. CGV가 2주 동안 개최한 그의 특별전이 30~40대 열혈 팬들의 뜨거운 반응을 얻은 것. 장편 데뷔작 '열혈남아'(1989) · '아비정전'(1990) · '타락천사'(1995) 등 8편을 상영했는데 전회 매진한 것으로 알려졌다.

2013년 12월 그의 방한에 조음한 조선일보(2013. 12. 14.) 와이드 특집기사는 "1990년대 한국에서 왕가위가 갖는 위상은 독특하다. 당시 홍콩 영화계에서 왕가위가 차지했던 비중에 비해 한국사회가 왕가위에 바치는 애정은 격렬했다"고 쓰고 있다.

일례로 1995년 개봉한 '중경상림'은 서울에서만 20만 명 이상의 관객을 동원하며 두 달 넘게 상영되었다. 전국 기준 37만 9천명을 동원한 '닥터봉'이 한국영화 흥행 1위(씨네21, 1996. 3. 26.)였으니 그 위세가 어떤 것인지 능히 짐작해볼 수 있다.

그뿐이 아니다. 영화에 삽입된 팝송 '캘리포니아 드리밍'이 담긴 음반은 30만 장 넘게 팔렸다. 그 노랠 부른 마마스 앤 파파스는 '중경삼림'의 대박으로 이듬해 첫 내한공연을 갖기도 했다. 내한한 왕 감독은 "그 당시 왜 그렇게 한국이 나한테 빠져들었는지 나도 궁금했다"며 '행복한 비명'을 지르기도 했단다.

왕자웨이를 세계적 감독으로 올려놓은 건 '해피투게더'(1997)다. 왕 감독은 이 영화로 프랑스 칸국제영화제 감독상을 거머쥐었다. 그리고 2000년 '화양연화'의 주연배우 량차오웨이(양조위)가 칸국제영화제 남우주연상을 수상함으로써 세계 영화계에 그 존재감을 확실히 했다.

그 감독과 배우가 한 영화로 오랜만에 돌아왔다. 바로 '일대종사'이다. 먼저 '일대종사'는 2013 제63회 베를린국제영화제와 2013중국영화제 개봉작으로 상영되었다. 일반 극장 개봉은 2013년 8월 22일. 중국에선 2013년 1월 개봉, 560억 원 이상의 수익을 올린 것으로 알려졌지만, 국내 관객 수는 10만 1,568명에 그쳤다.

'일대종사'는 이소룡 스승으로 알려진 실존 인물 엽문의 일대기다. 또 다른 영화 '엽문2' 등과 달리 '팔괘장' 창시자 궁보삼과 딸 궁이(장쯔이), 그리고 후계자 마삼(장즈린)이 주요 인물로 나온다. 그외 엽문의 아내 장영성(송혜교) 등이 나온다. 해외 캐스팅으로 화제를 모았던 송혜교는 열연할 새도 없을 만큼 몇 장면만 나온다.

그런 캐스팅을 왜 받아들였는지 다소 의아스럽다. 혹 왕자웨이란 '브랜드' 때문이었는지 되돌아볼 필요가 있지 싶다. 어쨌든 영화는 엽문과 궁이를 주축으로 무공과 사건이 펼쳐진다. 마삼을 물리친 궁이의 '64수'와의 진짜 대결은 이뤄지지 않지만, 무공을 단순한 쌈질 아닌 예술적 경지로 승화시키려 한 영상미는 인상에 남는다.

▲강원도민일보, 2013. 8. 17.

그러나 실존인물의 일대기란 한계 때문인지 곳곳에서 극적 인과관계가 끊어지거나 생략돼 한 편의 드라마로 보기엔 좀 불편하다. 궁이와 마삼의 경우 그렇듯 혈투를 벌이는데, 두 명 모두 얼굴에는 땀 한 방울 없다. 아무리 고수라지만 궁이는 외투조차 벗지 않고 대결에 임한다. 그게 가능한 일인가? 참, 일대종사는 위대한 스승이란 뜻이다.

〈2014. 8. 3.〉

엘리시움

'본' 시리즈의 맷 데이먼이 처음으로 한국을 찾았다. 맷 데이먼은 2013년 8월 14일 가진 기자회견에서 "한국이 아시아의 유일한 방문지라는 사실이 전혀 놀랍지 않았다. 할리우드의 모든 사람이 지금 한국 시장이 점점 커지고 있고 아주 중요하다는 걸 알고 있다"(조선일보, 2013. 8. 15.)고 말했다.

미국 유명배우나 감독 등이 영화 홍보차 한국을 방문하는 건 이제 뉴스도 아닐 정도일 만큼 일반화되어가는 형국이다. 2013 한 해에 방한한 배우만 8명이다. 톰 크루즈 · 브래드 피트 · 빈 디젤 · 톰 히들스턴 · 드웨인 존슨 · 로버트 다우니 주니어 · 윌 스미스 · 휴 잭맨 등이다. 감독은 3명이 방한했다. 로버트 제메키스('포레스트 검프' · '베오 울프'), 존 추('지.아이.조2'), 롤란트 에머리히'(2012' · '화이트하우스 다운') 등이다.

한국의 위상을 말해주는 현상이지만, 크게 환영만 할 일이 아니다. 많이 우쭐해할 일도 아니다. 방한 등 그들이 공을 들이는 건 그만큼 관객을 끌려는 홍보용 전략이니까. 벼룩이 간 같은 돈이 태평양을 마구 건너가는 걸 걱정해야 하는 시대가 아니라 하더라도 그렇다.

하긴 그런 홍보 전략이 다 먹히는 것도 아니다. 스타들의 방한과 관객 수의 인과관계를 낱낱이 밝힐 수는 없지만, 대략 300만 명 이상을 흥행작 기준으로 생각한다면 '아이언맨3'의 로버트 다우니 주니어, '월드 워Z'의 브래드 피트 정도가 있다. 심지어 이병헌이 출연 존 추 감독 등과 기자회견을 한 '지.아이.조2'조차 185만 5,917명에 그쳤다.

2013년 8월 29일 개봉한 '엘리시움'(감독 닐 블롬캠프)도 별반 다르지 않다. 맷 데이먼 등 방한 홍보가 무안할 만큼의 성적인 120만 7,732명 동원에 그쳤다. 그 해 여름 가장 늦게 상륙한 할리우드 블록버스터라는 유리한 조건도 살리지 못한 초라한 꼴이 되었다. 왜 청소년관람불가 등급을 받았는지 썩 이해되지 않는데, 그것도 나름 작용되었지 싶다.

'엘리시움'은 2154년 갈라진 지구인들을 그린다. 1% 최상위 계층은 병든 지구를 떠나 우주에 살 곳을 마련한다. 바로 엘리시움(천국 또는 우주정거장)이다. 지구에서 완치가 불가능한 백혈병마저 순식간에 완전히 낫게 하는 기계가 집집마다 있다. 반면 지구인들의 삶은 로봇들의 통제와 감시를 받는 참혹한 것이다.

그냥 공장 노동자인 맥스(맷 데이먼)는 작업 중 방사능에 노출돼 5일이란 시한부 인생이 된다. 엘리시움에 가야 할 동기가 절박하게 생긴 맥스는 스파이더(와그너 모라)와 의기투합한다. 결국 용병 크루거(샬토 코플리)와의 사투 끝에 뜻을 이룬다.

그렇듯 서로 죽이는 빈부격차 내지 계급간 문제는 '설국열차'를 연상케 한다. 척추에 특수 수트를 단 맥스와 크루거가 격돌하는 액션은, 일단 볼거리다. 그렇게 총질을 당하고도 크루거는 살아있는데 비해 맥스 친구는 칼 한 방에 허망하게 죽는 걸 그냥 못 본 척 넘어가면 그렇다.

과거 일제침략기 지주-마름-소작인 같은 빈부 격차의 극악한 대립 구조는 뚜렷하지만, 뭔가 와닿지 않는 게 아쉬움으로 남는다. 크루거의 자신을 고용한 국방장관 델라코트(조디 포스터) 살해, 그녀의 대통령을 갈아치우려는 쿠데타 등 서사구조가 복잡해 혼선을 빚는 약점도 있다.

▲경향신문, 2013. 8. 27.

그런데 어찌 건설된 엘리시움인지 크루거와 단 2명의 부하에 의해 점거당해 어이없게 만든다. 프레이(앨리스 브라가)에게 마누라 타령하며 접근하는 성추행 묘사는 차라리 없는 게 나을 뻔했다. 요컨대 선택과 집중이 안 된 문어발식 영화가 되어버린 것이다. 프레이의 딸을 구했다고 하나 맥스 역시 그렇게 죽이는 건 아쉬운 대목이다.

〈2014. 8. 6.〉

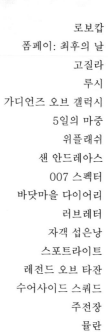

제5부

한국영화 100주년 기념

한국영화 톺아보기

장세진 지음

🔅 해드림출판사

로보캅

영화 '그래비티' 평('영화로 힐링' 수록)에서 할리우드 블록버스터를 연출한 외국인 감독들을 살펴보았다. 알폰소 쿠아론 · 기예르모 델 토로(멕시코) · 제임스 완(말레이시아 출신의 호주) · 피터 잭슨(뉴질랜드) 외에도 크리스토퍼 놀란 · 리들리 스콧 · 샘 멘디스(영국), 롤란트 에머리히 · 베르너 헤어초크(독일), 뤽 베송 · 배즈 루어먼(프랑스), 리처드 커티스(뉴질랜드), 우위썬 · 리안(중국, 대만) 감독 등이다.

거기서 언급한 외국인 감독이 전부는 아니다. 예컨대 남아프리카공화국 출신 닐 블롬캠프 감독의 '엘리시움'이 있다. 또 브라질 출신 호세 파릴라 감독의 '로보캅'도 있다. 아, 여기서 살펴보려고 하는 호세 파릴라 감독의 '로보캅'은 2014년 2월 13일 개봉한 신작이다.

이 두 영화는 할리우드에 진출한 박찬욱 · 김지운 감독 작품처럼 큰 반향을 일으키지 못한 공통점이 있다. 철저히 상업적 논리가 지배하는 할리우드인지라 그들이 다음에도 메가폰을 잡을 수 있을지 미지수다. '엘리시움'은 120만 7,732명, '로보캅'은 97만 9,509명에 그쳤다. 물론 국내 사정이 그렇다는 얘기다.

전 세계적 판도가 있어 그들의 차기 할리우드 블록버스터를 또 볼 수 있을지 속단은 금물이다. 어쨌든 이제 한국은 할리우드 블록버스터의 결코 만만한 시장이 아니다. 최근 들어 꽉꽉 나가떨어지는 할리우드 블록버스터를 어렵지 않게 만나볼 수 있어서다.

그럴망정 '로보캅'의 흥행성적은 다소 의아하다. 사실 '로보캅'은 이제 고전이 되다시피 한 영화이다. 1020세대와 30대 등 젊은 이들이야 잘 모르겠지만 1987년 폴 버호벤 감독이 연출한 '로보캅'은 그야말로 대박이었다. 반인간 반기계의 로보캅 자체가 신선하게 느껴지던 때였다.

꼭 '로보캅' 후광 덕분이라고 할 수는 없지만, 네덜란드 출신 폴 버호벤 감독은 '토탈리콜'(1990)에 이어 '원초적 본능'(1992)으로 또 한 번 세계를 놀라게 했다. 당시 34세였던 샤론 스톤의 뇌쇄적 연기로 뭇 남성의 오금을 저리게 했던 것도 바로 폴 버호벤 감독이었다. 그때만 해도 할리우드 영화 보기를 사절하던 필자였지만, 평택의 어느 극장에서 '원초적 본능'을 애써 봤을 정도이다.

2014년판 '로보캅'은, 이를테면 원조 '로보캅'의 오마주인 셈이다. 당연히 그동안 시리즈가 만들어졌다. '로보캅2'(1990)·'로보캅3'(1993)·'로보캅4'(2000) 등이다. 지금도 케이블방송 등에서 볼 수 있지만, 그것들은 원조 영화의 명성을 잇지 못했다는 게 대체적 평가이다. 새로운 '로보캅'에 대한 기대감이 생기는 것은 그래서다.

그런데 앞에서 잠깐 말했듯 100만 명도 못되게 극장을 찾았을 뿐이다. IPTV, VOD, DVD에 이르기까지 매체가 다양해져 극장 관객만으로 속단해선 안 되겠지만, 그래도 이건 아니지 싶다. 아니나다를까 주간 VOD 순위에서 '수상한 그녀'를 따돌리고 1위(8만 1697건)했다는 소식(한국일보, 2014. 5. 24.)도 들려온다.

‘로보캅’은 강력계 형사 머피(조엘 키나먼)가 부상을 당해 로보캅이 되어 활동하는 이야기다. 시대 배경이 2028년이라 얼마 남지 않은 그때 정말 그런 일이 벌어질지, 우선 섬뜩한 기분부터 든다. 하긴 오늘 미국은 드론(무인비행기)를 띄워 이라크 반군에게 폭격했다고 한다.

반인간 반기계 이야기가 아니다. 완전 로봇이 전투하는 경우다. 처음 화면에서 테헤란에 투입된 전투로봇 생방송하기가 현실로 다가올지도 모른다. 그런 현실이 오기 전 일종의 과도기임을 ‘로보캅’은 보여주고 있다. 일단 감정이 있는 로보캅의 승리이다.

▲씨네21, 2013. 11. 26.

화려한 액션을 기대한 일반대중이 등을 돌린 건 아마 그 지점이 아닐까 싶다. 기계 따위가 무슨 도덕성을 갖고 난리냐, 트랜스포머처럼 닥치는 대로 때리고 부수면 되지, 뭐 그런 것 말이다. 로보캅의 고뇌에 많은 부분을 할애하다 보니 영화는 자연 할리우드 블록버스터 맞아 하는 의문을 갖게 한다.

레이먼트(마이클 키튼)나 발롱(패트릭 게로우) 등 악당들 존재감이 너무 미약한 건 아쉬운 점이다. 아내 클라라(애비 코니쉬)와의 베드신이 12세 관람가 영화에 꼭 필요했는지도 의문이다. 그럴망정 노턴 박사(게리 올드먼)의 학자적 양심 등은 레이먼드로 상징되는 천민자본주의 응징을 위한 것이라 돋보인다.

〈2014. 8. 9.〉

폼페이 최후의 날

한국인의 사극영화 사랑은 유별나다. 12편의 천만클럽에 든 사극영화만 3편이다. '왕의 남자'(2005) · '광해, 왕이 된 남자'(2012) · '명량'(2014)이 그것이다. 각각 913만 5,540명의 '관상'과 747만 633명의 '최종병기 활'도 있다. 사극 유행도 그와 무관치 않아 보인다. '명량' 때문 흥행세가 주춤하게 되었지만, '군도: 민란의 시대', '해적: 바다로 간 산적' 같은 사극대작이 1주일 간격의 같은 시기에 개봉될 정도이다.

'사극엔 사극'이란 기치를 내걸었는지 최근 할리우드 블록버스터들도 연이어 상륙한 바 있다. 2014년 2월 20일 '폼페이 최후의 날', 2월 27일 '노예 12년', 3월 6일 '300: 제국의 부활', 3월 20일 '노아', 4월 10일 '선 오브 갓' · '헤라클레스: 레전드 비긴즈' 등이다. 물론 성경을 토대로 한 것들을 사극으로 분류할 수 있을지는 논란거리이다.

이에 대해 CJ E&M 해외영화마케팅팀 권성준 부장은 "고전이나 실화는 이야기의 힘이 있고 마케팅적으로도 인지도가 높다"면서 "새로운 소재를 개발해 영화화하는 것보다 위험 부담이 적어 최근 할리우드 스튜디오에서 선호하고 있다"(서울신문, 2014. 1. 28.)고 말했다.

그러나 할리우드 사극들은 크게 환영받지 못한 것으로 나타났다. '노아'만 200만 명을 간신히 넘겼을 뿐이다. '300: 제국의 부활'은 161만 9,078명, '폼페이 최후의 날' 137만 3,888명이다. 그리고 '노예 12년' 49만 8,004명, '선 오브 갓' 32만 9,253명, '헤라클레스: 레전드 비긴즈' 22만 1,327명이다. 특히 전통 사극이라 할 '헤라클레스: 레전드 비긴즈'의 성적은 처참할 지경이다.

반면 3월 26일 개봉한 '캡틴 아메리카: 윈터 솔져'의 396만 명을 필두로 이후 연달아 상륙한 할리우드 블록버스터들은 모두 400만 넘는 등 크게 웃었다. '어메이징 스파이더맨2'·'엑스맨: 데이즈 오브 퓨처 패스트'·'엣지 오브 투모로우'·'트랜스포머: 사라진 시대'·'혹성탈출: 반격의 서막'(이상 개봉 순) 등이다.

이상한 일이다. 하긴 이상하게 생각할 것 없다. 이 땅의 관객들이 할리우드 블록버스터는 좋아하지만, 외국 사극을 싫어한다는 의미일 테니까. 한국의 사극 선호와 비교해도 이상한 일이지만 그것 역시 그렇게 생각할 것 없다. 우리 역사는 웬만큼 알아도 서양의 신화나 역사에 대해선 잘 몰라 피한 것이니까.

'폼페이 최후의 날'(감독 폴 W. S. 앤더슨)은 서기 79년 실제로 벌어졌던 베수비오 화산 폭발을 영화로 만든 것이다. 앤더슨 감독은 '레지던트 이블' 시리즈의 히로인 밀라 요보비치의 남편이다. '레지던트 이블5: 최후의 심판'(2012) 이후 신작인 셈이다.

서기 62년 한 소년이 로마군의 학살에도 불구하고 켈트기마부족 최후의 생존자로 살아남는다. 17년이 지난 후 마일로(키트 해링턴)는 노예 검투사가 되어 있다. 폼페이 영주의 딸 카시아(에밀리 브라우닝)와 연인이 되고, 그들 사이엔 코르부스(키퍼 서덜랜드) 로마 의원이 있다.

전반부 그들의 사랑과 음모가 진행되는 동안 화산 폭발은 조금씩 기미를 드러낸다. 마침내 복수의 대결이 절정에 달했을 때 화산이 폭발한다. 당연히 CG로 재현해낸 화산 폭발의 용암, 화산재, 쓰나미 등과 자연재앙에 혼비백산한 인간군상이 스펙터클하게 펼쳐진다.

▲ 데일리중앙, 2015. 2. 15.

그런데 그뿐이다. 드라마에 약한 '레지던트 이블' 시리즈 굴레에서 벗어나지 못했다. 대재앙 앞에서 부모의 원수이기도 한 코르부스를 죽이는 혈투나 죽지 않으려고 몸부림치는데서 인간 본성은 느껴지는데, 사랑의 절실함이 없다. 모티브를 얻었다는 폼페이 발굴 당시 남녀가 서로 껴안은 모습의 유적이 품었을 사랑이 그런 것은 아니었지 싶다.

〈2014. 8. 10.〉

고질라

장세진 지음 '흥행영화 째려보기'(2011) '디워' 편에서 괴수영화에 대해 이미 얘기한 바 있지만, 다시 정리해보자. 세계영화사에서 최초의 괴수영화는 1912년 프랑스의 '극지정복'(감독 조르주 메리에스)으로 알려졌다. 그럴망정 괴수영화의 종주국은 미국('킹콩')과 일본('고지라')이라 할 수 있다.

1933년 메리 쿠퍼가 감독한 '킹콩'은 괴수영화의 고전이다. 일본에서는 1954년 이시로 혼다 감독이 연출한 '고지라'가 첫 선을 보였다. 고지라는 2004년 '고지라: 파이널워즈'까지 모두 28편의 시리즈가 제작되었다. 롤랜드 에머리히 감독이 연출한 '고질라'(1998)는 일본의 고지라를 수입해 만든 할리우드 블록버스터다.

'킹콩'도 여러 차례 리메이크되었다. 가장 최근 영화는 2005년 12월에 개봉한 피터 잭슨 감독의 '킹콩'이다. '반지의 제왕' 3부작으로 세계적 흥행감독이 된 피터 잭슨은 9살 때 '킹콩'을 보고 영화감독의 꿈을 갖게 되었다고 말한다. '킹콩'은 2,700억 원 투자, 러닝타임 3시간짜리 할리우드 블록버스터로 거듭난 괴수영화이다.

한국의 괴수영화도 만만치 않다. 1962년 '불가사리'(감독 김명제)가 가장 오래된 작품이다. 1967년 '대괴수 용가리'(감독 김기

덕)는 본격적으로 특수효과를 쓴 한국 괴수영화의 고전이다. 같은 해 '우주괴인 왕마귀'(감독 권혁진)도 있다.

1999년 '용가리'는 '대괴수 용가리'를 심형래식으로 만든 것이다. 심형래 감독은 그 전에도 '영구와 공룡 쭈쭈'(1993), '티라노의 발톱'(1994)을 연출한 바 있다. 그리고 2007년 당시까지만 해도 한국영화 최초로 300억 원을 쏟아부은 '디워'를 만들었다.

그러나 괴수영화에 대한 일반대중의 반응은 별로이다. '고질라'(감독 개러스 에드워드)가 그것이다. 이시로 혼다 감독의 '고지라'가 처음 나온 지 60년 만에 개봉(2014. 5. 15.)된 '고질라'의 관객 수는 70만 9,734명이다. 아, 일본에선 킹콩을 연상시키는 고질라와 구지라(고래)를 합쳐 '고지라'이던 것이 할리우드가 리메이크하면서 '고질라'가 되었다.

여하튼 '고질라'는 1999년 방사능 누출로 아내 산드라(쥘리에트 비노쉬)를 잃는 조 브로디(브라이언 크랜스턴)등 제법 긴장감 있는 화면으로 시작된다. 15년 후 아들 포드(에런 테일러 존슨)는 대위이고 아들도 둔 가장이다. 그리고 방사능을 먹이로 하는 '무토'와 그 괴물을 깨부수는 고질라의 대결이 펼쳐진다.

두 괴물의 격돌 소용돌이에 놓인 인간은 미물일 뿐이다. 일어선 키가 106m, 꼬리 길이만 167m인 괴물 고질라다. 꼬리를 한 번 흔들면 수십 층 빌딩이 와르르 박살난다. 그에 맞붙는 무토의 쌈질은 가히 CG가 낳은 장관(壯觀)이라 할만하다. 장갑차가 날아와 건물과 충돌하고, 쓰나미 덮치는 장면 등도 마찬가지다.

그런 괴물의 혈투를 통해 환경이라든가 방사능 문제를 환기하려 했는지 모르지만, 그것이 '그래' 하면서 와닿지는 않는다. 결과적으로 괴수인 고질라를 '우리 편'으로 만들어낸 것도 의아하다.
방사능이 주식(主食)인 무토를 물리치는 고질라가 지구를 지킨
다는 건데, 미국이 아닌 걸로 만족해야 하나?

▲한국일보, 2014. 4. 7.

   15년 전 어린이였던 포드가 5살 아들까지 둔 가장으로 등장한
것도 좀 의아스러운 대목이다. 막 때려 부수며 혼을 빼놓는 팝콘
무비라 하더라도 기본 얼개는 갖춰져야 한다. 인류에 대한 경고
등 제법 진지하거나 심각한 메시지를 의도한 영화라면 그래선 안
될 일이다.

〈2014. 10. 15.〉

루시

프랑스의 뤽 베송은 '그랑블루'·'레옹'·'제5원소' 등을 연출한 감독이다. 그는 '테이큰'·'트랜스포터' 등을 만든 제작자이기도 하다. 그가 한국에 왔다. 2014년 8월 20일, 2011년 부산국제영화제 참석 후 3년 만의 방한이다. 2014년 9월 4일, 자신이 연출한 '루시' 개봉에 앞서 홍보차 온 것이다.

기자회견장에서는 최민식도 함께 했다. '명량'으로 한층 주가가 오른 최민식의 다음 출연작이란 점에서 '루시'는 비상한 관심을 끌었다. 원톱 주연배우 스칼렛 요한슨(루시 역)은 안 오고 감독이 '미스터 장'이란 조연의 최민식과 함께 한 기자회견이다. 순전 한국 팬들을 위한 자리였던 셈이다.

7월 말 미국 등지에서 이미 개봉한 '루시'는 1억 달러의 수익을 올린 것으로 전해졌다. "미국에서만 9,700만 달러를 벌어들인데 이어 호주 등지에서 1,500만 달러를 거두면서 제작비의 2배가 넘는 흥행수입을 올렸다"(전북일보, 2014. 8. 13.)는 보도가 그것이다.

뤽 베송 감독은 기자회견장에서 말한다. "루시는 지금 세계 25개 국가에서 박스오피스 1위다. 최민식 씨는 전 세계적으로 가장 인기 있고 대중적인 배우인 셈"(서울신문, 2014. 8. 21.)이라고. '루시'의 국내 관객 수는 197만 4,893명이다. 전 세계적 반응에 좀 못 미치는 결과이다.

그럴망정 처음 작품으로 그런 인기를 얻은 최민식의 존재감은 빛나 보인다. 이병헌 · 장동건 · 비 · 배두나 · 수현 등 할리우드 진출 배우들이 있어 왔지만, 결코 밀리지 않는 존재감이다. 외국영화에서 한국어로 연기했다는 점도 그 지점에서 기억해 둘 만하다.

'루시'는 액션영화를 표방하지만 철학적 사유가 들어 있는 영화이다. 보통 인간은 뇌의 10%만 쓰며 살아간다는 사실을 뒤집는다. '100% 뇌를 활용하게 된다면'이 전제되어 SF영화의 면모를 보이기도 한다. '루시'는, 이를테면 기본적으로 황당한 영화인 셈이다.

루시는 미스터 장에 의해 CPH4란 신종 마약을 운반하게 된다. 뱃속에 넣은 채인데, 이것이 조폭의 구타로 체내에 들어가 초능력을 갖는 '괴물'로 변한다. 처다보기만 해도 권총에서 총알이 저절로 빠져나오는 식이다. 그래서 황당하다. 그나마 긴장감조차 스르르 풀려 버린다.

물론 감독의 의도를 모를 바는 아니다. "우린 10억 년 전에 생명을 선물 받았다. 그것으로 뭘 해야 할지 알지 않느냐"고 반문한다. 온갖 나쁜 짓과 인류 발전사를 보여주기도 한다. 동물들 짝짓기 장면들을 통해 번식이 인간 존재의 한 축임을 웅변하기도 한다.

결론은 골치가 아프다는 것이다. 인간이 왜 태어났고, 무엇을 위해 살아야 하는지 물음은 노상 필요한 명제이지만, 글쎄 뇌의 100% 사용이란 접근법은 좀 아니지 싶다. 다시 말해 찬탄이나 공감도 되지 않는 그런 영화일 수 있다는 얘기이다.

▲한국강사신문, 2020. 1. 20.

90분 러닝타임은 적당해 매력적이지만, 전달의 부재도 느껴져 아쉽다. 가령 루시에게 심부름 시킨 남친은 왜 죽었나? 뇌 사용량이 늘어난 루시는 왜 다짜고짜 총질을 해대며 사람들을 죽이는 걸까? 미스터 장은 이름값(악명)도 못한 채 그렇듯 허망한 죽음이라니….

〈2015. 6. 21.〉

가디언즈 오브 갤럭시

　미국 영화사 마블 스튜디오가 2008년 '아이언맨'을 시작으로 내놓은 영화는 2018년 '앤트맨과 와스프'까지 20편에 이른다. '어벤져스: 에이지 오브 울트론'·'어벤져스: 인피니티 워'처럼 천만 영화를 비롯 300~900만 영화들이 즐비하지만, 그렇지 않은 것들도 있다. 가령 '퍼스트 어벤져'(2011)는 51만 명에 그쳤다. '인크레더블 헐크'(2008) 역시 99만 명에 그쳤다.

　마블 스튜디오 영화들의 관객 동원 현황을 보면 흥미로운 점이 있다. 시리즈 1편부터 관객이 몰리지 않은 점이 그것이다. 예컨대 시리즈 3편까지 개봉한 토르의 경우를 보자. 시리즈 1편 '토르: 천둥의 신'(2011)의 관객은 169만 명 남짓이다. 이에 비해 '토르: 다크월드'(2013) 303만, 3편 '토르: 라그나로크'(2017)는 485만 명으로 대폭 증가한 것을 알 수 있다.

　'아이언맨'·'어벤져스'·'캡틴 아메리카' 시리즈 등 마블 스튜디오 대부분 영화들이 그런 관객 수 흐름을 보이고 있다. 거기서 또다시 흥미로운 점이 있다. 바로 전편의 두 배를 뛰어넘는 관객 수 증가다. 1편 '캡틴 아메리카: 윈터솔져'(2014)가 396만 명인데 비해 2편 '캡틴 아메리카: 시빌 워'(2016)의 867만 남짓한 관객 동원을 예로 들 수 있다.

　'가디언즈 오브 갤럭시'(감독 제임스 건)도 마블 스튜디오 영화치곤 처음에 큰 관심을 끌지 못했다. 2014년 7월 31일 개봉한 '가디언즈 오브 갤럭시' 관객 수는 131만 1,190명이다. 그로부터 3년이 채 안된 2017년 5월 2일 개봉한 시리즈 2편 '가디언즈 오브 갤럭시VOL2'는 273만 5,721명이 극장을 찾았다. 1편의 2배가 넘는 관객 수다.

'가디언즈 오브 갤럭시'는 1969년 마블 코믹스 만화책에 나온 5명의 캐릭터를 주인공으로 내세운 영화다. "마블 코믹스가 1930년대부터 지금까지 구축한 8,000여 개 캐릭터 덕에 마블 스튜디오의 히어로 영화는 끝없이 확장하고 있다"(서울신문, 2014. 7. 30.)는 설명인데, '가디언즈 오브 갤럭시'는 우주를 배경으로 한다.

주인공 5명은 고향, 가족, 평범한 삶을 잃어버린 루저들이다. 일명 스타로드인 피터퀼(크리스 프랫), 가모라(조 샐다나), 드랙스(데이브 바티스타), 너구리 로켓(브래들리 쿠퍼 목소리), 나무인간 그루트(빈 디젤 목소리)가 그들이다. 좀도둑 스타로드가 훔친 '오브'를 뺏으려는 충돌 과정에서 적들인 그들은 하나의 팀으로 거듭난다. 장차 이어갈 시리즈 밑밥인 셈이라 할까.

물론 스타로드가 공중에 뜬 채 죽어가는 가모라를 구해주는 등 나름 그럴듯한 이야기가 펼쳐진다. '잔다르'에서 다 함께 체포되어 수감되고 탈옥한 후 똘똘 뭉쳐 우주의 수호자로 거듭나는 게 자연스러울 정도다. 스타로드와 가모라가 나란히 누워서 치고 받는 액션 장면이 새로워 보인다. 끔찍하지만, 그루트가 손을 뻗어 악당 여러 명 심장을 꼬치구이처럼 꿰고 있는 장면도 그렇다.

우주 공간에서의 비행체 또는 함선들 전투 장면은 마치 게임 같다. 마니아들 입장에선 스페이스 오페라(우주가 배경인 대중적 SF활극)의 압권이라며 환영할 법하다. 재킷을 젖히니 허리춤에서 침 같은 게 날아가 상대를 위협하는 무기가 깜찍해 보이기도 한다. 다만, 꼬맹이라고 불렀다며 타노스를 배신하는 악당 로난(리 페이스)은 좀 아니지 싶다.

▲뉴스컬처, 2019. 2. 1.

허술한 구석도 있다. 가령 로켓이 싸우고 있는 로난과 그랙트를 향해 돌진한 장면이 그렇다. 그루트가 그랙트 구해내는 장면이 한 발 늦게 이어지고 있어서다. 이와 다른 아쉬움도 있다. '가디언즈 오브 갤럭시'는 KBS가 2018 추석(9월 24일)특선으로 '트랜스포머5'와 함께 방송했다. '트랜스포머5'와 같이 2017년 개봉작이라면 '가디언즈 오브 갤럭시VOL2'를 연달아 내보는 게 낫지 않았을까?

〈2018. 9. 30.〉

5일의 마중

　이 땅의 영화시장은 한국과 미국으로 양분되어 있다. 외국이라 했을 때 미국을 비롯한 여러 나라들이 포함되지만, 사실상 할리 우드 블록버스터들을 빼면 외국영화는 미미한 실정이다. 프랑스 나 영국은 말할 것도 없고, 중국·일본도 예외가 아니다. 부산국 제영화제나 전주국제영화제 등이 아시아를 비롯한 여러 외국영 화들 상영으로 진행되는 것도 그와 무관치 않다.

　지난해, 그러니까 2014년 제19회 부산국제영화제의 화두는 '중 국'이란 보도가 있었다. 감독이나 배우는 물론 중국 자본들이 대 거 몰려와 그리된 것이다. 서울신문(2014. 10. 8.)에 따르면 "이 처럼 올해 부산에 '차이나 머니'가 몰려든 것은 지난 7월 중국 시 진핑 국가주석의 방한 이후 양국의 영화공동제작협정이 체결돼 한·중합작영화가 중국내에서 자국영화로 인정됨으로써 더 이상 외국영화수입제도 제한에 걸리지 않기 때문"이다.

　상영 중국영화로는 단연 '5일의 마중'(감독 장예모)이 눈길을 끌었다. 매진되는 등 인기를 누린 '5일의 마중'은 그로부터 한 달 쯤 지난 2014년 10월 8일 일반 극장에서 개봉되었다. '5일의 마 중'과 함께 갈라 프레젠테이션 부문에 초청, 상영되었던 임권택 감독의 '화장'이 해를 넘겨 2월까지도 개봉하지 못한 걸 떠올려보 면 대단한 '위력'임을 알 수 있다.

우선 '5일의 마중'은 두 거장 이야길 빼놓을 수 없다. 장예모(장이머우) 감독과 배우 공리(궁리)이다. 장예모 감독은 1987년 '붉은 수수밭'으로 베를린국제영화제 금곰상을 수상했다. 이후 칸국제영화제 황금종려상('국두'·1990), 베니스국제영화제 은사자상('홍등'·1991), 칸국제영화제 황금종려상('인생'·1994), 베를린국제영화제 심사위원대상('집으로 가는 길'·1997) 등을 수상, 세계적 거장 반열에 올랐다.

　공리는 '붉은 수수밭'·'국두'·'홍등'·'인생' 같은 수상작 외에도 '귀주 이야기'·'황후화' 등 장예모 감독 영화의 여주인공이었다. 2007년 '황후화' 이후 다시 뭉친 것이니 7년 만이다. 공리의 나이 어느새 50살에 타이틀 롤을 맡은 '5일의 마중'이다. 그 영화가 5월 칸국제영화제에 이어 9월 제19회부산국제영화제에서 상영된 것이다.

　'5일의 마중'은 모택동(마오쩌둥)이 주도한 극좌 사회주의운동인 문화대혁명(1966~1976)이 파괴한 한 가정의 모습을 담담하게 그려낸다. 교수였던 남편 루옌스(진도명; 천다오밍)가 우익분자로 몰려 탈주 및 재검거, 그리고 귀환하는 과정에서 아내 평완위(공리)는 '심인성 기억상실증'에 걸린다는 것.

　집으로 돌아온 루옌스가 딸 단단(장혜문; 장후이원)과 함께 평완위의 기억을 되돌리려 애쓰는 과정은, 그러나 처연하면서도 희망적이다. 평완위 부부와 딸 거의 세 사람만으로 110분짜리 장편영화를 빚어낸 솜씨는 그야말로 명불허전이다. 눈이라는 배경과 함께 공리의 살짝 맛이 간(심인성 기억상실증) 연기 없이는 불가능했을 것이다.

중국의 역사에 관심이 없거나 직접적으로 정치적 영화가 아니어서 박진감이 좀 덜할지 모르겠지만, 탄식이 절로 나오곤 한다. 매번 남편을 알아보지 못하는 상황이 그렇다. 특히 남편과 기차역으로 5일의 마중을 나가 출찰구를 지켜보는 부부의 모습은 처연함의 정점을 이룬다. 하늘에서 내리는 눈과 함께 눈이 시리도록 짠한 명장면이라 할만하다.

▲매일경제, 2014. 10. 27.

　　한 가지 아쉬운 건 몇 년 후, 그러니까 결말부 공리의 분장이다. 그쪽 기술 문제인지 모르겠으나 전혀 공리 같지 않은 할머니로 보여서다. '5일의 마중'을 KBS 설특선 아시아영화시리즈 방송으로 보았음도 밝혀둔다. 일반 상영을 놓치고 DVD 구하기도 쉽지 않아 내린 선택이지만, 자막 아닌 우리말 녹음 방송이라 원작 영화 맛은 좀 덜 살아나지 않았나 싶다.

〈2015. 2. 21.〉

위플래쉬

추석이나 설 명절에 누릴 수 있는 즐거움 중 하나는 공짜로 영화 보기이다. 가령 설날특선 TV 영화가 그것이다. 원래 내는 기본적 시청료만으로 지상파 TV의 설날 특선영화들을 보게 되니 거의 공짜로 영화보기인 것이다. 2016 설날에도 많은 영화들이 특선이란 이름으로 방송되었다.

비단 이번 설날만의 일은 아니지만, 그 가운데는 극장상영 1년도 안된 영화들도 수두룩하다. '위플래쉬'(2015. 3.)·'스물'(2015. 3.)·'장수상회'(2015. 4.)·'극비수사'(2015. 6.)·'미쓰 와이프'(2015. 8.) 등이 지상파 4사가 설날 연휴에 방송한 개봉 1년도 안된 영화들이다.(괄호 안은 개봉시기) '미쓰 와이프'의 경우 개봉 6개월 만에 방송된 것임을 알 수 있다.

그 중 '위플래쉬'(감독 다미언 차젤레)를 보았다. 단연 화제작이라서다. '위플래쉬'의 수입가는 6만 달러(약 6,647만 원)로 알려졌다. 27만 명이 손익분기점인데, 최종 관객 수는 158만 9,032명이다. 극장 매출액이 126억 원을 넘겼다. 흥행 수익을 미국 제작사와 나눈다고 해도 엄청난 대박이다. 단연 화제작인 이유이다.

'위플래쉬'가 흥행 화제작이 되기까지의 과정도 제법 극적이다. 차젤레 감독은 드럼 연주자와 지도자 이야기의 예술영화에 투자할 자본이 없음을 알고 동명의 단편(18분짜리)영화부터 만들었다. 2013

년 선댄스 국제영화제 단편부문 경쟁에서 심사위원상을 받았다. 이 윽고 단편에 반한 투자자들이 돈을 댔고, 장편영화 '위플래쉬'가 제 작, 개봉되었다.

'위플래쉬'의 흥행은 아카데미 수상작이란 점에서도 화제를 모았 다. '위플래쉬'는 2015년 제87회아카데미 시상식에서 제이케이 시먼 스(플레처 역)의 남우조연상과 함께 음향상, 편집상까지 받은 3관왕 영화이다. 제이케이 시먼스는 이외에도 골든글로브상·영국 아카데 미상·미국배우조합상·전미비평가협회상 등 40여 개 남우조연상을 수상한 것으로 알려졌다.

어쨌든 이 땅의 팬들은 미국의 아카데미는 물론이고 세계 3대 영 화제로 불리는 칸·베니스·베를린 영화제 1등 수상작이라 해도 요 지부동이다. 가령 제이케이 시먼스가 남우조연상을 받은 그 시상식 에서 작품상과 감독상 등의 수상작인 '버드맨'의 관객이 17만여 명에 그쳤음을 예로 들 수 있다.

그렇다면 2015년 3월 12일 개봉한 '위플래쉬'는 어떤 영화인가? 일 단 음악영화이다. 2014년 무려 324만 명 이상을 동원한 음악영화 '비 긴 어게인'에 훨씬 못 미치긴 하지만, 드럼 연주자 앤드루(마일스 텔 러)와 지도자 플레처의 사제관계가 광기어리게 펼쳐진다. 뭔가(예 술)를 이뤄내기 위한 고통스런 과정이 적나라하거나 극명하게 드러 나 오싹 전율을 안겨주기도 한다.

플레처는 말한다. 자신은 "한계를 뛰어넘도록 몰아붙이는 역할"이 라고. "그 정도면 잘했어"가 가장 해로운 말이라고. 학생인 앤드루의 뺨을 때리고 "네 엄마는 아빠가 무능해 가출했고", "이 쓸모없는 유 대인놈아!" 따위 각종 인권침해의 모욕적 언사가 교육이란 미명하에 등장한다. 학교에서 체벌이 금지된 이 땅의 현실을 떠올려보면 일견 의아스러운 풍경들이다.

▲서울신문, 2015. 2. 26.

그러나 그것들이 극 전개와 함께 쏙쏙 다가오진 않는다. 조원희 감독 말처럼 "오랜 학습을 거친 음악 감상자"가 아니어서다. 위플래쉬('더블 타임 스윙'이란 드럼 연주 주법에서 나온 채찍질의 뜻. 플레처의 막 몰아붙이는 엄혹한 교육방식의 뜻도 실려 있음.)가 성과를 거둔 것인지 알 수 있는 드럼 고수가 아닌 일반 관객들로선 당연한 일인 지도 모른다.

과연 158만 넘는 관객들이 그 경지까지 눈치채며 영화를 감상한 것일까? 다시 말해 설날 같은 명절의 즐겁고 신나는 기분과 좀 거리가 느껴지는 특선영화였다는 얘기다. 무대에서 지휘자와 멤버가 말을 주고받으며 장난치듯 하는 연주 따위로 보이는 것도 그런 이유에서다. 객석의 반응을 잡지 않은 카메라는 앵글도 그 지점에서 아쉽다.

〈2016. 2. 9.〉

샌 안드레아스

2015년에도 어김없이 또 한 편의 재난영화가 찾아왔다. 6월 3일 개봉한 '샌 안드레아스'(감독 브래드 페이튼)가 그것이다. 영화 제목 '샌 안드레아스'는 미국의 캘리포니아를 남북으로 가로지르는 단층대의 이름이다. 제목만으로도 '샌 안드레아스'가 어떤 재난을 다룬 영화인지 알 수 있다. 바로 지진이다.

여기서 잠깐 재난영화 족보부터 살펴보자. 1972년 거대한 여객선의 침몰을 그린 '포세이돈 어드벤처'가 개봉된 이래 1974년엔 130층 건물이 화염에 휩싸이는 '타워링'이 뒤를 이었다. 1980년대 잠깐 뜸하던 재난영화는 1990년대 들어 활기를 띠기 시작했다. '트위스터'(1996) · '볼케이노'(1996) · '타이타닉'(1997) · '단테스피크'(1997) · '아마겟돈'(1998) · '딥 임팩트'(1998) 등이 그것이다.

그중 '타이타닉'은 '아바타'가 등장하기 전까진 세계 최고 흥행 수익 타이틀을 13년 가까이 지닌 바 있다. 어쨌거나 1970년대 재난영화는 그 참혹함보다 그것에 맞서는 인간의 의지 등 인물 중심이었다. 1990년대 재난영화는 토네이도(거대한 돌풍), 화산 폭발 등 막대한 돈을 들여 재난의 피폐함을 사실적으로 그려내는 특징을 갖고 있다.

급기야 지구가 거대한 혜성과 충돌, 인류 멸망이라는 대재앙을 그린 '아마겟돈', '딥 임팩트' 등이 그것이다. 2000년대엔 '퍼펙트 스톰'(2000) 등이 있긴 하지만, 지구온난화로 말미암아 신빙하기가 온다는 '투모로우'(2004) 정도가 대표적이다. 2000년대 끝자락에 찾아온 '2012'(2009)는 '육해공 재난의 총괄편 영화'라고나 할까.

하긴 인류는 2004년 '투모로우' 이후 인도네시아 쓰나미와 태풍 카트리나, 쓰촨성과 아이티 지진 등을 실제로 겪고 지켜본 바 있다. '2012'에서 보여주는 지진과 해일, 화산 폭발 등은 단순한 재미적 상상력이 아니다. 보다 현실적으로 우리에게 다가올 수도 있는 재앙인 것이다.

인류에게 가장 빈번한 재난이 지진이다. '2012' 이후에도 2011년 동일본(규모 9.0), 2014년 칠레(8.2), 2015년 네팔(7.0), 2016년 일본 구마모토(7.3)와 에콰도르(7.4) 지진 등이 인류를 경악과 공포로 몰아넣었다. 그런데도 '샌 안드레아스'는 일반대중의 관심을 크게 끌지는 못했다.

제작비를 1억 달러(약 1,100억 원)나 들인 할리우드 블록버스터인데도 '샌 안드레아스'의 관객 수는 고작 171만 6,455명이다. 다른 어떤 것보다도 리얼하게 다가오는 재난인 지진인데도 영화로는 식상해서일까. 하긴 마냥 까부수고 뭔가 응징하는 여느 할리우드 블록버스터와 보는 급이 다른 건 사실이다. 마냥 통쾌할 수만은 없다는 점에서 그렇다.

시작하자마자 질주하던 자동차가 절벽 아래로 추락하는 등 '샌 안드레아스'는 긴장감 연속이다. 땅이 갈라지고 고층건물이 와르르 무너진다. 거대한 배가 다리(금문교)와 부딪혀 산산조각난다.

재난 현장만큼은 CG의 흔적 없이 스펙터클로 넘쳐난다.

그 와중에 레이(드웨인 존슨)가 이혼 직전에 있는 아내 엠마(칼라 구기노)와 대학생 딸(알렉산드라 다드다리오)을 구해낸다. 그들 부부가 다시 뭉치기로 한 내용은 없지만, 뒤집어보면 이런 얘기가 된다. 지진이란 재난이 가정의 평화를 갖게 해 줬다.

▲아시아투데이, 2020. 1. 2.

가족보다 더 소중한 가치가 없긴 하지만, 재난을 풀어내는 방식
이 좀 식상하지 않나 싶다. 자연의 법칙이니 지진 같은 재난은 그
저 당하는 수밖에 없나. 내 가족들만을 구해내는 것이 최선인가?
레이만 하더라도 LA 소방국 팀장인데 그 재난 와중에 공직은 수
행하지 않는지 의문이다.

〈2016. 5. 11.〉

007 스펙터

007이 돌아왔다. 전작 '007 스카이폴' 개봉이 2012년 10월 26일이었으니 3년 남짓만이다. 2015년 11월 11일 개봉한 '007 스펙터'(감독 샘 멘데스)이다. 시리즈로는 24번째, 샘 멘데스 감독 영화로는 2번째, 다니엘 크레이그(제임스 본드 역) 주연으로는 4번째인 '007 스펙터'이다.

뭐, 24번째 영화라고? 그렇다. 007 영화가 처음으로 세상에 나온 건 1962년이다. 먼저 2013년 8월 필자가 펴낸 '영화, 사람을 홀리다'(도서출판 북매니저)에 수록된 23탄 '007 스카이폴' 평에 기대 53년째 계속되고 있는 007 영화의 족보부터 살펴보자.

1탄 '닥터 노'(1962, 테렌스 영), 2탄 '위기일발'(1963, 테렌스 영), 3탄 '골드 핑거'(1964, 가이 해밀턴), 4탄 '썬더볼 작전'(1965, 루이스 길버트), 5탄 '두 번 산다'(1967, 테렌스 영), 6탄 '여왕폐하'(1969, 피터 헌트), 7탄 '다이몬드는 영원히'(1971, 가이 해밀턴), 8탄 '죽느냐 사느냐'(1973, 가이 해밀턴), 9탄 '황금총을 가진 사나이'(1974, 가이 해밀턴), 10탄 '나를 사랑한 스파이'(1977, 루이스 길버트).

11탄 '문 레이커'(1979, 루이스 길버트), 12탄 '포 유어 아이즈 온리'(1981, 존 글렌), 13탄 '옥토퍼시'(1983, 존 글렌), 14탄 '뷰 투어킬'(1985, 존 글렌), 15탄 '리빙 데이라이트'(1987, 존 글렌),

16탄 '살인면허'(1989, 존 글렌), 17탄 '골든 아이'(1995, 마틴 캠벨), 18탄 '네버다이'(1997, 로저 스포티스우드), 19탄 '언리미티드'(1999, 마이클 앱티드), 20탄 '어나 더 데이'(2002, 리 타마호리), 21탄 '카지노 로얄'(2006, 마틴 캠벨), 22탄 '퀀텀 오브 솔러스'(2008, 마크 포스터) 등이다.

이외 번외로 '카지노 로얄'(1967, 존 휴스턴외 5명), '네버세이 네버어게인'(1983, 어빈 커쉬너)등 2편이 더 있다. 우리의 '애마부인' 시리즈도 만만치 않지만, 지금까지 23탄 개봉 소식은 들리지 않지만, 세계적으로 대단한 '영화권력'이 되어 있음을 부인할 수 없다.

본드 역으로 스타덤에 오른 배우는 '카지노 로얄'의 대니얼 크레이그 등 6명이다. 1대 숀 코너리(1,2,3,4,5,7탄과 번외 등 7편 출연), 2대 조지 래젠비(6탄 1편 출연), 3대 로저 무어(8~14탄 7편 출연), 4대 티모시 달튼(15 · 16탄 2편 출연), 5대 피어스 브로스넌(17~20탄 4편 출연), 6대 대니얼 크레이그(21~24탄 4편 출연) 등이다. 또 다른 번외 '카지노 로얄'의 본드는 데이비드 니븐이다.

본드걸 역 여배우는 그때그때 바뀌어 모두 24명이 유명세를 탄 바 있지만, 007 영화에도 위기는 있었다. 제작사 관계자가 "1990년대까지 늘 평균 이상 성적을 내는 효자상품이었던 007시리즈였지만 2002년 '어나 더 데이' 이후에는 손익분기점을 걱정하게 됐다"고 털어놓은 것.

그 말은 결코 엄살이 아니다. 21탄 '007 카지노 로얄'과 22탄 '007 퀀텀 오브 솔러스'에서의 거듭된 변신도 그래서다. 007의 소런 같은 주적이 없어진 지금, '미션 임파서블'이나 '본' 시리즈 같은 첩보영화가 제임스 본드를 올드보이로 만들어 놓은 지금 살아남기 위해선 어쩔 수 없는 일인지도 모른다.

▲한국강사신문, 2019 .12. 20.

역대 최고의 제작비 3억 달러(약 3,400억 원)를 들인 '007 스펙터'이지만, 그러나 한국 흥행은 별로이다. 개봉 2주가 지나면서 교차상영 신세로 전락할 정도였으니 말이다. 역대 최고 흥행작 '스카이폴'의 237만 명은커녕 200만 명도 숨 가빠 보인다. 11월 30일 현재 관객 수는 178만 6,385명이다.

이는 외국의 경우와 대비된다. 서울신문(2015. 11. 11.)에 따르면 한국보다 빨리 개봉한 영국의 경우 개봉 첫 주에 4,100만 파운드(약 718억 원)를 벌어들였다. 전작 '스카이폴'의 2,010만 파운드를 훨씬 뛰어넘는 수익이다. 북미 개봉에선 하루 만에 2,800만 달러(약 324억 원)를 벌어들였다는 소식도 있다.

일단 007시리즈다운 면모는 이 영화에도 있다. 멕시코 · 오스트리아 · 모로코 · 이탈리아 등 세계 여러 나라를 오가는 배경이 그렇다. 액션도 헬기 격투, 계단 · 골목길의 자동차 추격, 설원에서의 비행기와 자동차 격돌 등이 꽤 현란하다. 화염 분사의 자동차 신무기, TV 예고편에서 다니엘 크레이그가 "기능은 있는 거야?" 묻던 시계 폭탄 등도 기존 시리즈 법칙에 충실하다.

별생각 없이, 말 안 되는 것도 그러려니 하고 넘어갈 수 없는 건 너무 지루해서다. 서사가 너무 길고 복잡해 액션 등 볼거리가 묻혀버리는 형국이라 할까. 듬성듬성 있는 액션 신을 제외하곤 스피디한 화면과는 거리가 멀다. "로마는 하루아침에 건설되지 않았죠. 아마 하루 반쯤 걸렸을 걸" 등 이런저런 유머코드에도 불구하고 전체적으로 늘어지게 느껴지는 건 그래서다.

악당을 제압하는 극적 반전도 너무 약하다. 그나마 본드가 헬기를 향해 연신 권총을 쏴대더니 기적이 일어난다. 놀랍게도 오버하우서(크리스토프 왈츠)가 탄 헬기가 추락하고 있는 것. 앞의 이런저런 액션 신에 비해 참 싱겁기 짝이 없는 반전의 결말이다.

있으나마나 한 본드 걸 입지도 나이든 팬이라면 불만일 성싶다. 관록의 모니카 벨루치(루시아 역)의 미약한 존재감이라든가 그보다 많은 분량에 나오는 레아 세이두(스완 역) 역시 뭔가 화끈함과는 거리가 있어 보인다. 50년 넘게 007이 007일 수 있었던 또 하나의 이유가 본드걸 덕분이었음을 망각했나 보다.

영업장소인 호텔 방에 비밀 아지트가 숨겨져 있다는 것도 의아스럽다. 악당과의 마지막 결전을 앞두고 스완의 헤어지잔 이별통보 및 그녀 구하기에 나선 결말도 본말전도 아닌가 싶다. 그럴만한 상황이나 분위기가 아님에도 스완이 어느새 잠옷 차림으로 자고 일어난 모습 역시 아쉬운 대목이다.

액션에 대한 아쉬움도 있다. 가령 멕시코 축제를 배경으로 한 첫 화면에서 관중들 놀라고 우왕좌왕하는 모습을 보여줬더라면 헬기 격투의 공중 액션이 훨씬 긴박감 있게 다가왔을 것이다. 눈길인데도 오르막길을 거침없이 질주하는 자동차 신 따윈 차라리 애교로 봐줘야 하나?

〈예전만 못한 시리즈의 인기-한교닷컴, 2015. 12. 7.〉

※ '007 스펙터'의 최종 관객 수는 182만 839명이다.

바닷마을 다이어리

오랜만에 일본영화를 감상했다. 독도나 위안부 문제 등 전범(戰犯) 자체를 인정하지 않는 아베 정권을 맹렬히 질타하는 입장이지만, 그 때문은 아니다. 내가 오랜만에 일본영화를 본 것은 한국시장에서 맥을 못 추고 있어서다. 일본영화는 그들의 만화처럼 결코 세계적이지 않다. 한국영화 보기도 바쁜데, 부러 극장까지 찾아가 일본영화를 볼 필요성을 못 느낀 것이라 할까.

그런데 추석특선 TV영화표를 보다가 '바닷마을 다이어리'(감독 고레에다 히로카즈)가 눈에 들어왔다. 마침 고레에다는 한국 팬이 많은 것으로 알려진 감독이다. 2013년 칸국제영화제 심사위원상을 받은 그의 '그렇게 아버지가 된다'는 12만 5,324명을 동원, 일본영화로선 나름 흥행한 영화로 기록되기도 했다.

방송시간도 '바닷마을 다이어리'를 보게 하는데 한몫했다. EBS '금요극장' 전파를 탔는데, 평소 고정적으로 보던 어떤 프로나 다른 방송사 추석특선 영화들과도 겹치지 않았다. 편성전략은 좋았지만, 그러나 좀 생뚱맞다는 인상을 지울 수 없었다. '바닷마을 다이어리'가 평소 '금요극장'에서 방송하는 고전영화들과 너무 다른 최신작이기 때문이다.

'바닷마을 다이어리'는 2015년 12월 17일 개봉한 영화다. 일반 극장 개봉 전 제20회부산국제영화제 초청작으로 상영된 바 있다.

그때 영화제에 참석한 고레에다 감독은 한겨레(2015. 10. 7.) 인 터뷰에서 "송강호와 언젠가는 꼭 영화 찍고 싶다"는 다짐을 밝혀 눈길을 끌기도 했다. 그로부터 2년이 지난 지금 그런 소식은 들리 지 않고 있다.

'바닷마을 다이어리'는 제20회부산국제영화제 프로그래머가 추천한 6편의 영화에 들어있다. 75개국 304편이 상영작이었으니 자그마치 50대 1의 경쟁률을 뚫은 대단한 영화라 할 수 있다. "부 모 없이 오순도순 살아가는 자매 이야기는 슬픈 듯하지만, 한편 으론 샤방샤방한 영화. 뛰어난 흡인력은 고레에다 감독이 왜 거 장인지를 보여준다"(한겨레, 2015. 9. 30.)가 추천의 말이다.

'바닷마을 다이어리'는 한 마디로 이복자매의 한 가족 되기 영 화이다. 장례식이 시작과 끝을 장식하지만, 영화 전체적으로 밝고 따뜻한 느낌을 주는 것은 그래서다. 사치(아야세 하루카) · 요시 노(나가사와 마사미) · 치카(가호) 세 자매는 15년이나 안 본 아 버지 부음 연락을 받고 찾아간 장례식장에서 이복동생 스즈(히로 세 스즈)를 만난다.

스즈는 아버지 두 번째 부인의 딸이다. 아버지 임종을 맞은 지 금의 부인은 세 번째이기에 스즈와 아무 관계도 아니다. 따라서 가련한 신세의 스즈다. 아버지 첫째 부인의 소생인 세 자매는 가 련한 처지에 놓인 스즈를 별다른 거부감 없이 가족으로 받아들인 다. 그냥 받아들이기만 한 것이 아니다. 진심으로 정성을 다한 동 생 받아들이기다.

가령 술 취해 잠든 스즈를 세 자매가 다소 신기한 표정으로 바 라보는 장면은 뭔가 찡한 여운을 안겨준다. 아주 보기 드문 장면으로 신선해 보인다. 그것이 그런 느낌을 주는 지도 모른다. 바람이 나 조강지처와 자식들을 버리고 집을 나간 아버지조차 "저런 여동생을 남겨줬으니까" 구제불능이었지만, 정말 다정한 사람이었을 것이라 긍정한다.

▲오마이뉴스, 2015. 10. 5.

그런 이복자매의 한 가족 되기는 가족의 소중한 의미를 환기 또는 전달한다. 스즈를 통해 기억 희미한 아빠 추억하기에 나선 치카, 뱅어 토스트 먹으며 아버질 떠올리는 스즈, 할머니 옷들을 들어올리며 냄새까지 맡아보는 세 자매들이 그렇다. 할머니, 아버지로까지 이어지는 가족사랑의 의미를 깨닫게 해준다. 불운한 가족사 영화이면서도 어둡거나 슬프지 않은 이유다.

"가끔은 남의 말도 들을만하다니까"라든가 "괜찮은 여자일수록 비밀이 많다는 것 몰라?" 등 기억해둘 만한 대사와 다르게 좀 아니지 싶은 것도 있다. 우선 "내 존재만으로도 상처받는 사람이 있다"며 괴로워하는 스즈가 그렇다. 과연 15살 중학생이 할 수 있는 생각일까? 유부남일망정 사랑하는 사람과 헤어지고도 되게 씩씩한 사치 역시 좀 아니지 싶다.

어찌 된 일인지 사치 생모가 떠나가는 기차역엔 다른 승객은커녕 역무원조차 없다. 세세한 일상적 디테일이 박진감을 안겨주는 영화의 전반적 인상과 동떨어진 것이어서 좀 아쉽다. 대사 없이 생김새나 쌀 씻고 빨래 걷는 사치 네 자매 모습만 보면 그들이 일본 배우임을 깜박 잊게 된다. 영락없는 한국 배우란 느낌이 되게 신기하다.

〈이복자매의 한 가족 되기-한교닷컴, 2017. 10. 16.〉

※마침내 고레에다 감독이 송강호와 영화를 찍는다. 한국일보 (2020. 8. 27.)에 따르면 영화사 집은 8월 26일 "고레에다 히로카즈 감독이 첫 한국영화 연출작 '브로커'(가제)를 차기작으로 선보인다"며 "송강호와 강동원, 배두나가 캐스팅되었다"고 밝혔다. 서울신문에 따르면 영화는 현재 시나리오 작업 중이며 내년 크랭크인 예정이다. '#살아있다', '검은 사제들' 등을 선보여 온 영화사 집이 제작을 맡았고, 투자 배급은 CJ ENM이 진행한다.

러브레터

'재탕' 하면 '슈퍼액션'이나 '스카이 드라마' 같은 케이블 채널이 떠오르지만, 지상파 방송도 자유로운 것은 아니다. 설이나 추석 등 명절 특선영화들이 그렇다. 극장도 예외가 아니다. 이른바 재개봉이 그것이다. 재개봉 유행은 2013년 '러브레터'로 시작되었다 해도 과언이 아니다.

'러브레터'(감독 이와이 슌지)는 1999년 11월 20일 개봉했던 일본영화다. "일본영화 최초로 140만 관객을 돌파했다"(한겨레, 2016. 1. 16.)지만, 정확한 것은 아니다. 지금처럼 전산망으로 관객 수가 집계되던 시절이 아니어서다. 다만 흥행영화의 경우 일간신문에 서울의 관객 수가 곧잘 나오곤 했다. '러브레터'의 서울 관객 수는 70만 명이다. 당시로선 대박이다.

2013년 2월 재개봉한 '러브레터'는 4만 5,421명을 동원했다. 이로부터 옛 영화의 재개봉은 하나의 트렌드로 굳어진 인상이다. 가령 같은 해 12월엔 왕자웨이(왕가위) 감독의 '중경상림'(1994)과 '화양연화'(2000) 재개봉이 이어졌다. 이 소식은 '일대종사'편에서 이미 전한 바 있다.

2015년에도 재개봉 열풍이 거세다. 가령 2005년 개봉작 '이터널 선샤인'이 11월 10일 개봉하더니 영진위 입장권통합전산망 2016년 1월 16일 기준 49만 771명을 동원했다. 2005년 17만 명에 불과했던 관객 수가 두 배 이상 불어난 이변이 일어난 것이다. 2003년 개봉작 '러브액츄얼리', '그녀에게' 등도 12월 17일과 31일 각각 재개봉했다.

2016년 1월 14일 재개봉한 '러브레터'는 무려 세 번째 개봉이다. 이례적인 일이다. 재개봉에 앞서 이와이 슌지 감독은 한국을 방문하기도 했다. 2015년 12월 10일부터 20일까지 서울 동작구 아트나인에서 열린 '이와이 슌지 기획전-당신이 기억하는 첫 설렘'에 참석하기 위해서였다.

같은 영화를 반복해서 보는 '회전문 관람' 관객이 제법 있지만, 나는 그런 적이 없다. '러브레터'의 회전문 관람은, 이를테면 역사적이거나 아주 이례적인 일인 셈이다. 단, 극장 대신 TV를 택했다. 세 번째 개봉에 맞춰 EBS가 '일요시네마'(1월 17일 낮 2시 15분)로 방송한 것.

얼추 16년 만에 '러브레터'를 다시 본 셈이다. 느낌은, 그러나 첫 개봉 때와 크게 다를 게 없다. '러브레터'는 파란 눈에 노랑머리가 아닌 배우들을 보기가 그리 낯설지 않다는 것과 설원(雪原)이나 해돋이 등의 아름다운 자연풍광 외 별로 내세울 게 없는 영화이다.

글쎄, 노골적으로 눈물샘을 자극하는 감동을 기대한 때문인지 모를 일이지만, '러브레터'는 오히려 멜로영화의 공식을 파괴함으로써 다소 엉뚱한 느낌을 주기까지 한다. 동명이인에 얽힌 추억을 풀어나가는 형식이 새롭긴 할망정 거의 추리물같아 하는 말이다.

'러브레터'는 단조로운 등장인물의 정적(靜的)인 영화인데도 한 번 봐서는 얼른 이해 안 되는 약점을 갖고 있다. 지루할 만큼 일상적인 디테일에 치중하면서도 어쩔 때는 내용 전개가 지나치게 스피디하게 진행돼 그런 생각이 드는 지 모를 일이다.

▲한국강사신문, 2019. 12. 27.

현재와 과거 화면이 냉큼 구분 안되게 뒤섞여 있고, 여배우 나카야마 미호의 1인 2역(히로코와 이츠키)도 감쪽같거나 매끄러워 보이지 않는다. 또 죽은 애인에 대한 히로코의 연정이 이야기 중심축을 이루다가 결말은 이츠키의 첫사랑으로 맺어져 이른바 '의도의 오류'로부터도 자유롭지 못하다. 감동이 반감될 수밖에 없는 대목이라 할까.

다만 정지된 자전거의 페달을 돌려 불을 밝히는 장면이나 중3 학생들로 설정한 등장인물들의 풋풋한 사랑놀음이 섬세하게 펼쳐져 참신하고 흥미롭다. 특히 1990년대 학생들이 직접 도서부장을 뽑는 민주주의나 여학생들의 성인 같은 헤어스타일 등은 이 땅의 학교 현실과 대조되어 묘한 여운을 남긴다.

그러고 보면 참으로 알다가도 모를 것이 관객 심리다. 극장 개봉 전 불법 비디오를 통해 많이 본 것으로 알려진 데다가 그저 그런 영화인데도 첫 개봉에서 흥행에 크게 성공했으니 말이다. 게다가 3년 사이에 두 번씩이나 재개봉하기에 이르고, 소정의 관객 몰이를 해내고 있으니 말이다.

〈세 번째 개봉한 '러브레터'- 전북도민일보, 2016. 1. 20.〉

자객 섭은낭

오랜만에 EBS가 방송하는 '금요극장'을 보았다. 짧은 극장 상영을 놓쳤거나 DVD 등 2차 관람이 어려울 때 EBS 영화 프로그램들은 유용하다. 새벽 1시 15분이란 시작 시간이 부담스러운 건 사실이지만, '자객 섭은낭'(감독 허우 샤오셴)만큼은 꼭 보고 싶었다. 대만영화로 2015년 칸국제영화제 감독상 수상에 이어 같은 해 부산국제영화제 상영작이어서다.

2016년 2월 4일 개봉한 '자객 섭은낭'은 '비정성시'(1990년)로 유명한 대만 출신 허우 샤오셴 감독의 첫 무협영화다. 영화 개봉을 앞두고 한국에 오기도 했는데, '자객 섭은낭' 관객 수는 1만 5,754명이다. 흥행 참패다. 영화 수입 가격이 13만 달러(약 1억 5,000만 원)에 손익분기점이 15만 명쯤으로 알려졌으니까.

한국경제 보도(2016. 4. 15.)에 따르면 "3년 전까지만 해도 이정도 관객이면 이익을 냈다. 할리우드 대작 외에 소규모로 개봉하는 다양성 외국영화의 수입 가격이 1~5만 달러였기 때문이다. 수입 가격 폭등세는 2010년 이후 외화 수입이 급증하면서 나타난 과열 경쟁 때문"이다. 곧잘 수백만 관객 동원의 결과로 나타나는 할리우드 배우들의 내한 홍보가 떠오른다.

앞에서 허우 샤오셴 감독의 첫 무협영화라 했지만, 칼쌈이 난무하진 않는다. 무협영화 특유의 신기에 가까운 액션이 펼쳐지는 것도 아니다. 이에 대해 허우 감독은 "무협영화를 예술화하고 추상화하고 싶었다. 과장이 없이 리얼리즘에 가깝게 표현하려 했다"(한겨레, 2016. 1. 29.)고 말한다. '자객 섭은낭'은, 이를테면 이왕 있어온 무협영화같지 않은 무협영화인 셈이다.

그래서인지 '자객'이 들어간 제목과 다르게 영화는 매우 정적(靜的)이다. 정적이다 못해 답답할 지경이다. 새벽 1~3시라는 방송 시간대도 한몫했을지 모르지만, 졸리기까지 하는 '자객 섭은낭'이다. 앞의 한겨레에 따르면 일부 젊은 관객들이 영화를 지루하게 느끼는 것 같다고 하자 "나이 좀 든 다음에 다시 보라"는 감독 대답이 걸작이다.

그런데 어쩌지, 60이 넘은 내가 보기에도 지루한 영화가 맞는데…. 화면이 자주 끊기는 듯한 느낌이라든가 인과적 서사구조와 상관없는 장면 등이 그런 인상을 주는지도 모른다. 가령 같이 있을 때 은낭(서기)이 나타났는데, 호희(사흔영)가 남편인 전계안(장첸)에게 새삼스레 다시 묻는 식이다. 길 가던 은낭이 가면 쓴 여자와 공격을 주고받다 그냥 헤어지는 장면도 무슨 의미인지 궁금하다.

"영화의 서사와 장면의 구성에서 의미의 퍼즐을 찾는 관객에겐 인내심을 테스트하는 리트머스 시험지일 것이다. 이 영화는 한 번 봐서는 또렷이 감지되는 줄거리가 없으며 감독이 그걸 부러 신경쓰지 않고 흐려놨다는 생각마저 든다."(한겨레, 2016. 2. 3.)는 김영진 평론가 말이 하나의 답이 될까. 그럴망정 '자객 섭은낭'이 왜 칸국제영화제 감독상 수상작인지는 여전히 의문이다.

▲동아일보, 2016. 2. 5.

영화는 8세기 중엽 당나라를 배경으로 한다. 자객으로 길러진 은낭은 정혼자였던 전계안을 사부의 명령과 다르게 죽이지 못하고 길을 떠난다. 물론 정념(情念) 등 인간 심리에 따른 무슨 갈등이 박진감 넘치게 펼쳐지는 건 아니다. 그런데 그 목적지가 "신라에 데려다준다고 했지"라는 대사에서 보듯 신라로 암시되어 반가움을 안겨준다.

〈2018. 7. 14.〉

스포트라이트

오스카상으로도 불리는 미국의 아카데미 시상식이 뜨거운 관심을 끈 건 아마 봉준호 감독의 '기생충' 덕분이지 아닐까 한다. 지난 2월 '기생충'이 제92회아카데미 시상식에서 작품상·감독상·각본상·국제영화상 등 4관왕을 차지하며 세계영화사를 새로 쓴 덕분에 덩달아 이전과 비교할 수 없는 국민적 관심을 끈 것이라 할 수 있어서다.

아카데미 시상식이 큰 관심을 끌지 못하는 단적인 예로 아카데미 수상작들이 국내 극장에 상륙해도 시큰둥한 관객 반응을 들 수 있다. 하긴 아카데미 수상 영화들만 찬밥 신세인 건 아니다. 세계 3대 영화제인 칸·베니스·베를린영화제 수상작들도 국내 개봉에서 소문이 날 만큼 관객을 동원한 영화는, 내 기억으론 거의 없다.

물론 지난해 칸국제영화제 황금종려상(최고작품상)을 수상한 '기생충'이 천만 관객을 돌파한 적이 있지만, 외국영화 대부분은 수상작이란 수식이 무색할 정도로 외면 당해 왔다. 관객의 영화 선호도 내지 취향이 영화제와 상관없다는 방증이라 할 수 있다. 심할 경우 국제영화제가 그들만의 리그로 폄훼, 전락하기도 한다.

가령 제88회아카데미 시상식(2016년) 작품상 수상 영화는 '스포트라이트'(감독 토마스 맥카시, 네이버영화 표기 기준. 이하 같음.)다. 각본상까지 아카데미 시상식 2관왕에 빛나는 '스포트라이트'의 관객 수는 30만 1,704명이다. 2월 24일 개봉했지만, 2월 28일(현지 시간) 수상 소식이 전해진 후에도 무슨 폭발적 관심은 없었던 셈이다.

제88회아카데미 시상식에서 좀 의아하게 눈여겨볼 것은 '매드맥스: 분노의 도로'의 최다 수상이다. 편집상·음향상·음향효과상 등 기술부문 수상을 독식하며 6관왕을 차지한 '매드맥스: 분노의 도로'가 메르스가 창궐할 때였는데도 388만 명 넘는 흥행몰이한 영화여서다. 2015년 5월 14일 개봉했으니 2016년 2월 아카데미 최다 수상 영화가 되기 전 흥행이긴 하다.

내친김에 하나 더 이야기하면 제88회아카데미 시상식은 한국인으로서 관심을 끌만한 대회이기도 했다. 수상이 불발되긴 했지만, 성악가 조수미가 한국인 최초로 주제가상 후보에 올랐으니까. 배우 이병헌이 외국어영화상(2020년부터 국제영화상으로 바뀜. '기생충'이 첫 수상작) 시상자로 나섰는데, 이 또한 아카데미 시상식 무대에 오른 첫 한국인이다.

'스포트라이트'는 미국의 3대 일간지중 하나인 '보스턴 글로브'가 2002년 1월 가톨릭 사제들의 아동 성추행 사건을 보도한 실화를 바탕으로 한 영화다. 영화 제목이기도 한 '스포트라이트'는 보스턴 글로브 신문의 탐사보도팀 이름이다. 얼른 MBC의 '스트레이트'가 떠오르기도 하는데, 탐사보도팀의 특징은 어떤 사건에 대해 몇 달씩 끈질기게 추적·취재한다는 점이다.

말할 나위 없이 있는 그대로의 진실을 알리기 위해서다. '스포트라이트'도 그런 모습을 그대로 보여준다. 새로 부임한 편집국장

마티 배런(리브 슈라이버)은 "신문은 독립성을 유지할 때 제 기능을 한다고 생각합니다"라 믿는 제대로 된 언론인이다. 그런 마티의 지시에 의해 팀장 월터 로빈슨(마이클 키튼)을 비롯 마이크 레젠데스(마크 러팔로)·샤샤 파이터(레이첼 맥아담스)·맷 캐롤(브라이언 디아시 제임스) 등 기자들이 한 팀이 되어 출동한다.

▲한국강사신문, 2020. 4. 11.

그들은 피해자들과 해당 사제들을 일일이 찾아다닌다. 그들이 한 팀이 되어 취재한 내용은 충격적이다. 가령 보스턴에 있는 1,500명 전체 사제 중 90명이 소아성애자라는 보도다. 이런 충격적 내용의 보도는 2003년 퓰리처상 수상으로 이어지기도 했다. 한겨레(2016. 2. 24.)에 따르면 "이 보도는 전 세계 언론이 가톨릭 사제의 어린이 성추행을 추적하는 기폭제 구실을 했다."

그러나 '스포트라이트'가 썩 재미있게 볼 수 있는 영화는 아니다. 재미가 없는 건 극적 구성이라든가 리얼한 상황 묘사 등이 배

제되는 등 상업영화의 기본 문법으로 풀어낸 영화가 아니어서다. 가령 가톨릭 사제의 어린이 성추행이란 끔찍한 팩트는 있는데, 그걸 박진감 넘치게 볼 수 없는 전개 방식이 그렇다. 교인들 시위나 조직적 외압 등도 거의 없어 다소 싱겁게 느껴진다.

다만, 영화에서도 말하고 있듯 성역이나 다름없는 교회 및 사제들의 어린이 성범죄를 있는 그대로 까발린 점, 보스턴 주민 53%가 가톨릭 신자라는 악덕 환경에도 굴하지 않은 경영진 용기 등이 놀랍고 대견할 뿐이다. 그 점은 소위 기레기가 넘쳐나는 우리 언론에 대해 시사점을 던지기도 한다. 동시에 이른바 종교의 자유라는 이름으로 벌어지는 광신도들의 반사회적 행위들을 떠올리게 한다.

'스포트라이트'가 재미있는 건 아니지만, 볼만하거나 봐야 할 영화인 것은 그래서다. 미성년 피해자가 다수 있는 n번방 디지털 성범죄가 세간의 관심을 끌고 있는 때라 더 그럴지도 모른다. 그러고 보면 시의적절한 EBS '세계의 명화-스포트라이트' 방송인 셈이라 할까.

〈2020. 4. 24.〉

레전드 오브 타잔

옛날처럼 할리우드 블록버스터가 싹쓸이하는 한국 영화시장이 아니다. 단적으로 말하면 그만큼 한국영화가 경쟁력을 갖게 되었다는 증거다. 심지어 여름이나 명절 대목엔 할리우드 블록버스터가 한국영화 기대작을 피해 개봉일을 잡는다는 소리가 들려올 정도다. 유독 한국에서 초토화되다시피 하는 할리우드 블록버스터도 여럿 있다.

가령 2018년 5월 24일 개봉한 '한솔로: 스타워즈 스토리'는 일주일 동안 15만 9,641명이 봤을 뿐이다. '한솔로: 스타워즈 스토리'는 스타워즈 본편에서 떨어져 나온 스핀오프(파생영화)다. 2016년 12월 28일 개봉, 59만 6,487명을 동원한 '로그원: 스타워즈 스토리'에 이은 두 번째 영화다. 할리우드 블록버스터치곤 두 영화 모두 치욕적인 관객 수라 할만하다.

그만큼은 아니지만, 2016년 6월 29일 개봉한 '레전드 오브 타잔'(이하 '타잔', 감독 데이비드 예이츠)이 동원한 85만 명 남짓한 관객 수도 초라하기 그지없는 성적이다. 1억 8,000만 달러(약 2,065억 원)를 들인 할리우드 블록버스터 이름값은 고사하고, 다시 한번 한국시장이 저들의 안방이 아님을 확인시켜준 셈이라 할까.

알다시피 '타잔'은 1918년 스콧 시드니 감독의 흑백 무성영화로 만들어진 이래 100여 편의 영화, 300여 편의 텔레비전 시리즈로 제작된, 그야말로 마르고 닳도록 소비된 캐릭터다. 근육질 남자의 팬티 차림에 '아아아~' 동물들을 불러 모으는 고함소리가 트레이드 마크인 타잔을 전혀 모르겠다는 사람은 아마 없을 것이다.

▲연합뉴스, 2016. 6. 29.

TV 최초 방송이라는 케이블 채널 OCN을 통해 새삼스레 '타잔'을 본 것도 그래서다. 개인적으론 제인 역의 마고 로비 팬이지만, 왜 사람들은 '타잔'에 열광하지 않았을까 하는 궁금증이 일기도 했다. 덕분에 2시간도 안 되는 분량을 1, 2부로 나눈 데다가 영화 시작 25분 만에 광고를 만나는 고역(苦役)을 감내해야 했다. 하긴 지상파 TV에서도 중간광고를 위해 쪼개기 방송하는 실정이니 더 말해 무엇하랴.

일단 밀림의 왕자 타잔(알렉산더 스카스가드)이 사자들과 머릴 맞댄 채 인사하는 등 교감 장면은 한 마디로 신기하다. CG라는 게 표나지 않을 정도로 생생해서다. 타조·코끼리·고릴라·하마·누우·악어떼들이 모두 그렇다. 특히 누우 떼를 비롯한 동물들의 악당인간들 공격은 섬뜩하면서도 장관(壯觀)이다. 타잔 등이 나무에서 밧줄을 이용해 달리는 기차에 안착하기도 그렇다.

19세기 말 콩고로 대변되는 아프리카 대륙의 원주민들과 야생 동물들을 보는 진귀한 경험이지만, 그러나 좀 아니지 싶은 것도 있다. 예컨대 한껏 드러낸 미국식 우월주의가 그것이다. 바야흐로 제국주의가 기승을 부리던 시대인데도 미국인 조지 워싱톤 윌리엄스(사무엘 L 잭슨)를 통해 유독 벨기에만 그런 것처럼 몰아붙이고 있는 인상이다.

12세 관람가 영화에서 아무리 부부 사이라 해도 입을 벌린 채 키스하는 그런 장면이 세 번씩이나 필요했는지도 의문이다. "오른쪽 콧수염이 왼쪽보다 더 긴 건 알아요?" 따위 농담을 던지는 제인에게선 납치당한 위기감 같은 건 없어 보인다. 따라서 관객은 어떤 긴박감도 느낄 수 없다. 몰입 대신 관객을 겉돌게 하는 안이함이라고 할까.

〈2018. 5. 29.〉

수어사이드 스쿼드

마블코믹스 영웅들이 총출동한 '어벤져스: 인피니티 워'가 6월 10일 현재 관객 수 1,117만 6,750명을 동원했다. 시리즈 2탄인 '어벤져스: 에이지 오브 울트론'(2015)의 1,049만 4,499명에 이은 왕대박이다. 시리즈 출발을 알린 '어벤져스'(2012)도 707만 4,891명을 기록했다. 그야말로 못 말리는 한국인의 '어벤져스' 사랑이다.

알다시피 '어벤져스' 시리즈엔 여러 슈퍼 히어로들이 등장한다. 아이언맨 · 헐크 · 토르 · 캡틴아메리카 · 스파이더맨 · 닥터 스트레인지 · 블랙팬서 등이다. 이들은 '어벤져스' 시리즈엔 등장하지 않는 엑스맨과 같이 마블코믹스 캐릭터들이다. 물론 우리에게 익숙한 슈퍼 히어로에는 슈퍼맨 · 배트맨 · 원더우먼 등도 있다. 이들은 DC코믹스 캐릭터들이다.

내친김에 잠깐 정리해보자. 할리우드 블록버스터의 히어로는 미국의 양대 만화사인 DC코믹스와 마블코믹스 캐릭터들이다. 1935년 마블코믹스보다 4년 먼저 출범한 DC코믹스의 대표 슈퍼 히어로인 '슈퍼맨'은 1938년 등장했다. DC코믹스는 '슈퍼맨' 성공 이후 여러 '맨' 시리즈를 발표했다. 미국 만화시장을 지배했음은 물론이다.

이때만 해도 마블코믹스는 DC코믹스를 적당히 베끼는 이류 출

판사에 불과했다. 마블코믹스가 만화시장의 맹주가 된 것은 1960
년대 초반 스탠 리가 스토리작가 겸 편집자로 들어오면서부터다.
스탠 리는 '판타스틱4'를 시작으로 '인크레더블 헐크' · '스파이더
맨' 등 연속 대박을 터뜨렸다. '아이언맨'도 그중 하나이다.

 '아이언맨'은 1963년 4월 마블코믹스의 만화시리물 중 하나인
'테일 오브 서스펜스'에 처음 발표된 캐릭터다. 이후 미국인의 사
랑을 듬뿍 받아 왔는데, 2008년에서야 영화로 만들어졌다. 많은
러브콜을 물리치더니 마블코믹스가 마블스튜디오를 설립 직접
영화제작에 뛰어들었다. '아이언맨'은 마블코믹스의 영화 데뷔작
인 셈이다.

 출범 10주년을 맞은 마블스튜디오는 2008년 '아이언맨'부터
2018년 4월 '어벤져스: 인피니티 워'까지 총 19편의 영화를 선보
였다. 100만 미만 관객 수 영화들도 있지만, 그 19편을 본 한국
인은 무려 9,528만 2,819명에 달한다. 그러니까 '슈퍼맨'과 '배트
맨', '원더우먼' 같은 DC코믹스 슈퍼 히어로 블록버스터가 맥을
못 추는 사이 후발 주자 마블코믹스가 강자가 된 것이다.

 서론이 길어졌지만, 2016년 8월 3일 개봉한 '수어사이드 스쿼
드'(감독 데이빗 메이어)만 해도 그렇다. '수어사이드 스쿼드'는
DC코믹스 동명 만화를 밑그림으로 삼은 영화다. DC코믹스 영웅
캐릭터들 조합인 '배트맨 대 슈퍼맨: 저스티스의 시작'에 이어 출
격시킨 '수어사이드 스쿼드'이지만, 관객 수는 189만 8,220명에
그쳤다.

 2016년 3월 24일 개봉한 '배트맨 대 슈퍼맨: 저스티스의 시작'
의 225만 6,913명에도 못 미치는 관객 수다. 1년 남짓만인 2017

년 11월 15일 개봉한 '저스티스 리그' 역시 '수어사이드 스쿼드'보다 못한 178만 6,383명에 그쳤다. 같은 해 5월 말 개봉한 '원더우먼' 관객 수는 216만 5,401명이다. 한 마디로 한국 영화시장에서 DC코믹스는 절대 열세인 것이다.

▲한국강사신문, 2020. 2. 1.

'수어사이드 스쿼드'의 줄거리는 단순하지만 황당하다. 수감 중인 온갖 범죄자들을 자살특공대로 만들어 나라 구하기에 써먹고 있어서다. 악당으로 악당을 제어하는 일종의 이이제이 설정이 처음은 아니지만, 유독 황당하게 느껴지는 것은 그 적이 마녀여서다. 두 손을 번쩍 들어 위성을 파괴시키고 심장을 떼어내도 살아 움직이는 그런 마녀다.

할리 퀸(마고 로비) 같은 '또라이' 캐릭터가 신기해 보이긴 하지만, 이해가 냉큼 안 되는 서사구조도 하나의 걸림돌이지 싶다. 가령 조커(재러드 레토)도 데드샷(윌 스미스)을 비롯한 자살특공대와 싸운다. 그렇다면 조커와 마녀 인챈트리스(카라 델레바인)와 한편인가? 자살특공대 일원인 마녀가 적으로 돌아서고, 오빠와 함께 인류를 멸망시키려 하는데, 되게 어설퍼 보인다.

또 하나 '수어사이드 스쿼드'는 가면을 쓰고 긴 칼을 휘둘러대는 카타나(타츠 야마시로)의 일본어 대사가 나오는 등 일본 팬들에게 꽤 공을 들인 영화로 보인다. 혹 그것이 한국에서의 푸대접으로 이어진 건 아닐까. 물론 이 영화가 거둔 7억 4,560만 달러(약 8,382억 원)의 전 세계적 수익과는 별개의 이야기다. "미친 여자들이 잠자리에서 끝내준다던데" 따위 대사가 15세 관람가 영화에서 꼭 필요했는 지도 의문이다.

〈2018. 6. 11.〉

주전장

SBS가 새해 첫날 밤 방송한 신년특선영화 '주전장'(감독 미키 데자키)은 2018년 제23회부산국제영화제에서 처음 선보였고, 2019년 7월 25일 일반 극장에서 개봉한 다큐멘터리 영화다. 글쎄, 새해 첫날 특선영화로 '주전장' 방송이 적절했는지는 다소 의문이지만, 극장 개봉 6개월도 채 안된 신작을 발 빠르게 편성한 것임은 분명하다.

2019년 추석특선으로 한국영화만 9편이나 방송했던 SBS임을 감안하면 새해 첫날 특선영화 '주전장' 편성은 이례적인 일이라 할만하다. 그 이유가 무엇이든 '주전장'이 한국인이라면 꼭 봐야 할 일본군 위안부 소재 다큐영화라는 점에서 그렇다. 개봉 당시 극장 관람을 놓쳤던 뜻있는 사람들도 아마 그렇게 생각할 것이다.

'주전장'은 일본계 미국인 미키 데자키 감독의 첫 영화다. 그가 일본군 위안부 문제를 다룬 영화를 찍은 건 개인적 경험에서 비롯된 것으로 알려졌다. 그는 2007~2012년 일본에서 영어교사로 일하면서 인종차별 문제를 다룬 영상을 유튜브에 종종 올렸다. 그런 그는 극우세력의 협박과 인신공격을 당했고, 그 과정에서 새로운 사실을 알게 된다.

1991년 일본군 위안부 문제를 처음 보도한 우에무라 다카시 전 아사히신문 기자도 오랫동안 자신과 비슷한 일을 겪어왔던 사실이다. 데자키 감독은 "왜 극우세력이 위안부 문제에 그토록 예민하게 반응하는지 알고 싶어 파고들다가 영화까지 찍게 됐다"고 말한다. 영화를 위해 3년 동안 한국·일본·미국을 오가며 자료를 찾고 이 문제와 관련된 30여 명을 인터뷰했다. '전쟁이 주로 벌어지는 곳'이란 뜻의 '주전장'이 웬만한 상업영화들보다 언론의 집중적인 조명을 받은 것은 아베 정권의 한국에 대한 수출 규제 및 일본 제품 불매운동과 무관치 않다. 지난 연말 문재인 대통령과 아베 총리의 정상회담이 중국에서 열리긴 했지만, 지금도 '주전장' 개봉 당시의 국내 분위기는 진행 중이다.

그런 점을 감안하면 '주전장'의 20명 모자라는 4만 명 관객은 다소 의아한 수치다. 1만 명만 봐도 대박이라는 다큐 독립영화인 점을 고려하면 결코 적은 숫자가 아니지만, 일본군 위안부 문제를 소재나 주제로 한 '귀향'·'아이 캔 스피크' 같은 한국영화들이 거둔 흥행 성공과 대조적이라서다. 오히려 '주전장'은 한국보다 3개월쯤 빨리 개봉한 일본에서 6만 명 넘게 보는 등 흥행한 것으로 전해졌다.

미키 데자키 감독은 "아베도 마침 영화를 보지 말라고 얘기를 해서 큰 영화 홍보가 됐다. 아베 총리가 이슈를 만들어줘서 이 영화에 관심이 더 모이고 있다. 아베 총리에게 감사해야 될 것 같다. '왜 이렇게까지 이 영화를 보지 않았으면 하는가'라는 질문을 해야 할 것 같다"(전라매일, 2019. 7. 16.)고 꼬집으며 흥행 요인을 해석한 바 있다.

데자키 감독의 아베에 대한 질문의 답은 영화를 보면 금세 나온다. 일본군 위안부는 매춘부라는 일본 우익 세력의 말도 안 되는 억지 주장이 그것이다. 그에 대한 한국인 등의 반박으로 영화는 갑론을박하는 주전장이 되고 있지만, 사실 본질은 따로 있다. '교과서의원연합'이니 '일본회의' 등 정권 차원에서 전범 자체를 부인한 일본이란 사실이 그것이다.

▲한국경제, 2019. 7. 15.

아베 총리를 비롯 극우세력이 그 정점에 있는 건 예삿일이 아니다. NHK 등 언론에 대한 압력이나 교과서 미수록으로 젊은 세대가 위안부 내용을 아예 알 수 없게 하는 등의 행태를 보면 과연 일본이 민주주의 국가인지 의구심까지 남긴다. 남의 나라 일에 감 놔라 배 놔라 할 이유가 없지만, 강 건너 불구경하듯 할 이야기만은 아니라는 게 문제다.

새삼 2015년 12월 위안부 문제와 관련, 일본과 최종적이고 불가역적인 협정을 맺은 박근혜 정부의 실책이 크게 다가온다. 과거의 잘못을 시인·사과하면 끝날 일이다. 그뿐인가. 그리하면 미래도 동반자로 함께 열어나갈 수 있는데…. 전범국가인 독일은 지금도 끊임없이 사과하고 있는데…. 방귀 뀐 놈이 성낸다고 일본은 진짜 정이 안 가는 나라이다.

〈2020. 1. 6.〉

뮬란

9월 17일 우여곡절 끝에 '뮬란'(감독 니키 카로)이 개봉했다. '우여곡절 끝에'라고 말한 것은 '뮬란'이 지난 3월 전 세계 개봉을 예고했지만, 코로나 19로 인해 수차례 연기 끝에 OTT 상영을 결정한 영화여서다. 북미에서 아예 극장을 건너뛰고 9월 4일 자사 온라인 플랫폼(OTT) 디즈니플러스로 직행, 상영한 데 이어 국내 개봉이 이루어진 것이다.

'뮬란' 같은 블록버스터급 영화의 글로벌 극장 개봉 포기는 처음인 것으로 전해졌다. 한편 디즈니플러스는 기존 월구독자도 별도 이용료로 30달러를 내야 하는 방식이다. 반면 디즈니플러스가 출시되지 않은 나라에선 극장 개봉이 이루어졌다. 한국도 거기에 해당돼 '테넷'처럼 코로나 19 재확산으로 인해 언론시사회 없이 바로 극장 개봉했다.

'뮬란'은, 그러나 코로나 19로 인한 우여곡절 말고도 논란의 중심에 선 채 개봉한 영화다. 홍콩·태국·대만 등 아시아권을 중심으로 이미 일었던 '뮬란' 보이콧 움직임이 국내에서도 벌어지고 있어서다. 발단은 지난해 8월 뮬란 역의 중화권 톱스타 유역비가 홍콩의 민주화 시위를 진압한 홍콩 경찰을 지지한다고 한 트위터 발언이다.

거기에 더해 9월 4일 OTT로 상영한 '뮬란'의 엔딩 크레딧에

"(중국 신장 위구르 자치구) 투루판시(市) 공안국에 감사를 표한다"는 문구가 담긴 게 알려지면서 비난 여론이 거세졌다. 신장 위구르 자치구는 중국 정부가 소수민족에 대한 인권 탄압을 하고 있다는 의혹이 제기된 곳이다. "자치구 내 신장 위구르족(이슬람교를 믿는 중국 소수민족) 강제수용소에는 100만 명이 넘는 사람이 갇혀 있는 것으로 추정된다"는 기사가 있을 정도다.

디즈니가 촬영 장소를 내줬다는 이유로 중국 공안 당국에 공개적으로 감사를 표하자 미국 내에서도 비판 여론이 확산했다. 조선일보(2020. 9. 11.) 보도에 따르면 미 공화당 소속 톰 코튼 상원의원은 트위터를 통해 "디즈니가 중국의 현금에 중독됐다"며 "디즈니는 중국 공산당 기분을 맞추려 무슨 일이든 할 것"이라고 썼다.

AP통신은 "노골적인 엔딩 크레딧이 영화에 대한 보이콧 운동을 촉발했다"고 전했다. 또 아이작 스톤 피시 아시아소사이어티 선임연구원은 "디즈니가 반인륜적 범죄를 정당화하는 데 도움을 준 것"이라고 했다. 그러면서 "디즈니는 신장위구르에서 촬영하기 위해 중국과 부끄러운 협상을 했다. 뮬란은 디즈니에서 가장 문제가 많은 영화"라고 했다.

인권 문제와 관련, 영화가 보이콧되는 불상사의 '뮬란'임을 알 수 있다. 홍콩 민주화 운동을 이끄는 조슈아 윙은 9월 7일 트위터에 '보이콧 뮬란'이란 해시태그(#)와 함께 "뮬란을 보는 것은 (민주화 시위를 탄압한)홍콩 경찰의 만행과 인종차별을 외면하는 것일 뿐만 아니라 무슬림 위구르인 집단 감금에도 잠재적으로 공모하는 것"이라고 했다. 그 영향인지 '뮬란'은 개봉일 하루 전에도 32.2%(자정 기준)밖에 안 되는 예매율을 보였다. 디즈니사의 '알

라딘'·'라이온킹'·'미녀와 야수' 등 다른 실사 영화들과 비교해
보면 그야말로 쪽팔리는 수준이라 할 수 있다. 코로나 19라는 같
은 악재 속에서 먼저 개봉한 '테넷'이 전날 예매율 86.3%를 찍은
것과도 너무 대조적이다.

▲중앙일보, 2020. 9. 8.

'뮬란'에 대한 대중일반의 거부감이나 비호감은 개봉 첫날 관
객 수로도 나타났다. 고작 31,429명에 그친 것. 이는 '테넷'이 개
봉 첫날 동원한 13만 7,744명의 4분의 1에도 미치지 못하는 수치
다. 게다가 '테넷'처럼 2억 달러(약 2,376억 원)쯤 제작비가 투입
된 걸로 알려졌는데, 정작 9월 11일 개봉한 중국에선 '뮬란'에 대
한 당국의 보도 금지령 소식까지 전해졌다.

미국의 로이터통신은 "중국 정부가(언론사에 보도 금지 지침
을) 통보하며 별 다른 이유를 제시하지 않았다"고 전했다. 다만
"신장 위구르 자치구와 관련한 해외의 비판 때문이라고(지침을

통보받은) 관계자들은 생각하고 있다"고 했다. 전 세계적으로 일어나고 있는 비난과 보이콧 운동 여파로 '뮬란' 상영 자체를 쉬쉬하는 초유의 일이 벌어진 것이다.

'뮬란'은 중국 남북조시대 여성 영웅 실화를 다룬 동명 애니메이션(1998)을 실사 영화로 만든 것이다. 배경이나 출연진, 논란을 낳은 촬영지 등 누가 봐도 거대 영화시장인 중국을 겨냥한 '뮬란'이다. 그런 중국에서 상영 자체를 쉬쉬하는 등 정부의 통제로 홍보가 원천 봉쇄된 셈이니 '뮬란'의 흥행은 물 건너간 것이라 봐도 무방하다.

〈2020. 9. 20.〉

※ '뮬란'의 2020. 10. 20. 기준 관객 수는 23만 5,444명이다.